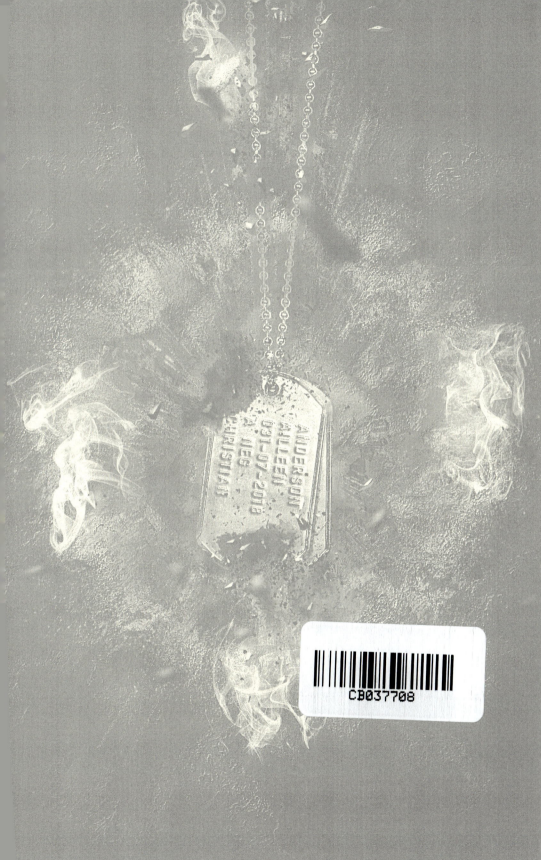

M. S. FAYES

GHOSTS

1ª Edição

2020

Direção Editorial:	**Arte de Capa:**
Roberta Teixeira	Dri K. K. Design
Gerente Editorial:	**Preparação de texto:**
Anastácia Cabo	Cristiane Saavedra
Diagramação:	Carol Dias

Copyright © M. S. Fayes, 2020
Copyright © The Gift Box, 2020
Todos os direitos reservados.
Nenhuma parte do conteúdo desse livro poderá ser reproduzida em qualquer meio ou forma – impresso, digital, áudio ou visual – sem a expressa autorização da editora sob penas criminais e ações civis.
Esta é uma obra de ficção. Nomes, personagens, lugares e acontecimentos descritos são produtos da imaginação da autora. Qualquer semelhança com nomes, datas ou acontecimentos reais é mera coincidência.

Este livro segue as regras da Nova Ortografia da Língua Portuguesa.

CIP-BRASIL. CATALOGAÇÃO NA PUBLICAÇÃO
SINDICATO NACIONAL DOS EDITORES DE LIVROS, RJ
Camila Donis Hartmann - Bibliotecária - CRB-7/6472

F291g

Fayes, M. S.
 Ghosts / M. S. Fayes. - 1. ed. - Rio de Janeiro : The Gift Box, 2020.
 210 p.

 ISBN 978-65-5636-014-0

 1. Ficção brasileira. I. Título.

20-65384   CDD: 869.3
              CDU: 82-3(81)

AVISO:
Este livro possui cenas de violência, abuso, estupro e conteúdo sensível, entre outras, que podem ser consideradas gatilho.

Epígrafe
Apenas um homem era capaz de afastar os fantasmas do seu passado.

GLOSSÁRIO

Marine Corps: O Corpo de Fuzileiros Navais é uma subdivisão do Departamento da Marinha Americana. Também chamados apenas de Marines, compõem uma força maior que muitos exércitos no mundo inteiro.

Bootcamp: Campo de treinamento militar onde os novos recrutas ingressam em um programa que oferece treinamento físico para desenvolver condicionamento e força, além de habilidades específicas.

Parris Island: Região localizada no condado de Beaufort, na Carolina do Sul, onde está localizado o Marine Corps Recruit Depot, centro de treinamento dos fuzileiros navais. Única base onde a ala feminina de recrutas pode se alistar.

Camp Pendleton: Uma das principais e maiores bases dos fuzileiros navais na Costa Oeste dos Estados Unidos, situada em San Diego, na Califórnia, a Marine Corps Base Camp é uma base que já visa o treinamento dos fuzileiros para operações militares. Enquanto a base de recrutas serve como um funil, esta serve para desenvolver e destacar os soldados que têm aptidões em suas respectivas áreas.

Camp Lejeune: Situada em Jacksonville, na Carolina do Norte, a Marine Corps Base Camp Lejeune, na Costa Leste, é a segunda maior base de instalação no mundo. Além de ser um campo de treinamento de diversas forças expedicionárias, como MARSOC, Segundo Grupo de Logística dos Fuzileiros Navais, Segundo Batalhão dos RECON, Segundo Batalhão de Inteligência, Escola de Infantaria, Escola de Combate dos Marine Corps, ainda conta com o Hospital Naval e Escolas Militares.

Criada para atender às demandas logísticas para as incursões militares, oferece ainda o local adequado para as famílias dos combatentes.

USSOCOM: United States Special Operations Command é o órgão unificado de Comando de Operações Especiais dos Estados Unidos, que regulamente e está encarregado por supervisionar as divisões de operações especiais de todas as Forças Armadas: Exército (US Army), Força Aérea (USAAF), Marinha (US Navy e Marine Corps).

MARSOC: Marine Forces Special Operations Command é o Comando de Operações Especiais da Marinha Americana que integra a USSOCOM. São unidades especiais compostas pelos soldados RECONs que atuam em expedições no exterior para missões específicas.

RECON: Ou Force Reconnossaince é uma unidade de Forças de Operações Especiais dos Fuzileiros Navais (Marine Corps) que visa atuar por trás de linhas inimigas executando operações incomuns e em base de apoio a guerras vigentes. Os métodos para inserções e extrações aéreas, por vias aquáticas e subaquáticas e por terra são similares às operadas pelos Seals, Green Berets e Air Force Combat Controllers, as forças especiais de outras unidades armadas. No entanto, as missões e tarefas executadas pelos RECONs diferem um pouco por dar foco em apoio principalmente às operações anfíbias e expedicionárias dos fuzileiros navais.

NAVY SEALs: Grupo de Operações Especiais da Marinha Americana, os Seals são soldados altamente desenvolvidos e com habilidades superiores para atuar em situações de risco e através dos elementos que compõem sua sigla: Sea, Air and Land. Apesar de estarem debaixo da autoridade da Marinha Americana, essa força de soldados de elite atua em todas as operações onde são necessários, sendo uma das mais reconhecidas e temidas das Forças Armadas dos Estados Unidos.

H-Hawk: Sigla para UH-60 Blackhawk, um dos helicópteros de combate usados pelas forças miliares.

Porta-aviões: São navios de guerra que tem como intuito servir de base aérea e representam um grande poderio militar. Atualmente, os Estados Unidos são os que possuem o maior número de embarcações desse porte, com onze no total, sendo considerado uma superpotência já que a Marinha Americana opera superporta-aviões com grande capacidade bélica.

MARPAT: Abreviatura para Marine Pattern, ou o padrão de estampa camuflada dos fuzileiros navais.

ISIS: Acrônimo em inglês para designar o grupo jihadista que atua principalmente no Oriente Médio e se autoproclamou como um califado. Considerado por diversos países do mundo como um grupo terrorista armado, atualmente pode ser referido como Estado Islâmico, lembrando que não é reconhecido por muitos como um "estado" e nem mesmo como "islâmico".

Dog Tags: São como são chamadas, informalmente, as placas de identificação militar. Os dados registrados são: patente, sobrenome, tipo sanguíneo e outra informação relevante.

EPT/TEPT: Estresse Pós-Traumático é um transtorno que pode durar meses ou anos após a exposição a algum evento e que pode trazer de volta as memórias do trauma sofrido, seja com efeitos fisiológicos quanto alterações emocionais. Deve ser tratado com psicoterapia e auxílio medicamentoso para controlar os sintomas.

Nota da Autora: Embora façamos pesquisas para que os dados sejam os mais verossímeis possíveis, é importante lembrar que esta não passa de uma obra de ficção, e que a licença poética permite que muitas situações sejam narradas de maneira que flua com a história a ser contada.
Que também fique claro que as situações expostas nada mais refletem que a imaginação do autor para adequar o enredo, sem, em hipótese alguma, se valer de preconceito cultural ou religioso.

PREFÁCIO

Quando fui convidada para fazer a leitura desse livro – antes do lançamento – me senti extremamente sortuda, e com medo, afinal é a M.S. Fayes... ela meio que me dá medo. Só que depois do choque inicial do convite e o quase surto para fazer o prefácio, eu mergulhei na leitura, com o coração e a mente aberta.

Acreditava de verdade que já conhecia todas as nuances literárias da Fayes... ledo engano, nesse livro ela mostrou que pode ser uma mulher de mil faces, e que não se esconde quando um desafio é lançado.

Justin Bradshaw – O Major – me conquistou desde a primeira linha. Seguro, confiante, cuidadoso, de pulso firme comanda muito mais que o porta-aviões, é ele que me fez acreditar que amar não exige mudanças. Apenas entrega.

Ailleen Anderson é uma força a ser reconhecida, com uma leveza característica da autora, ela conseguiu uma mocinha forte e determinada, livre de rótulos. Ailleen tem suas fraquezas, mas não se deixa abater, e isso me surpreendeu demais. É o tipo de amiga que queremos por perto.

Ousado, com uma escrita rica em detalhes que vai deixar o leitor envolvido com cada parte da história, *Ghosts* fala sobre superar seus medos, sobre se entregar ao outro e, principalmente, sobre confiança. No amor e nas pessoas que te cercam.

M.S. Fayes me deixou abismada do início ao fim desse livro e confesso que raramente uma história consegue me pegar desprevenida... *Ghosts* conseguiu, tornando o que eu acreditei que estava óbvio em uma surpresa agradável que me deixou orgulhosa pela ousadia da autora.

É uma leitura que recomendo demais, porém, com um aviso: Cuidado, você pode querer o Major e sua equipe para cuidar de você...

ANDY COLLINS

RONDA

AILLEEN

Era inacreditável o que estava acontecendo. Só podia ser uma brincadeira de mau-gosto, ou piada do destino. Depois de uma ronda exaustiva de exercícios naquela manhã, trabalho burocrático e uma intensa enxaqueca, tudo o que eu menos precisava era ter o Major Bradshaw na minha cola, pelo motivo que fosse.

Na verdade, devia haver um motivo. Eu só não conseguia entender o que poderia ser. Quando cheguei ao alojamento mais cedo, Carrie me passou o recado que o temido Major estava à minha procura. Não sei dizer bem, mas eu não o temia, embora conhecesse a fama que o precedia em toda a base. Nunca tinha tido um contato maior com o homem, mas sabia que muitas fuzileiras suspiravam por ele e, se pudessem, fariam contato de terceiro grau.

A ala feminina da Marinha era recheada de mulheres em polvorosa. Os longos e tenebrosos meses afastadas de seus companheiros e afins as deixavam com os hormônios enlouquecidos quando estavam em missão.

Essa era a única explicação plausível que eu conseguia dar às minhas colegas de alojamento.

— O Major gostoso quer te ver — Carrie disse e sacudiu as sobrancelhas de maneira espasmódica, implicando nitidamente comigo.

Guardei meus pertences na mochila e a coloquei embaixo da beliche que alquebrava meu corpo.

— Não faço ideia do que ele queira, e te aconselho a procurar um tratamento com *botox* para essas sobrancelhas aí — falei e desviei de um travesseiro voador.

— Uuuuh... o que será que nossa Ailleen fez para merecer uma reprimenda do Major? — Anastacia, mais conhecida como Anya, articulou.

— Já falei, não faço ideia. — Mas agora a minha cabeça estava em outro lugar. *O que ele poderia querer comigo?*

Eu sabia que devíamos obediência cega aos oficiais superiores, mas

GHOSTS 11

não conseguia atinar o que havia levado o Major a requerer minha presença, sendo que nunca antes fui solicitada em seu gabinete.

Uma das coisas mais claras que pude perceber era que ainda existia um preconceito muito arraigado da ala masculina por conta da presença de mulheres no serviço militar. Embora muita coisa tenha mudado, ainda havia cochichos e piadas sujas que muitos homens faziam quando o esquadrão feminino era posto junto. Os treinamentos de recrutas, assim que se alistavam, eram executados em Bases de Treinamentos diferentes. Enquanto as mulheres recrutadas só podiam treinar em Parris Islands, em Beaufort, na Carolina do Sul, os fuzileiros podiam fazer seus treinamentos em qualquer Base Naval do país. Somente por esta premissa já dava para ver. O departamento da Marinha americana, que coordenava tanto o corpo de fuzileiros, quanto a Marinha em si, ainda era retrógrado quanto a participação da força feminina. Tanto que a maior parte do nosso serviço era burocrática e quase nunca no front de batalha.

— Eu acho que ele precisa constatar todo o seu talento... — Carrie abarcou uma grande quantidade de seios, fazendo com que eu revirasse os olhos.

Não me ligava ao fato de ter ou não o corpo perfeito que pudesse fazer com que os homens virassem as cabeças. Na verdade, eu fazia questão de escondê-lo o mais que podia, e as fardas militares eram um excelente esconderijo para meus seios que nem podiam ser considerados atrativos.

— Você sabe que essa coisa de revirar os olhos, ao estilo heroínas de romance, é um tanto quanto medonho, né? — Anya falou, o que me fez revirar novamente.

Essas duas só falavam merda o dia inteiro. Passavam horas trocando informações sobre homens fictícios e mocinhas ingênuas e solitárias que encontravam a felicidade nos braços destes caras magníficos.

Admito que em alguns momentos eu gostava de ler. Muitas vezes a Carrie deixava o Kindle desbloqueado e eu lia sem que ela soubesse. Se alguém me perguntasse se eu gostava de livros de vampiros, negaria até o fim. Mas era o meu fraco. Tive uma fase juvenil com Edward Cullen, mas acabei avançando as fileiras com vampiros mais intensos nas histórias de JR Ward.

— Não consigo entender até agora o que o Sr. Grey vê de sexy nos olhos revirados da mulher Exorcista — falei sem pensar.

Quando as duas começaram a rir, percebi meu erro.

— Você andou lendo Cinquenta Tons, sua safadinha? — Anya perguntou e cobri sua boca rapidamente, antes que todo o alojamento soubesse.

— Cale a boca, Anya! — Nem sei porque não pensei em ameaçá-la com o nome da dita cuja do livro referido. Talvez tenha sido pelo pânico.

Meu desespero era palpável.

— Ora, ora! Se não estamos em um adorável momento de recreação

M. S. FAYES

juvenil — a Segundo-tenente Hastings disse ao entrar no alojamento. Uma coisa eu tinha certeza: aquela mulher me odiava com todas as forças. Por qual razão eu não fazia ideia. Anya e Carrie juravam de pés juntos que ela sentia ciúmes e inveja, mas eu me pergunto: por quê?

Levantamos em respeito para a criatura infame, já que seu posto era superior ao nosso, mas era um gosto amargo. Ser subserviente. Eu preferia mil vezes ser submissa do Sr. Grey na porra do quarto vermelho da desgraça.

— Ailleen.

— Sim, Sra. Tenente. — Eu sabia que ela odiava quando eu a chamava de senhora. Exatamente por isso eu fazia questão de enfatizar nossa diferença de idade.

Eu era oficial formada, porém não comissionada. Quando encerrei o programa de recrutas, chamado de *Bootcamp*, onde passei onze semanas de treinamento intenso, finalizando com o teste mais rigoroso já imposto a um ser humano (ou ao menos eu via assim), ainda era chamada meramente de Recruta. Galguei degraus exaustivos para conquistar, passo a passo, as etapas e postos dentro da corporação.

Tive a opção de seguir para longe de todos que eu conhecia, e era o que eu mais precisava, então segui para o Camp Pendleton, na Califórnia, na tentativa de recuperar minha sanidade. Era a busca pelo conhecimento, onde foquei todos os meus esforços apenas naquilo. Minha meta era entrar para a Academia Naval dos Estados Unidos para obter um título como Oficial Comissionada, e assim fazer carreira. Eu sabia que tinha uma árdua estrada pela frente. Carrie e Anastacia estavam comigo, aptas a ingressar, após a conclusão daquela etapa, em Anápolis, no rigoroso programa de treinamento de seis meses em Quântico, na Virgínia, para alcançar a categoria de Segundo-tenente.

O tempo de estudo na Academia poderia, em outras palavras, ser equiparado a um período encurtado, da estrutura de vida glamorosa do nível universitário. Bem, risque isso. Claro que não. Esqueça tudo o que você já leu ou ouviu sobre regalias em *Campi* universitários. Ali era uma Academia Militar. O que significava que havia ralação pesada e intensa, estudo massivo e a necessidade de mente sã para aguentar o tranco. Fora todo o treinamento físico anterior, porque o lema da Marinha e da corporação era: "Todo fuzileiro naval é primeiramente um soldado".

Porém, antes de podermos dar seguimento aos planos de seguir para Anápolis, depois de um período em Camp Lejeune, na base da Carolina do Norte, fomos destacadas a campo, e estávamos cumprindo o tempo no porta-aviões.

— O Major aguarda você no gabinete há mais de trinta minutos, podemos saber por que o fez esperar? — Seu tom era ríspido.

— Sra. Tenente, eu estava averiguando o treinamento dos soldados recém-ingressados na base náutica, Senhora. Foi o tempo de preencher o relatório e passar para o Sargento Mason quando recebi o recado. — Os olhos da harpia averiguavam a todo o momento por alguma falha em minha história. Ela não encontraria. Porque era a verdade.

— Você não tem tempo de trocar de roupa. O Major tem uma reunião com o Tenente-coronel e o General, dentro de uma hora.

— Sim, Sra. Tenente.

Quando a víbora saiu, eu e minhas amigas respiramos. Parecia que estávamos em um regime militar das forças da extinta União Soviética.

PRIMEIRO OLHAR

AILLEEN

Caminhei pela plataforma da base naval com passos rápidos e precisos. Ignorei os cumprimentos de alguns oficiais, sabendo que se desse margem ou qualquer razão, a Segundo-tenente Hastings poderia alegar que eu estava sendo indisciplinada e colocar uma reprimenda nos autos oficiais. Ato este que ela já havia feito. Por uma razão muito boba, como o fato de não ter me retirado do refeitório com maior presteza, em conjunto com meu esquadrão destacado.

Entrei no longo corredor que separava as salas dos oficiais e as salas de operações.

Quando cheguei à do Major, bati na porta e o esperei responder. Ele era o responsável pelo porta-aviões, nada mais justo que ocupasse um lugar digno ao posto.

— Entre — ele disse com sua voz de barítono. Pelo tom rouco, supus que fumasse mais de um maço de cigarros por dia.

Ao entrar na sala, preste continência e aguardei que ele erguesse a cabeça dos documentos que avaliava, identificando meu cumprimento respeitoso.

— Você sabe muito bem que não exigimos continência em nossas fileiras, Oficial Anderson — ralhou e recostou-se à cadeira de respaldar alto, que rangeu sob seu peso.

— Sim, senhor. Perdão, senhor. Fui ensinada assim na escola militar, senhor.

— Pelo amor de Deus. Corte o número de vezes em que vai me chamar de senhor em uma só frase, ou vou me sentir tão idoso quanto o General Stuart — brincou, mas mesmo assim não deixei a postura rígida.

Talvez percebendo que eu não sairia do padrão ao qual me impus, o Major Bradshaw resolveu intervir:

— Sente-se, Anderson — comandou rispidamente.

Sentei na poltrona à sua frente, cruzando as mãos sobre as pernas.

Como a Segundo-tenente Hastings não me deu tempo para me trocar, eu estava ainda com a farda suja, amarrotada da manhã e, para piorar, suada. Era de bom tom que quando nos colocássemos diante de um superior, levássemos nossa melhor apresentação, em sinal de respeito. Ainda mais *aquele* Oficial.

Fiquei em silêncio, quase sem piscar, porém olhando além dos ombros fortes do Major, para não encarar aquelas tempestades azuis que ele ostentava.

Por acaso já disse que o Major era realmente um belo exemplar de homem? Realmente. Reeeealmente. Daquele tipo que ostentava uma beleza máscula e imponente, associada a uma voz marcante e profunda que chegava a ser hipnotizante.

Homens como ele tendiam a me deixar desconfortável, pois eu ansiava me sentir tão normal quanto o restante das mulheres que fazia questão de fofocar pelos cantos do navio, sobre a beleza do homem que eu tinha à frente. Anya chegou a dizer que o Major Bradshaw, com toda a aura dominante que exsudava, era capaz de fazê-la suspirar, salivar e arrepiar os pelos do corpo, ainda que estivesse sob um sol escaldante num deserto árido e inóspito. É óbvio que achei um exagero. Até aquele momento.

Com mais de 1,95 de altura, o homem era a epítome do macho alfa americano, vestido em um uniforme militar, podendo ser fotografado a qualquer momento, para uma edição de luxo desses calendários de moda militar.

Mulheres tendem a desejar homens fardados. As que diziam que eram imparciais ou resistentes à visão de um, quando colocavam os olhos em Justin Bradshaw, se convertiam ao time das que hiperventilavam somente ao vê-lo em carne e osso.

Bem, eu poderia até entrar nesse time, mas rasguei o ingresso rapidamente. Já tinha visto o Major Bradshaw de longe. Sabia que era realmente um homem distinto em matéria de aspecto físico. Além do mais, meus instintos primitivos para este tipo de desejos estavam há muito adormecidos. Ou enterrados.

Aquele cabelo dourado cortado rente ao couro, obedecendo à tradição do corte militar, aliado ao belo rosto cinzelado, parecido a uma escultura grega, tirava o fôlego de qualquer pessoa. O homem era simplesmente perfeito na expressão da palavra.

Tentei fazer meus olhos não desviarem para a massa muscular de seus braços, que seguiam cruzados à frente do corpo, numa atitude prepotente e beligerante.

Alie a todo este pacote o profundo respeito que eu sentia pelo cara, e você poderia entender a razão de eu evitar fazer contato visual. Aquele homem era um ícone dentro da Marinha. Entre os fuzileiros navais ele ainda era um monstro a ser temido e respeitado por onde passava. Já havia feito parte da equipe de Força Tática Especial, sendo um RECON, o equivalente a um Navy Seal americano.

Enquanto os Seal's faziam parte das Forças Especiais da Marinha, agindo em âmbito quase que geral entre as corporações militares, os RECON, dos fuzileiros, agiam em operações táticas de reconhecimento em operações onde eram necessárias observações e avaliações de território inimigo.

Eu não sabia a razão, mas o Major havia deixado as fileiras como fuzileiro RECON e se concentrado basicamente em operações militares em terra. Ou no caso, ao comando do porta-aviões no oceano Índico, próximo à região da Arábia Saudita. Ficávamos transitando entre o Mar Vermelho e o Golfo Pérsico.

— Eu soube que você recebeu treinamento intenso de cuidados médicos em campo de batalha, verdade? — perguntou, avaliando minha reação.

— Sim, senhor.

Aquela informação era interessante para ele saber, já que fiz treinamento quando estava listada na base da Marinha, antes de me decidir pelo programa dos fuzileiros navais.

— Também soube que a sua graduação em manobras de evacuação e uso de armamento de guerra foi aclamada com louvor — falou e olhou os papéis que estavam à sua frente. Pegou um em particular.

Meu interesse cresceu rapidamente. Assim como a curva da minha sobrancelha, que eu podia sentir alcançando quase o couro cabeludo.

— Sim, senhor.

— Você pretende ingressar na Academia Naval, em Anápolis, para tentar o cargo comissionado em algum momento — disse e olhou para mim, que agora o encarava estupidamente.

— Sim, senhor. Minha função na base é como suporte de combate.

— Certo. O que temos aqui é uma situação operacional que nos foi exigida de imediato. Somos a base naval mais próxima. Embora pudessem enviar outra equipe saindo dos Estados Unidos nas próximas 24 horas, ainda assim poderia levar tempo, coisa que não temos — disparou rapidamente. Eu tentava prestar atenção. — Como você bem sabe, nossa equipe de fuzileiros, nesse porta-aviões, não conta com um médico em serviço. O que nos foi cedido pela Marinha está destacado na base de Cherry Point, mas foi enviado para o Afeganistão.

Continuei prestando atenção ao que ele falava, tentando não sacudir minha perna em nervosismo.

— Embora eu tenha certeza absoluta de que você nunca tenha entrado em um conflito aberto, estamos com uma situação precária que requer ação imediata de evacuação da equipe IV, que teve o Capitão em comando ferido. De acordo com os relatos, nem mesmo os equipamentos de kits médicos dos companheiros puderam ser suficientes, sendo necessária a presença de um profissional gabaritado que saiba executar o serviço — o Major disse e me olhou atentamente. — E é aqui que você entra. Uma equipe será destacada para seguir com você até a área específica. Estamos projetando um período máximo de cinco horas para que o Blackhawk resgate vocês, antes que qualquer força inimiga perceba que estão ali.

— Sim, senhor — concordei, mas meu coração estava na boca. E acredito que poderia ser ouvido pelo próprio homem sentado à minha frente.

Como ele mesmo havia salientado, treinar em uma escola militar, com operações artificiais de guerra era uma coisa. Entrar na ativa era outra completamente diferente.

Quando saí de casa ao término do ensino médio, depois da fatídica noite de formatura, simplesmente resolvi burlar toda e qualquer convenção tão regiamente imposta pelos meus pais e parti para um lugar completamente desconhecido.

Ao invés de ingressar em Harvard ou Princeton, como muitos supunham que fosse meu destino, simplesmente me alistei na escola militar e me enfiei em um campo de treinamento por quase três meses, antes de ser destacada para a Califórnia e depois fui enviada para a base de recrutas de Parris Island, na Carolina do Sul.

Ali, também completei o treinamento necessário para me formar na primeira etapa como fuzileira naval da Marinha americana. Depois de três anos, fui encaminhada ao Camp Lejeune, para dar prosseguimento às implantações no porta-aviões.

O que muitos não sabiam, mas aparentemente o Major Justin Bradshaw estava bem informado, era que minha média de QI era tão elevada que para suprir a demanda do treinamento, resolvi me aprofundar no programa de habilidades médicas da Marinha.

Era engraçado que parecesse ser a mesma força operacional militar, mas regia duas frentes de guerra diferentes. Daí o fato de fuzileiros terem médicos cedidos pela Marinha, ao invés do corpo de fuzileiros, propriamente ditos, formados na especialidade.

— Você tem alguma pergunta, Oficial Anderson? — ele perguntou, olhando para mim atentamente.

— Não, senhor?

— Isso é uma afirmativa ou um questionamento?

— Uma afirmativa, senhor. Peço perdão.

— Ótimo. Preciso que prepare sua mochila tática com o mínimo possível para... no máximo — disse olhando no relógio militar no pulso —, uma hora e meia. É exatamente o tempo que o helicóptero H-Hawk vai deixar você e mais dois fuzileiros das forças especiais que seguirão junto, mantendo-a segura o tempo inteiro em campo.

— Sim, senhor.

— Está dispensada.

— Sim, senhor. Senhor. — Quase mordi a língua ao perceber que repeti o pronome de tratamento, o que poderia ser deduzido como um desrespeito, ou até mesmo sarcasmo camuflado, tão comum à minha personalidade, mas eu sabia que se devia ao fato de estar nervosa e excitada, simultaneamente, com uma missão de tal magnitude. E por ele tê-la confiado a mim.

— Isso foi uma ironia, Anderson? — ele perguntou e arqueou uma sobrancelha dourada.

Engoli em seco e me virei de volta.

— Não, senhor.

— Ótimo. Esteja pronta e no convés no horário combinado, sem atraso ou desvios.

Não bati continência, porque já havia recebido a reprimenda assim que cheguei.

Evitei correr até os alojamentos do porta-aviões, localizados na parte inferior, a fim de arrumar a mochila, e otimizar meu tempo. Aquela seria a aventura da minha vida. Talvez a que sempre esperei.

Só não entendia porque meu coração estava tão frenético e errático. Esperava que não tivesse nada a ver com o Oficial que deixei para trás.

MISSÃO

AILLEEN

Quando cheguei, nenhuma das minhas amigas estava lá. Ajeitei na mochila duas regatas, uma calça extra, além do kit essencial de primeiros socorros pessoal e básico. Dois pares de meias e roupa íntima. Apenas para uma eventualidade.

E só. Era um lance muito minimalista sair em uma missão em campo. Mas quando essa missão duraria apenas cinco horas, era de se esperar que eu levasse muito menos. O que eu sabia era que deveríamos estar sempre prontos para um imprevisto. *Bom, de todo jeito, eu teria que deixar meu kit de loção cremosa e perfumada para trás.* Ri sozinha do pensamento fútil.

Coloquei o uniforme MARPAT – o uniforme padrão dos fuzileiros –, instalei minha faca reserva no compartimento secreto da bota, o colete Kevlar por cima, sentindo falta de ter uma das garotas para me ajudar, mas... *ei, no campo de batalha eu não poderia pedir ajuda, certo?* Retirei minha maleta constando a pistola Beretta 92S-1, chequei as munições, a trava e conferi o pente. Guardei o canivete de fácil acesso no bolso da calça, além de conferir se faltava outro item.

Amarrei o cabelo num rabo de cavalo alto e bem apertado, embora soubesse que o maldito fosse me dar uma baita dor de cabeça mais tarde, e chequei se não atrapalharia o capacete.

Conferi item por item, averiguei novamente o kit médico, observando se todas as medicações necessárias estavam ali, como analgésicos, morfina, antibióticos, linha de sutura e agulha, e também curativos anticoagulantes. Além de tudo aquilo, observei se a quantidade de bandagens era ideal. O Major não deu detalhes do tipo de lesão que o Capitão teve, mas não custava nada ser precavida e levar um pouco mais.

Quando observei o relógio, já havia se passado mais de uma hora naquele ritual de preparação, e eu quase poderia afirmar que estava alguns quilos mais pesada com tanto equipamento.

Estava saindo do alojamento, quando Anastacia e Carrie entraram apressadamente.

— Puta que pariu! Ficamos sabendo agora mesmo! — Carrie disse e me deu um abraço, mesmo por cima de toda a parafernália monumental que eu levava.

— Ailleen, você tem certeza de que está preparada? — Anya perguntou preocupada.

— Bom, preparada todos devemos estar a qualquer instante, desde que ingressamos no serviço militar, certo? Com a evidência da guerra sempre à espreita, somos sujeitas a ser requisitadas a qualquer momento — eu disse nervosa.

— Sim, mas vamos ser honestas. As mulheres são relegadas aos cargos mais administrativos dentro das forças. Quase nunca aos campos de batalha propriamente ditos — Anya argumentou.

— Não estarei beeeem no campo de guerra, né? Vou ao resgate de um membro de equipe que foi ferido em missão. Então executarei meu serviço, sem necessariamente estar empunhando uma arma diretamente no conflito.

— Mas vai correr riscos do mesmo jeito — Carrie completou.

— Corremos risco no exato instante em que nos alistamos, Carrie.

— Não queria que você fosse.

— Estou com medo também. Honestamente. Quase tomei uma garrafa inteira de Pepto-Bismol, já que meu estômago resolveu se contorcer como um artista do *Cirque du Soleil* — confessei. Eu sabia que usava de meu humor sarcástico para camuflar muitas emoções que me assombravam. — Mas vou fazer o que me foi mandado, por amor à pátria, por respeito a um colega que foi ferido e por amor à nossa corporação.

Nós três batemos a bunda uma com a outra antes de chocarmos as mãos no ar.

— *Semper Fi*[1] — dissemos em uníssono.

Imediatamente começamos a rir, porque se os homens vissem nosso cumprimento, diriam que estávamos denegrindo a imagem totalmente máscula do grito de guerra dos fuzileiros navais.

— Merda, esse colete Kevlar é pesado e quente pra caralho — falei.

— Mas é o que vai lhe resguardar os peitos, querida. Então seja boazinha e pare de reclamar — Anya admoestou.

— Bom, tenho que subir ao convés e aguardar o helicóptero.

— Será que podemos ir? — Carrie questionou.

— Não sei. Vocês não têm nenhuma tarefa agora? — perguntei enquanto virei meu corpo pesado dos equipamentos e rumei para as escadas

---

1 Termo utilizado por fuzileiros americanos que diz que eles se mantêm sempre fiéis, sempre juntos, um não deixa o outro para trás.

de ferro que nos levariam ao piso superior.

— Fomos liberadas — Carrie respondeu.

— Então acho que não haverá problemas.

— Ótimo. Vai que tenho sorte e consigo dar uma olhada na bunda do Major gostosão? — Anya cochichou baixinho.

Quando chegamos ao convés, estávamos rindo.

Tyson McCormack e Scott Bromsfield seriam os dois outros fuzileiros que acompanhariam a pequena missão ao meu lado.

O Major estava ao lado da Segundo-tenente Hastings e quando me viu chegar, senti seus olhos percorrerem meu corpo como se estivesse buscando falhas.

Aparentemente, somente se ele tivesse visão Raio-X poderia dizer que estava trajada de maneira diferente aos dois companheiros machos, já que eu usava um conjunto de calcinha e sutiã esportivos caros até. Eu podia não estar com um conjunto La Perla, contudo, fazia questão de ao menos manter certo estilo. Seja militar, mas feminina. Esse era o meu lema. Eu pensava no mínimo, ainda que optasse pelo conforto acima de tudo, e dava risada do idealismo de Anastacia, que alardeava para os quatro cantos que devíamos usar uma farda pesada e sem atrativo, mas por dentro, deveríamos ser como um recheio apetitoso de um bombom a ser desembrulhado. Eu não queria isso. Que meus atributos ficassem bem acomodados em um tecido macio e bacana já valia.

— Onde está seu fuzil M-16, Anderson? — o Major perguntou bruscamente.

— Eu não tive permissão para manter o meu no alojamento, senhor — respondi com sinceridade e olhei para a Segundo-tenente Hastings. A ordem havia partido dela.

A mulher perdeu um pouco a cor porque sabia que sobraria para ela se o Major insistisse na questão.

— Quem deu essa ordem? Todos os fuzileiros devem manter o kit tático de armamento de guerra pronto e à mão para um caso de emergência. E se fôssemos atacados na base? Onde estariam suas armas? — perguntou irritado.

— Como disse, Senhor. Só tive a permissão para manter a pistola semiautomática — falei sucintamente.

— Quem deu esta ordem?

Olhei para a Segundo-tenente, que tentava a todo custo manter-se estoica.

— A Segundo-tenente Hastings, Senhor — respondi por fim. Se um olhar pudesse matar, eu estaria fuzilada naquele momento. Mortinha e incinerada. E minhas cinzas estariam soprando ao vento e sendo jogadas no mar, onde o porta-aviões estava navegando tranquilamente.

O Major virou-se para Hastings com um olhar abismado.

— Você fez isso, Segundo-tenente? Deu uma ordem para que o armamento de segurança pessoal de todo fuzileiro naval não estivesse armazenado com seu respectivo dono? — questionou.

— Ah... senhor, Major, Senhor. As fuzileiras navais como não são solicitadas em embates táticos de guerra, foram deixadas apenas com as armas de baixo calibre e manutenção.

— E eu te pergunto mais uma vez — o tom de voz de Justin Bradshaw era gélido como o Ártico —, quem deu a autoridade para emitir tal comando? Pelo que eu saiba, esse tipo de ordem tem que seguir uma cadeia hierárquica de cima para baixo, Hastings. E o responsável por este porta-aviões sou eu. E até onde sei, *eu* sou o Major aqui, e ainda há dois cargos superiores diretamente acima do seu. E como sei que o Capitão Masterson e o Primeiro-tenente Chammbers não seriam loucos e impertinentes o suficiente para emitir uma ordem como essa, sem o meu prévio conhecimento, ou melhor, sem que EU tenha lhe dado essa orientação, gostaria de saber por qual razão você decidiu manter as fuzileiras sem o armamento bélico ao qual têm direito e que deveriam usar como se fosse a extensão de seu braço.

— Senhor, Major... peço desculpas, senhor. Apenas... ap-apenas achei que...

— Você não tem que achar absolutamente nada. Não tem que privar um soldado de sua arma, porra! — ele bradou, fazendo com que a pobre Hastings quase desmaiasse. A quem eu queria enganar? Estava me deliciando com a bronca que ela estava levando.

— Quero que arrume suas coisas e se prepare para a próxima partida da equipe do mar para terra. Você está sendo remanejada. Sem questionamento — ele disse e virou as costas à mulher estupefata. Se eu não a conhecesse melhor, poderia jurar que a bruxa estava prestes a chorar. — Isaac, busque uma M-16 calibrada para a Oficial Anderson. Agora.

O ruído das hélices do helicóptero ficou audível naquele instante, fazendo com que eu olhasse para cima, para apreciar a imponência da aeronave.

Quando voltei minha atenção para o Major, vi que ele me encarava abertamente, sem o menor pudor. Por um instante nossos olhares se mantiveram conectados, até que abaixei o rosto.

Ele mesmo checou a configuração da arma, bem como conferiu o escopo e a mira alinhada. Entregou o fuzil na minha mão, deixando a sua, para que fizesse contato direto com a minha quando tentei retirar a arma de sua mão.

Senti uma comichão percorrer meu corpo e me afastei rapidamente.

— Aqui está a bolsa médica com itens mais essenciais do que os supérfluos que constam do seu kit médico pessoal — ele disse sucinto. — Você

GHOSTS

23

fica sob o comando do sargento Tyson McCormack e faz exatamente o que ele lhe ordenar, okay?

— Sim, Senhor.

Eu poderia ser uma garota rebelde agora e dizer que também fiz treinamento militar, então que seria muito bom que o show de misoginia e machismo parasse por ali, porém eu entendia perfeitamente que aqueles dois fuzileiros já eram experientes no campo de batalha, enquanto eu não. Então, deveria ser sábia e esperta, seguindo realmente os conselhos de quem conhecia as artimanhas da guerra muito mais do que eu, que nunca havia pisado em uma.

— Ótimo.

— Major, Senhor — Tyson disse. — As coordenadas nos levarão diretamente ao local onde a equipe IV está?

— Exatamente. Perdemos o contato com o telefone por satélite, mas pelos dados, assim que o H-Hawk deixar vocês no descampado, basta seguir as coordenadas e dentro de pouco tempo estarão onde a equipe está alojada.

— Certo.

— Boa missão — o Major disse. — Tenham cuidado.

Ao dizer aquilo, ele virou aqueles olhos luminosos diretamente para mim. Como um cavalheiro, estendeu a mão para me ajudar a subir no helicóptero, mesmo que isso tenha sido totalmente desnecessário.

Quando coloquei o cinto de segurança e a aeronave ganhou altura, levantei os polegares para cima, dando um sorriso nem um pouco confiante para minhas duas amigas que ficavam em solo.

Eu não poderia negar que estava apavorada. O frio na barriga era intenso, eu podia sentir as mãos suando e uma gota escorrendo pela nuca. Se ela continuasse o percurso, pararia lá na região sul.

— Primeira missão? — Tyson perguntou e deu um sorriso gentil.

— Sim.

— Não se preocupe. Estaremos com você em todo o momento — ele disse e piscou os lindos olhos castanhos na minha direção.

— Vai ser ótimo que sua missão é quase uma de reconhecimento, ao invés de enfrentamento, propriamente dito — Scott disse. — Pense pelo lado bom. Você praticamente poderá dizer que fez parte de uma equipe RECON, isso não é legal?

Sorri em resposta.

— Sim. Bem legal. — O pensamento furtivo surgiu rapidamente, de que eles estavam me tratando como uma criança medrosa, a caminho de um lugar indesejado até então.

A conversa foi amena, já que o ruído da aeronave dificultava, mesmo que os capacetes tivessem um sistema de comunicação instalado.

Eu estava tensa, então preferi concentrar minha atenção no exterior. Ou melhor, resolvi voltar a atenção totalmente aos membros da equipe. De onde estávamos, a altura era monstruosa, e um tanto quanto assustadora.

— O Major não deu detalhes sobre a extensão da lesão do Capitão Masterson? — perguntei diretamente a Tyson.

— Não. Mas saberemos em aproximadamente... — ele disse e checou seu relógio —, três minutos.

Fechei os olhos porque naquele momento o helicóptero fez a manobra de aterrissagem, o que levou meu estômago a uma volta de montanha-russa nem um pouco agradável.

Agora era a hora em que eu poderia provar meu valor. Tanto a mim mesma, quanto a qualquer pessoa que já tivesse duvidado em algum momento que Ailleen Anderson faria algo grandioso na vida, mesmo que tivesse todos os motivos para querer dar cabo dela.

DIFICULDADES

AILLEEN

Okay. Quem disser que imagina que andar no meio do nada, com equipamento tático de guerra, é fichinha, está completa e redondamente louca. E merecia um tapa na cara com um dos muitos cactos pelos quais passei no caminho.

Ninguém faz ideia da dificuldade extrema que o corpo enfrenta para se manter em linha reta, mesmo levando o que equivale a uma tonelada de peso nas costas. Tudo bem, não era uma tonelada, mas bem se assemelhava a um elefante. Grávido. De gêmeos.

Tyson e Scott pareciam estar passeando no parque, chegando a assoviar em alguns momentos, fazendo com que eu sentisse uma vontade imensa de pegar o cabo do meu fuzil e bater na cabeça de cada um deles.

Meus pés doíam, as pernas, o pescoço, a cabeça, até mesmo o cabelo. E isso era só porque estávamos caminhando há... oh, vejam... quase duas horas. *Porra*. Nem todo treinamento do mundo, sob as piores condições, realmente te prepara para o momento em que você tem que enfrentar a situação real. Treinar no campo, com exercícios de combate era uma coisa. Enfrentar uma caminhada por um terreno inóspito, sob o risco de ficarmos à mercê do inimigo, era outra, completamente diferente.

Tyson fechou o punho erguido, sinalizando que devíamos parar e ficar quietos.

Scott estendeu a mão para trás, fazendo com que eu me escondesse em uma área coberta de vegetação. Homens protetores do caralho.

Nem bem passou um minuto e um assovio baixo foi ouvido. Tyson respondeu com outro.

Scott sorriu e virou-se para mim.

— É o código para mostrar que estamos perto. Alguém da equipe ouviu nossa aproximação — informou.

Maravilha. Eu ficaria muito feliz em me sentar um pouco.

Caminhamos mais uns cinco minutos até chegarmos a uma clareira.

Outro assovio seguiu-se e Tyson nos guiou para a área onde a equipe IV estaria.

Quando alcançamos a pequena caverna onde estavam enfurnados, fomos recebidos pelo abraço dos três homens machucados e exaustos. Seus olhos ficaram arregalados quando detectaram minha presença.

— Uma mulher?

Revirei os olhos diante da óbvia constatação.

— Até onde sei, esse é meu gênero, mas tenho nome. Ailleen, prazer — disse e estiquei a mão para cumprimentá-los.

O que estava à frente me puxou para um abraço, ao invés de aceitar minha mão.

— Estamos tão desesperados que se a Lady Gaga viesse em pessoa, estaríamos felizes e ainda cantaríamos algumas canções junto — Teagan disse. Tentei não rir, porque se analisasse o comentário, daria para ver o machismo escorrendo dali, mas foi impossível.

— Onde está seu Capitão? — perguntei.

— Aqui — respondeu uma voz fraca.

Dei a volta e vi um homem forte, porém abatido, deitado no canto mais distante da caverna. Em sua perna, um talho do tamanho da muralha da China rasgava o músculo da coxa, mostrando claramente que não haveria condição de ele sair dali se não recebesse pontos na ferida aberta.

Além daquele, ainda tinha uma ferida de bala no flanco esquerdo, o que lhe garantiu a razão de estar vivo ainda. Se tivesse sido no lado direito, provavelmente teria atingido o fígado, o que o levaria à morte em pouco tempo.

Embora os três companheiros de equipe tenham feito esforços para conter a lesão imediata, estancando o sangramento, pude ver que não foi suficiente para conter o fluxo, ainda mais porque tiveram que mudar a localização de onde foram feridos, para o local em que se encontravam agora.

— Muito bem, Cap — Tyson disse. — Como você conseguiu essas belezinhas aí?

O homem tossiu antes de responder:

— Estávamos nos juntando às forças da coalizão quando fomos surpreendidos por uma emboscada. Teagan, Colin e John conseguiram conter o grande número de militantes do Estado Islâmico armados, mas quando estávamos saindo, um morteiro atingiu exatamente o abrigo onde estávamos escondidos. Os escombros caíram sobre mim. Ah, e antes disso, ainda consegui ser alvejado por um tiro.

— Porra. Como esse filho da puta perfurou seu colete? — Scott perguntou.

— Porque exatamente na hora eu estava escalando o muro para alcançarmos o local para nos abrigar. O colete levantou e deu espaço para que eu fosse atingido nas costas. Teagan ainda conseguiu me pegar antes que eu caísse. Aí seria o fim.

Ouvi o relato enquanto abria a mochila e organizava os itens médicos que seriam necessários.

Cheguei próxima ao Capitão e analisei as lesões.

— Okay, o que você quer primeiro? Sofrer por cima ou por baixo? — perguntei.

— Querida, esse tipo de pergunta poderia ter uma conotação totalmente diferente se não estivéssemos aqui — ele brincou.

Homens. Mesmo feridos só pensavam merda.

— Vamos lá, Cap. Quer que eu enfie o meu dedo — quando ele começou a rir, corei como um pimentão porque percebi que o que falei foi levado para uma conotação mais pejorativa ainda —, nesse seu bucho aberto ou costure sua coxa?

Sua risada baixa, intercalada com a tosse, fez com que eu sentisse pena de seu sofrimento.

— Faça o seu melhor, querida — ele disse e fechou os olhos. — No momento, esses dois filhos da puta doem por igual.

— Vá na coxa primeiro, Ailleen — Tyson deu a dica. — Assim, quando você for cavoucar a ferida abdominal, ele poderá mexer sem perder mais sangue.

Observei os outros membros de sua equipe que me olhavam com atenção, mesmo que não perdessem o foco da entrada da caverna.

— Okay. Você poderia pegar aquele frasco de solução iodada, por favor? — pedi, enquanto com meu canivete cortava a calça do uniforme do capitão.

Scott sentou-se ao meu lado e passou o frasco que solicitei.

Derramei a solução para esterilizar a área onde eu colocaria as mãos.

Calcei o par de luvas cirúrgicas e ajeitei o material que usaria para fechar o corte.

Depois que limpei todos os detritos restantes da grande extensão de pele que lhe cortava o quadríceps inteiro, desde o quadril até quase o joelho, peguei algumas bandagens para limpar e enxugar a área, de forma que eu pudesse ver as partes da pele e músculos que eu deveria unir.

O corte era tão profundo que chegava a poder divisar o osso. Sorte dele que não parecia haver fratura ali.

— Você poderia entregar um pedaço de madeira, ou talvez o cabo da sua faca para que ele morda quando eu começar, que tal? — falei diretamente para John, um dos que me observava.

Ele entregou a Ka-Bar do capitão para o mesmo, que ajeitou o cabo na boca.

Assim que pincei a pele para aproximar os lados e iniciei a sutura com o grampeador cirúrgico, ouvi os grunhidos que o pobre homem dava. Devia estar doendo pra caralho. Mesmo com o bloqueio anestésico que apliquei no local, ainda assim, fazer aquele procedimento, sem dar tempo para que o efeito fosse efetivo, devia doer. Fora que a injeção já ardia absurdamente.

Em um dado momento, Scott passou um pano pela minha testa, o que me fez dar um leve sorriso.

— Estou me sentindo num centro cirúrgico, fazendo uma operação, e tendo um enfermeiro prestativo secando meu suor — disse brincando, tentando aliviar o clima tenso.

— Sinta-se à vontade. Sou seu escravo, senhorita — ele disse.

— Meu Deus, pare de paquerar minha cirurgiã, porra. Tenho medo de que ela costure um coração aí, ao invés da linha reta que precisa — o Capitão disse. Eu sabia que ele tentava brincar, mas sentia dor em um nível altíssimo.

Em um determinado momento, notei que o Capitão estava ficando mais fraco do que o usual. A perda de sangue, aliada ao esforço hercúleo em tentar se manter forte durante todo o seu martírio, fizeram com que suas reservas acabassem debandando.

Percebi o exato instante em que a luz de seus olhos começou a diminuir, classificando uma possível complicação durante todo o processo, pois não poderíamos correr o risco de um choque hipovolêmico durante o próximo procedimento.

Parando os pontos que estava dando, que já ganhavam a forma de um zíper macabro, olhei rapidamente à minha volta, tentando detectar qual dos homens poderia me auxiliar.

Scott estava ao meu lado, ainda eliminando todos os suores que escorriam em bicas do meu rosto, tentando conter as gotas de obstruir minha visão. Então, optei por Tyson, que mantinha a guarda junto com os outros três fuzileiros da equipe, com seus fuzis em punho, preparados para qualquer eventualidade.

— Tyson?

— Sim? — ele me respondeu de pronto.

— Você poderia me ajudar aqui um instante?

— Claro. O que você precisa? — perguntou quando se agachou ao meu lado.

Apontei o kit médico com minha mão ensanguentada.

— Dentro daquele kit reserva que o Major enviou, tem uma bolsa avulsa de soro glicosado, compacta, além de cateter e toda aquela parafernália para fazer uma fluidoterapia intravenosa.

Ele olhou para mim, tentando entender exatamente o que faríamos.

— Vou pegar um acesso rápido na veia do capitão, para hidratar e colocar alguns fluidos pra dentro, tentando dar um pouco mais de forças a fim de que ele consiga aguentar até o momento do resgate — falei enquanto ele pegava tudo.

Os outros homens observavam ao longe.

Scott mais uma vez limpou minha testa.

— Scott, eu preciso que você segure essa gaze exatamente sobre essa região aqui — falei enquanto guardava o grampeador na caixa estéril —, depois que calçar as luvas que Tyson te entregar. Não queremos que o Capitão acabe pegando uma infecção porque tocamos as mãos sujas nele, não é? — Tentei brincar.

— Mas e o que acontece quando ganhamos uma ferida e o kit não contém essas belezinhas? — Tyson brincou enquanto retirava um kit e jogava para Scott, que imediatamente as colocava.

— Aí são outras circunstâncias. Situações desesperadas exigem medidas desesperadas.

Scott assumiu minha posição segurando a gaze no local indicado, enquanto eu peguei o kit de acesso venoso, abri tudo com cuidado e comecei o procedimento.

Peguei a mão do Capitão, achando melhor não tentar mexer muito na vestimenta e puxar a manga liberando a dobra do cotovelo, então eu usaria o acesso periférico mais rápido. Arranquei a luva tática e procurei o melhor acesso.

Com um garrote, estabilizei a veia que precisava para puncionar e deixar o cateter no lugar. Perfurei, sabendo a todo o momento que o Capitão, mesmo com os olhos a meio-mastro, me olhava como uma águia.

Tentei disfarçar as mãos trêmulas. Já estava sendo tenso ter que suturar o homem a sangue frio, num ambiente nada propício para isso, em um momento de pura urgência.

— Tem certeza que não quer um analgésico agora que temos um acesso rápido? — perguntei enquanto fixava o cateter ao pequeno pacote portátil de soro.

— Absoluta. O analgésico vai me deixar sonolento e pode atrapalhar meus reflexos na hora de partirmos — respondeu com a voz rouca.

— Mas com dor você também não é muito funcional, senhor — falei rapidamente. — Eu ainda vou ter que revirar sua lesão abdominal.

— Garota, mande brasa no que está fazendo aí. Está indo bem, por sinal — disse e senti meu rosto corar.

— Bom, mesmo eu tendo sido muito gentil e educada, por questão até mesmo de hierarquia de posto, dei a entender que o senhor poderia decidir quanto ao uso ou não da medicação para a dor, mas... — falei e passei a língua nos lábios agora secos — não posso, em sã consciência, Capitão, fazer o próximo procedimento, sem que tenha preparado seu corpo para a dose cavalar de dor que provavelmente vou infringir.

O Capitão me olhou assombrado, não sei se com minha ousadia, ou não, mas não lhe dei tempo para proferir mais nenhuma palavra. Com a agulha da medicação já preparada, apenas retirei o tampo protetor da agulha e introduzi a dosagem no equipo.

— Sinto muito.

Depois que terminei de anexar tudo, voltei ao meu posto, ao lado da coxa do Capitão, peguei o grampeador de volta, afastei a mão de Scott e retornei ao trabalho.

— Obrigada, Scott.

— Sempre às ordens, linda — respondeu com uma piscadela. — Quando eu tiver um dodói, vou chamar você pra cuidar de mim, ao invés da enfermeira Custers.

— Ou do enfermeiro Klaus, lembra? Aquele que ficou completamente gamado em você? — Tyson zoou de Scott.

— Porra, nem me lembre. Toda hora ele queria conferir o curativo e a sonda.

Comecei a rir, mesmo que o momento não fosse o adequado.

Depois de "fechar o zíper" da coxa, finalmente a ferida do Capitão Masterson estava fechada. Não poderia dizer que ficaria uma cicatriz digna de um cirurgião plástico, mas foi o melhor que pude fazer nas circunstâncias enfrentadas.

Passei o iodo novamente e em seguida anexei o curativo oclusivo, para somente pensar em como poderia passar a bandagem em volta da coxa, de forma que fizesse pressão e mantivesse tudo adequadamente seguro na hora que ele fosse ser transportado dali para a padiola desmontável. Aquilo lhe daria até mais confiança.

Fiquei olhando um tempo para a calça, mordendo o lábio, sem saber o que fazer. Pior era que eu sabia que não tinha tempo para desperdiçar.

— O que você precisa, Ailleen? — Scott perguntou, notando minha apreensão.

— Preciso que o Capitão tire as calças — falei de pronto e senti meu rosto quente.

Esse era o mal com mulheres no meio de tantos homens. Entre os machos haveria alguma brincadeira ridícula? Claro que não.

— Nossa, mas sem nem ao menos me chamar pra jantar? — o Capitão falou, com a voz um pouco mais fortalecida pela infusão do soro.

Sorri discretamente.

— Eu sou rápida assim, Capitão — respondi na mesma medida.

Cinco anos na Marinha me ensinaram algo importante: os homens faziam piadinhas com teor sexual como respiravam. E aprendi a não me mostrar ofendida quando estava ao redor deles, mesmo que muitas vezes ficasse desconfortável. Nas bases em que fiquei, meu distanciamento impunha certos limites e os caras evitavam zoadas de duplo sentido, ou brincadeiras pejorativas. Supus que aquele esquadrão que havia acabado de me conhecer tentava usar o subterfúgio das brincadeiras tão rotineiras, para amenizar o nervosismo e cansaço. Optei por entrar no espírito corporativo para aliviar o clima.

Como ele apenas riu, imaginei que as piadinhas parariam ali.

— Okay. Tyson, embora eu goste que uma mulher faça as honras e tire minhas calças, será que você poderia assumir esse cargo? — ele ladrou.

— É uma missão estranha e muito fora do meu perfil, Cap, mas o que eu não faria pelo senhor, não é mesmo? — Tyson brincou.

Quando a calça do Capitão esteve na altura dos joelhos, evitei olhar para que as brincadeiras de mau-gosto não se alastrassem além da minha tolerância. Além do mais, não queria que meu rosto vermelho denunciasse o meu completo constrangimento.

Peguei a atadura e passei várias voltas pela coxa, mantendo a pressão ideal, nem tão apertado, para não obstruir o fluxo e piorar a situação abaixo do joelho, nem tão frouxo, para manter a firmeza do processo que desempenhei ali.

— Capitão, o senhor sabe que não ficará uma cicatriz discreta e fantástica, digna de um cirurgião plástico, certo? — perguntei, dando voz ao meu pensamento anterior, e olhei em seus olhos. Ele mantinha o olhar afiado em mim o tempo inteiro. — Mas fiz o meu melhor.

— Garanto que se fosse um dos homens me costurando, a coisa poderia ter ficado ao nível do Frankenstein, querida. Então eu agradeço imensamente o esforço — ele disse com sinceridade.

Teagan pegou outra calça do capitão e ajudou Tyson a vesti-lo por cima das ataduras, recolocando as botas e tudo mais. Okay. Da pelve para baixo ele estava como novo. Mais ou menos.

Agora, bastava eu engatar minhas mãos ensanguentadas na ferida que o homem levava na parte superior esquerda do abdômen.

Abri a camisa, afastando a camiseta por baixo e puxei a gaze que foi colocada ali provisoriamente.

Teagan ajudou o Capitão a girar o corpo e vi que por trás havia um curativo por igual.

— Okay, então ele recebeu um balaço pelas costas, suponho, que saiu e atravessou. Isso é um fato — falei rapidamente.

— Colocamos o curativo anticoagulante, o pó contensor, e a entrada da bala, na ferida posterior, conseguimos conter um pouco, mas a da frente ainda não. Temo que qualquer movimento que ele fizer vai fazer com que o fluxo seja mais intenso ainda — Teagan respondeu.

— Isso se dá pelo fato de eu acreditar seriamente que o Capitão esteja com uma hemorragia interna. Muito provavelmente o baço foi atingido no trajeto — falei. — O que nos leva à grande questão: é necessário colocá-lo num helicóptero urgentemente, porque esse tipo de lesão, somente uma cirurgia poderá resolver.

— Okay, pelos cálculos, o H-Hawk deverá estar de volta dentro de mais uma hora — Tyson disse. — O que fazer nesse meio-tempo?

— Uma esplenectomia está totalmente fora de questão — eu disse mais para mim mesma, do que para eles.

— Uma *esplene* o quê? — Teagan perguntou.

— A retirada do órgão. Normalmente quando a lesão é grave, o baço é extirpado.

— Por favor, doutora. Não extirpe minhas tripas — o Capitão brincou.

Sorri para o homem.

— Abrir para fechar? Porra. Okay, aqui vai o seguinte, preciso de dois pares de mãos.

Enquanto eu falava, troquei as luvas que já estavam contaminadas, por novas. Eu não estava num centro cirúrgico limpo e esterilizado. Estávamos no meio de uma caverna nos territórios da Síria. Mas seria ali que eu tentaria o meu melhor para que o Capitão chegasse vivo ao seu destino.

— Arranquem as roupas dele — falei rapidamente.

— Meu Deus, mulher. Você é rápida no gatilho, hein? Nem um vinho? Flores?

— Não dá tempo para todo esse romantismo, Capitão. Você vai ter que se desnudar na minha frente sem toda essa regalia — brinquei.

— Sem nem ao menos você tirar a sua roupa em conjunto?

Os homens riram e reviraram os olhos. Exatamente ao mesmo tempo em que revirei os meus.

— Duvido muito que se fosse um soldado fazendo isso, essa proposta indecente estaria em voga — retruquei.

— Boa resposta — o Capitão pareceu constrangido.

Quando Teagan conseguiu liberar a área que eu precisava, peguei a solução iodada, joguei sobre a lesão e escutei o chiado inconfundível de dor.

— Vou aplicar uma injeção antibiótica de amplo espectro somente por precaução. E nem adianta reclamar — ralhei.

— Eu não ia reclamar — ele resmungou.

— Só estava avisando, por garantia.

Com a mão livre, tirei o tubo de proteção da injeção com a boca, cuspindo no chão de qualquer jeito. Dane-se o asseio. Estávamos no desespero ali. E o tempo urgia louco e fungava no meu cangote.

Pincei uma parte do músculo e enfiei a injeção, sem mais delongas. Observei a área lesionada e comecei a pensar o que eu poderia fazer e o que seria inviável. Operá-lo ali era o mesmo que pedir que ele morresse nas minhas mãos.

Uma bala quando entra, faz um orifício pequeno e quase oclusivo. Mas na saída, ela deixa um pequeno estrago, ainda mais se for de um fuzil. Aparentemente, o tiro não havia sido de fuzil, mas sim de uma semiautomática. Não me perguntem como eu sei. Eu só sabia daquilo.

— Me dê esse pequeno bisturi, Scott. Já que você é meu ajudante, continua no posto.

— Claro, madame.

Passei a lâmina fina do bisturi sobre a pele do Capitão, apenas para expandir um pouco mais a lesão. No caso, muitas vezes eu poderia alegar que estaria procurando estilhaços da bala, mas na verdade, eu queria chegar um pouco mais profundo. Quando comprimi a parte posterior esquerda do Capitão, ele não retratou nenhuma dor, o que significava que seu rim estava livre.

Com os dedos abri as camadas de pele, músculo e gordura, chegando à raiz do problema. A pequena fonte de cachoeira sanguinolenta que teimava em continuar seu fluxo eterno.

— Okay. Aqui vai o seguinte. Vou fazer uma coisa totalmente não-convencional. Eu vou ocluir a ferida à bala com gaze, como se estivesse fazendo uma espécie de tampão. Dessa forma, evitamos um sangramento extenso. Vou fechar tudo e vamos levar esse grande homem ao centro cirúrgico mais próximo, o mais rápido possível, porque lá eles vão corrigir esse trabalho fajuto aqui — falei e os homens me olhavam assustados. Tudo isso porque enquanto eu falava, eu já executava as ações.

Meus dedos tocaram levemente no órgão esponjoso do baço. Porra. Eu estava com os dedos dentro do Capitão Masterson. Dentro de suas entranhas. E se aquilo não era uma posição de intimidade máxima, eu não podia dizer o que mais seria. Estava realmente conhecendo intimamente o interior do homem.

Scott limpava meu suor, que agora escorria loucamente pelo rosto e pescoço.

Eu inseria as gazes por dentro, contendo o fluxo, de forma branda.

Eu tinha que dar o braço a torcer para os médicos-cirurgiões. Como eles conseguiam fazer aquilo em uma base diária? Claro que com os equipamentos certos, o local ideal, a estrutura adequada, era outra coisa. Mas ali, no campo de batalha, no meio do desespero... estava sendo tenso e aterrador. E olha que minha função era meramente... cobrir um buraco. Ou dois.

Depois de quase vinte minutos de gemidos dolorosos do Capitão, onde ele mordia o cabo de sua faca com tanta força que eu chegava a ouvir sua mandíbula estalar, eu podia dizer que estávamos chegando ao final.

Fiz o mesmo processo na lesão da entrada da bala, cobri tudo com curativos oclusivos e, por fim, enrolei o tronco do Capitão com a atadura apertada, de maneira que mantivesse todo o processo de tamponamento firme.

Era apenas uma questão de compreender que, o Capitão precisava chegar a um centro cirúrgico imediatamente. O que fiz ali foi apenas uma alternativa ao estilo "McGyver", de forma tosca, para que quando fosse transportado, não vazasse pelos poros como se estivesse com uma torneira aberta.

— Mulher, você realmente me enrolou hoje, não é mesmo? — brincou.

— Com certeza, Cap — respondi e lhe dei um sorriso. — Agora, eu vou retirar o acesso venoso e vamos prepará-lo para colocá-lo na padiola — eu disse aquilo, já ajudando o Capitão a vestir a camiseta, sem perceber que quase estava com meu corpo por cima do dele. E muito menos notar que ele não era um menininho que precisava de ajuda.

Acho que meu lado condoído estava aflorado por todo o tormento que infringi ao homem, então, eu só queria ajudá-lo.

— Tudo bem.

Depois de tudo feito, retirei o acesso, joguei os apetrechos todos usados, bem como as gazes ensanguentadas, dentro de um saco preto, guardei na maleta de kit médico e nos preparamos para sair daquele pequeno inferno.

AILLEEN

Teagan e John carregavam a padiola desmontável que levamos para o resgate do Capitão. O que foi uma ótima decisão, já que mesmo sem imaginar que a lesão fosse tão grave, seria impossível colocá-lo de pé, mesmo o homem alegando que daria conta de ir caminhando. Porém era claro como a água que ele estava sem forças suficientes para se manter por conta própria, além de poder romper todos os pontos do excelente trabalho que eu havia feito.

Tyson seguia na frente do grupo enquanto Colin e Scott protegiam a retaguarda. Eu seguia atrás do Capitão, observando sua evolução. Ele estava impaciente, pois tinha que permanecer amarrado. Eu entendia bem o conflito.

Quando chegamos à clareira, nos mantivemos escondidos atrás de um grande apanhado de arbustos, não sem antes Tyson correr até o centro da área onde o helicóptero pousaria, a fim de colocar rapidamente um sinalizador.

Daquela forma o piloto saberia de cima, que já estávamos a postos, prontos a embarcar na aeronave. Em casos de resgate, muitas vezes o helicóptero nem chegava a tocar o solo.

Os resgatados deviam ser rápidos e evacuar a área com precisão. Era por isso que treinávamos ostensivamente táticas básicas de fuga e retirada de reféns.

Eu nunca imaginei que estaria realmente envolvida em uma, mas agora agradecia por ter me empenhado em cada treinamento recebido.

Suspirei aliviada quando a grande aeronave apontou acima de nossas cabeças e desceu ao centro da clareira. Tyson guiou o grupo, com Teagan e John praticamente correndo o mais rápido que podiam, carregando a padiola com um pálido Capitão, que ainda se mantinha estoico, sendo seguidos por mim, Colin e Scott, que corria de costas, olhando o tempo inteiro se não estávamos sendo seguidos.

Cada um subiu no helicóptero, colocando seu cinto de segurança, mas quando percebi que uma das alças da maca improvisada do capitão – porque haveria a necessidade de ele ir deitado, obviamente –, estava solta, podendo lhe trazer uma lesão sobre a área da coxa suturada, resolvi soltar meu cinto para amarrá-la.

— O que está fazendo? — Colin gritou.

— Ele não pode ir com esta parte solta! Ou o tranco do helicóptero pode movimentar a perna lesionada e área do flanco atingido! — gritei de volta.

Colin tentou me ajudar, enquanto Scott mantinha o olho na área, Teagan se firmava na lateral e John e Tyson davam comandos para o piloto seguir.

Ao me virar para voltar ao meu lugar, senti uma agulhada no ombro e gritei de dor.

— Atirador! Atirador! — Colin gritou para Scott que posicionou sua arma em busca do alvo.

Foi apenas na segunda rodada que o tranco de uma bala atingiu o colete Kevlar que eu usava, me desestabilizando totalmente da posição agachada onde me encontrava.

Dali para o que aconteceu, podemos dizer que foi tudo em câmera lenta e com horror total. Tanto meu, quanto da equipe de homens que estavam comigo.

Meu corpo pendeu para trás, e a porta da aeronave ainda estava aberta.

Como o piloto fez uma manobra de evacuação intensa para evitar as rajadas de bala que vinham na nossa direção, ele virou o aparelho exatamente para o lado que eu estava.

O resultado foi que, mesmo que o Capitão e Colin tivessem esticado a mão para segurar meu corpo, foi impossível conter a minha queda. Os outros homens estavam afivelados em seus próprios assentos e não conseguiriam, em hipótese alguma, me alcançar a tempo.

Claro, não foi uma queda de um prédio de vinte andares. Foi mais uma queda de uns dois metros até o solo arenoso, onde meu corpo estatelou-se e eu só fiz um *Ooooomff!*, brusco. Chocado.

Meus olhos estavam arregalados, encarando os olhos mais chocados ainda dos fuzileiros que ainda estavam no helicóptero que agora ganhava altura.

Eu podia ouvir ao longe.

— Oficial ferido! Oficial ferido! Volta essa porra de helicóptero, caralho!

Quem gritou, eu não poderia dizer, porque antes de eu fechar os olhos para a escuridão, dois pares de olhos assustadores, com as cabeças cobertas por aqueles lenços engraçados que os militantes da área usavam, entraram em foco.

Puta merda. Eu estava, literalmente, na *merda*.

Consegui ajudar na fuga e resgate do Capitão Masterson. Mas o preço foi que um sacrifício ficasse no local. Eu estava me sentindo a merda de um cordeiro indo para o matadouro.

GHOSTS

CAOS

JUSTIN

O helicóptero H-Hawk pousou no solo do porta-aviões no horário exato e meu coração estava disparado porque eu não queria acreditar que as informações enviadas para a sala de comando fossem verdadeiras. Não era incomum que em alguma operação um problema surgisse, ainda mais em áreas de conflitos intensos. Para todos os efeitos, tudo o que foi dito era truncado, atropelado e eu só sabia que algo tinha saído errado.

Quando as portas se abriram, uma equipe médica já estava a postos; uma aeronave estava preparada para levar o Capitão Masterson para a base da Alemanha.

Ele saiu rugindo como um leão ferido, recusando-se a sair na maca.

— Que caralho! Esse piloto filho da puta não entende a merda de um comando, porra! — gritou e eu marchei em sua direção.

Quando me viu, pude observar que seus olhos estavam vítreos e com uma ira profunda irradiando.

— Acalme-se, Masterson. Ou isso vai agravar sua situação — falei e vi quando cada um dos fuzileiros do grupo de operações especiais desceu.

— O piloto recusou-se a voltar para alvejarmos os alvos, Major. Eles estavam na mira, mas quando fez a manobra de evacuação nos tirou da reta! — Tyson gritou do outro lado.

Colin e Teagan estavam em igual estado.

O piloto ofendido desceu, temendo por sua vida.

— Major, eu fiz o que me foi mandado. Em caso de ameaça à vida, evacuar a área não importa o quê — falou rapidamente e engoliu em seco.

Naquele momento percebi que algo estava errado. Pelo rádio, ouvi que um dos fuzileiros havia sido atingido. O estado de nervos dentro da aeronave estava tão acima do normal que o rádio não passava as informações com coerência.

Senti meu sangue gelar.

— Onde está a Oficial Anderson? — perguntei, mas foi difícil disfarçar o medo na minha voz.

— Esse piloto filho da puta nos fez perder a garota! — o Capitão ladrou e só não avançou para o piloto porque John e Colin o seguraram. E porque também estava impossibilitado e amarrado na padiola.

— O quê?

— Ela estava firmando uma das correias da maca, quando foi atingida por um franco-atirador. O piloto fez uma manobra curva que a jogou para fora da aeronave — Tyson disse e estava quase chorando. Era difícil ver um homem chorando. Um fuzileiro então era quase impossível.

Uma das regras básicas de todo fuzileiro naval, ou mesmo todo soldado, seja qual força ele esteja servindo. Nunca abandone seu companheiro de equipe. Nunca. Então eu podia entender agora o que os motivaram na ira ardente que sentiam.

— Como assim caiu da aeronave? — Eu ainda estava chocado.

— A porta lateral estava aberta. O helicóptero não pousou. Entramos rapidamente, mas ela saiu do lugar quando viu uma correia solta. Na manobra brusca, ela caiu — o Capitão falou.

— Eu acho que ela foi atingida duas vezes — Colin disse. — Uma de raspão no ombro e acho que o que desestabilizou seu corpo foi o impacto da segunda, que atingiu o Kevlar.

— E... e-ela caiu?

— Sim. De uma altura média de dois metros e meio. O helicóptero ainda estava alçando voo. O problema é que se esse merda de piloto tivesse mantido a posição, Scott e Teagan teriam conseguido atingir os franco-atiradores, nos permitindo evacuar a área. Ou mesmo, se este merda tivesse acionado a metralhadora com que esta porra de aeronave é equipada, caralho! — o Capitão ladrou. — Teríamos matado os filhos da puta e os meninos poderiam tê-la resgatado.

Naquele momento, seu corpo pediu arrego, já que começou a cair deitado de volta na maca. John e Teagan o seguraram.

— Aquela garota me costurou inteiro, porra. Sem vacilar uma única vez. Agiu com maestria, mesmo eu tendo percebido que provavelmente deve ter sido sua primeira incursão em campo — ele disse em uma voz pesarosa. — E agora ela está ferida e muito provavelmente caiu nas mãos de milicianos do ISIS da área. Se não tiver acontecido coisa pior...

— Me recuso a acreditar que perdemos a menina — Tyson disse firme. — Proponho que voltemos imediatamente para resgatá-la.

Ergui a mão e passei a outra pelo cabelo curto, sentindo vontade de puxar pela raiz. Que porra! Eu havia colocado a jovem na missão. Crente que cercada de seis fuzileiros navais bem treinados, ela estaria segura. Seis dos melhores homens, não apenas dos comuns que estavam sob meu comando, mas RECONs, então, o mínimo que eu esperava era que a garota estivesse mais protegida do que o quadro da Monalisa no Louvre. E agora a situação que eu tinha nas mãos estava completamente fora do meu controle.

Ela não somente estava ferida em algum lugar, mas Deus me perdoe, sob as mãos de jihadistas, brutais e conhecidos pelo tratamento nem um pouco acalentador com militares americanos.

O que dirá com uma mulher.

Caralho!

— Okay. Aqui está o que vamos fazer. Nós vamos selecionar duas equipes distintas. Preciso apenas crer que ela será esperta e acionará o mecanismo de rastreio que tem no MARPAT — falei confiante de que Ailleen Anderson seria astuta para isso.

Claro que cada soldado era enviado com rastreio de GPS, exatamente para o fato de que se caísse nas mãos atrás de linhas inimigas, pudessem ser rastreados por seus compatriotas e resgatados o quanto antes.

O pior que poderia acontecer era que os militantes do Jihad, quando capturavam soldados americanos, não tinham misericórdia alguma. Eles faziam o pedido de resgate ao Governo americano, que era conhecido pela política dura e extrema de nunca negociar com terroristas, em hipótese alguma.

Muitos militares e civis perderam a vida por conta disso. Então cabia ao comando superior enviar suas tropas específicas para resgate de reféns. Era aí que entravam os oficiais das forças táticas oficiais de reconhecimento, os RECONs ou quando exigidos, os Navy Seals, da Marinha americana.

— Merda. Capitão, eu preciso que você siga para a Base alemã — falei, e quando o vi negando, ergui a mão. — Não adianta discutir. Pense da seguinte forma: coloquei esta jovem em perigo imediato para resgatar sua bunda e resguardar sua vida. A dela não terá valido a pena se você for um teimoso filho da puta e se recusar a seguir os tratamentos médicos necessários para se manter vivo.

Ele calou a boca e assentiu.

— Vou mantê-lo informado. Os oficiais da equipe IV vão ficar e descansar — falei.

— Senhor, pedimos permissão para ir junto, senhor — Teagan disse. — Nos sentimos responsáveis pela garota.

— Eu sei, mas vocês estarão 100% para enfrentar novamente o resgate? — perguntei. — Eu creio que não. Acabaram de voltar de uma missão que durou mais do que deveria. Foram alvejados e precisam se recuperar.

— Senhor, eu peço pra ir junto, senhor — Teagan insistiu. — Por favor.

Conferi o estado geral do Tenente e percebi que suas injúrias eram mínimas em comparação ao de seus companheiros.

— Okay. Tyson, Scott, Teagan e Mendes. — Olhei ao redor. — Mendes! Venha aqui imediatamente!

— John, você segue para a base alemã com o seu Capitão — informei. Vi quando ele quis refutar, mas meu olhar foi o suficiente para calá-lo. — Colin, quero você aqui na base.

— Mas, Major...

— Você teve uma concussão na última missão, engatou nesta e teve que ser resgatado. Seu corpo precisa de reparo, meu jovem. Sem discussão.

Olhei ao redor e chequei a tabela de aplicativo do pequeno dispositivo que sempre carregava.

— Stan, Bronx, Adam e eu vamos seguir na equipe alfa — falei e ouvi o arfar de susto.

— O senhor vai junto? — Tyson perguntou assombrado. — Mas e a Base?

— Meu segundo em comando, o Primeiro-tenente Chammbers ficará encarregado enquanto não voltamos e trazemos nossa garota de volta — falei.

Pouco me importava que eu tinha recebido ordens para seguir no mesmo voo da Alemanha, junto com a equipe que levaria o Capitão Masterson de volta à terra para os devidos cuidados.

Eu havia colocado Ailleen na missão. Nada mais justo que fosse eu a tirá-la da enrascada. E Deus ajude que ela ainda estivesse inteira e bem, porque o mundo iria ruir com a minha ira quando eu colocasse as mãos em cada um que tivesse trazido dor àquela garota.

GHOSTS

RUÍNA

AILLEEN

Acordei e tentei abrir os olhos, mas parecia que um quilo de areia do deserto estava embaçando minha visão. A dor aguda no braço trouxe à memória que muito provavelmente eu tinha levado um tiro, o que foi chocante, já que foi a primeira vez, e puta que pariu, aquela experiência não era nem um pouco agradável e divertida. Ainda bem que foi de raspão, ou eu estaria sangrando até a morte. O que significava que estaria acordando em outro plano, e esperava ardentemente que fosse no celeste.

Sentia minha boca rachada e precisava urgentemente de água. Percebi que estava com as mãos e os pés amarrados, deitada em um catre, num quarto úmido e escuro. Podia ouvir ao longe um rádio tocando uma canção árabe melodiosa.

Mesmo sem forças, tentei sentar, e a dor quase trouxe um grito à minha garganta já judiada.

Uma porta se abriu e imediatamente me encolhi num canto. Ou tentei, da melhor maneira que pude, já que parecia um frango assado amarrado.

Uma mulher jovem, vestida com os típicos trajes da região, entrou e me olhou com desconfiança total. *Okay, querida. Eu também estou refletindo esse olhar desconfiado, certo?*

— Água? — pedi educadamente. Eu sei que estava na merda, provavelmente era uma refém, moeda de troca, mas não custava nada ser educada, não é?

A mulher me ajudou a sentar, colocou um copo à frente da minha boca e me ajudou a beber.

Meu corpo estava moído. Eu nunca imaginei que até os fios de cabelo pudessem doer, mas era verdade. Acho que culpa do imenso galo que eu tinha no couro cabeludo, resultado da queda brusca do helicóptero. Yaaaay! Olha que emoção. Fui para minha primeira missão; costurei um homem; meti os dedos dentro dele; levei um tiro; caí de um helicóptero em pleno voo e agora era refém de militantes, muito provavelmente ligados ao El

Jihad, um dos grupos terroristas que mais odiavam os Estados Unidos. Pior, se eles fossem ligados ao ISIS, eu realmente estava com meu atestado de óbito assinado. Quão bacana era isso?

Depois que terminei de beber e babar bastante por todo o meu corpo, a mulher cortou um pequeno pedaço de pão seco e colocou na minha boca, esperando que eu mastigasse cada fatia.

Sacudi a cabeça, sinalizando que não queria mais.

— Obrigada — agradeci, mesmo que a situação fosse estranha pra caralho. Quem agradece ao seu captor?

— Você americana? — ela perguntou com um forte sotaque.

— Sim.

— Soldado americana?

Apenas acenei.

— Homens acharam você — falou e continuou me encarando. — Vão trocar você.

Fechei os olhos porque, ali, soube que era o meu fim. Não haveria troca.

— Vão falar com você — ela disse, fazendo com que eu abrisse meus olhos.

— Okay — respondi, mas senti o medo me assolar.

A mulher saiu e menos de vinte minutos depois, pelos meus cálculos, dois homens fortemente armados entraram no quarto.

Engoli em seco, sentindo o medo se alastrar pelo meu corpo. Mas eu não demonstraria em hipótese alguma.

Eu já tinha conseguido, milagrosamente, apertar o pequeno dispositivo instalado no meu cinto. O dispositivo que poderia demarcar exatamente para qualquer equipe de resgate, se é que haveria uma, onde era minha exata localização.

Honestamente, eu esperava que houvesse um resgate.

Mesmo que fosse apenas um fuzileiro, eu sabia que o lema da nossa força militar era nunca deixar um companheiro para trás. Então, eu esperava que o Major resolvesse que minha vida valia a pena ser resgatada.

— Nunca pegamos soldados mulheres — um dos homens falou e cuspiu no chão. — Agora os Estados Unidos estão ficando sem homens suficientes e colocando suas mulheres à frente, é? — zombou e o outro riu.

— Pior que isso... estão deixando para trás — o outro disse e passou a mão pelo meu rosto. Afastei a cabeça rapidamente.

O homem segurou meu queixo com força.

— Essa é bonita, Rashid. Daquelas que nos fazem cair em pecado, que Alá nos ensina a dar uma lição por usar a beleza para tentar os homens — cuspiu o ódio intenso em minha direção. — Ao invés das roupas que deveria usar, cobrindo suas partes, usa essas coisas grudadas ao corpo, mostrando tudo.

GHOSTS

— Roupas de homens, Mohammad — o tal Rashid falou. — Talvez ela seja como eles.

— Pode ser, mas ainda assim é mulher — disse, lambendo os lábios enquanto olhava para o meu corpo com lascívia. Senti as náuseas subirem.

— Como você faz contato com seu comando? — Rashid perguntou, ainda segurando meu queixo. Provavelmente ficaria roxo.

Não respondi nada. Naquele momento, veio à memória todos aqueles filmes onde víamos os soldados americanos caindo em mãos inimigas e sendo torturados para delatar os segredos de seu país. Agora eu entendia qual devia ser a sensação na vida real.

Resolvi que seguiria aquele episódio macabro como se fosse o roteiro de um filme hollywoodiano, e não daria informação alguma aos meus captores.

Mantive o silêncio.

— Fale, mulher!

Ainda assim não respondi.

O que não esperava era o tapa brutal que levei. Bom, se estivesse seguindo o roteiro, claro que em todo filme, a tortura vinha acompanhada de atos doloridos para a vítima indefesa. No caso, eu. Então, o que eu esperava? Que o cara ali fosse me dar um chá de hortelã e um pedaço de cupcake? Percebi que meus pensamentos estavam devaneando como se eu não quisesse acreditar que aquilo ali fosse real.

Senti o sangue no canto da boca.

Voltei o rosto e mantive o ar estoico, embora a vontade fosse de chorar como uma garotinha que estava apanhando do garoto valentão da sala. Ops... eu já tinha enfrentado uma surra, anos atrás. No baile de formatura... Bem, não naquelas condições em que eu me encontrava agora, mas, enfim...

— Como fazemos pedido de resgate ao seu Comandante? — insistiu.

Cara... minha boca parecia que tinha uma *superbonder*. Eu não conseguia abrir para responder adequadamente. Então fiquei calada.

E o meu silêncio foi a minha ruína.

Aquilo irritou os brutos à minha frente. Levei um soco no abdômen, e mesmo com o colete Kevlar ainda – o que me mostrava que eram amadores, já que não me despojaram dos aparatos militares básicos –, doeu pra caralho. Agradeci a Deus por isso, mesmo naquele momento de agonia extrema.

Um puxão de cabelo quase estalou meu pescoço, fazendo com que eu rangesse os dentes, mas ainda assim não lhes dei o gostinho de me verem chorar em lamúrias. Aguentei estoicamente. Um dos homens que não fazia ideia do que era asseio bucal encostou o nariz ao meu e gritou:

— Como. Fazer. Contato. Com. Seu. Exército? — Ainda era estúpido, o filho da puta, já que nem diferenciar as forças armadas, aparentemente, ele sabia. Eu era Marinha, porra. Fuzileira naval com muito orgulho. Sabia que os militares americanos eram detestados em quase todo o Oriente Médio, mas se havia um esquadrão que eles mais temiam, era o dos fuzileiros.

Diante do meu silêncio, só restou aguardar pelos próximos golpes que vieram sem demora. Mais um tapa, outro soco, seguido de mais um, onde terminei arfando e vomitando os pedaços de pão que a moça me dera antes, além da água.

— Porca — um deles falou.

— Você bateu no estômago, imbecil. O que esperava? — o outro retrucou.

— Ela vomitou na minha sandália.

— Vá limpar. E prepare o quarto escuro. Acho que nossa hóspede vai ficar confortável ali.

Um dos homens saiu, mas o que permaneceu, manteve a atenção e o foco em mim.

Passou as mãos pelo meu rosto, braços, especialmente sobre a lesão aberta do tiro, afundando um dedo na área, onde gemi um pouco.

— Gosto de gemidos — ele disse.

Seus dedos percorreram meu pescoço e ele pensou seriamente em retirar o colete.

— Pena que essa roupa de homem cobre seus atributos aqui — disse e apontou para os meus seios. — Eu gosto dessa parte feminina. Mas podemos brincar depois.

As carícias repugnantes prosseguiram pelo meu rosto.

— Você é bonita — ele disse.

Eu não gostava de ser bonita. Não queria ser lembrada em momento algum que ao atrair a atenção de um homem e ficar à mercê dele, eu não passaria de uma pessoa patética como a que estava sendo ali naquele momento.

"Quando eu disser que você vai ser minha, é isso o que vai acontecer... entendeu?"

Em todo momento, mesmo que ainda mantivesse ardendo em mim a chama da feminilidade latente, ainda assim, sempre fiz questão de me esconder por baixo de uma camada de indiferença, fazendo de tudo para não chamar atenção de homem algum. Eu queria ser aquela a sentir desejo, não a que fosse desejada. Porque sempre associei a isso... desejo repulsivo e violência ante a negativa evidente.

Eu era uma prisioneira. Entendia bem o sentido da coisa. Ainda assim, era duro lidar com o fato de que minha condição de mulher me desfavorecia, pois era somente isso o que eles viam.

— Acho que vou gostar de me divertir com você. Depois que aprender a respeitar Rashid — ele disse. — Você vai passar um tempo no quarto escuro. Até pensar direito e responder minhas perguntas.

Fique sonhando, idiota. Mesmo que você pergunte, eu não tenho as respostas. Não sou a merda de um agente secreto, seu burro.

Minha vontade era dar uns gritos daqueles, mas achei que já tinha levado uma surra considerável. Eu já podia sentir meu rosto inchando. Um dos socos atingiu o olho, ainda bem que ele evitou o nariz, ou certamente estaria quebrado. Mas eu podia sentir o olho esquerdo começando a querer se fechar como as cortinas de um espetáculo teatral macabro.

Quando o outro bruto voltou, me pegou sem a menor educação, jogando meu corpo no chão, e saiu me arrastando, com uma mão firme no meu rabo de cavalo, o que trouxe um grito de dor, e outra na alça do colete da roupa.

O idiota nem ao menos se dignou a me erguer no colo, ou levar no ombro, o que fosse, ele simplesmente me arrastou como um homem das cavernas devia fazer com as mulheres na época.

Teve a ousadia de me arrastar por um lance de escadas, pequeno, ainda bem, fazendo com que cada degrau fosse um choque de dor pelo meu corpo. Podia sentir cada osso do meu corpo se chocando como peças de um quebra-cabeça sendo desmontado.

Eu seria um mapa geográfico de roxos e hematomas das mais diversas tonalidades daquele jeito. Sabia que no calor do momento, enquanto a adrenalina ainda circulasse pelo meu corpo, a dor que eu percebia era mínima perto da que eu sentiria logo mais.

Quando chegamos a um quarto no canto mais escuro da casa, ele me jogou num canto, sem a menor cerimônia, e trancou a porta.

O quarto era totalmente escuro. Sem nenhuma fresta de luz. Nada.

Senti as grossas lágrimas descendo pelo rosto, porque agora eu poderia dar vazão ao medo. Eu ainda estava com mãos e pés atados. Literalmente. Senti medo como nunca havia sentido na vida.

Eu podia ser militar. Ser fuzileira com orgulho. Mas ainda assim era humana. E estava com medo. Muito medo.

ESCURIDÃO

AILLEEN

Não fazia ideia de quanto tempo estava ali. Já tinha perdido a noção. Quando estamos vivendo um evento louco como o que eu enfrentava, parecia como se estivéssemos em uma realidade paralela, como se fosse o corpo alquebrado de outra pessoa, depositado no chão sujo. Espancado sistematicamente, de uma em uma hora. Pelo menos era o que parecia. O tal Rashid, depois de me trancafiar no quarto da escuridão, voltou um tempo depois e começou uma sessão sistemática que faria inveja a Christian Grey.

Eu podia sentir até agora os vergões ardendo na minha pele. Foram com tanta intensidade que tinha certeza de que haviam rompido as fibras da roupa tática em um primeiro momento.

Quando o jihadista filho da puta retornou, voltou com um balde de água gelada. Onde ele havia conseguido os cubos de gelo, eu ainda estava matutando para descobrir. Para mim, naquele lugar árido, parecia meio surreal imaginar um freezer para fabricação das pedrinhas que desceram sobre o meu corpo como uma chuva de granizo com capacidade F5 na escala dos furacões. Ou seja... nada de pedrinhas miúdas. Pense em cubos enormes sendo arremessados.

— Como fazer contato com o seu comando? — Rashid gritava ao me segurar pelo cabelo.

Trinquei os dentes. Podia sentir o sangue na boca, mas não falaria nada. Eu podia morrer, mas morreria com honra.

O homem ficou enfurecido. Pode ter sido por conta do cuspe ensanguentado que arremessei na direção do seu rosto, daí partiu pra pior. Ele finalmente lembrou-se da faca que usou para cortar as amarrações do meu colete Kevlar. Daquela vez usou para me despojar das minhas vestes. E o medo bateu com intensidade. Medo de ser estuprada, talvez. Me matem, mas, por favor, não tirem minha dignidade como mulher, tomando uma coisa que não pertence a quem eu não queira entregar.

"Nunca vai dizer não para mim, entendeu? Nunca!"

GHOSTS

Pensamentos voltaram e trouxeram lágrimas aos meus olhos enquanto eu sentia a faca cortando as minhas roupas. Rashid me deixou apenas com a camiseta e as roupas de baixo. E recebi mais um balde de água gelada. Sufoquei, trincando os dentes.

— Eu vou voltar aqui, moça. E você não vai gostar nada. Porque vou usar tanto o seu corpo, que você vai implorar pra morrer. Mas eu não vou deixar. Vou usar de novo, e de novo e de novo. E depois, posso passar para o Mohammad. E quando você for apenas uma boneca quebrada da pátria que defende com tanta honra, vamos deixar seu corpo largado no mesmo lugar onde a pegamos.

O imbecil falou aquilo e saiu. Fiquei no escuro novamente. Desprovida das minhas roupas, da coragem e da esperança que sempre senti quando estava nas forças armadas.

No processo, percebi que até mesmo cortou as amarras que ainda me mantinham cativa, mas eu não tinha mais forças para sequer lutar contra absolutamente nada que me exigisse esforço.

"Tão linda... gosto assim. Quieta. Apenas esperando e ao meu dispor..."

Batendo os dentes de frio, até mesmo agradeci um pouco pela água gelada, já que ela anestesiou um pouco as dores que meu corpo propagava ao cérebro. Sim. Porque o comando inverteu ali. Meu cérebro já estava se desligando totalmente. Minha mente revoava em busca de alternativas e imagens onde eu pudesse focar e esquecer que meu destino era muito pior do que o que imaginei.

Não haveria salvação para Ailleen Anderson. Eu seria apenas mais um número de identificação em baixa. Desaparecida em missão. Ergui um das mãos, com dificuldade extrema, e agarrei a *dog tag* que trazia meus dados com a identidade da pessoa que eu era ali e que deixaria de ser. Um sorriso deslizou pelo meu rosto, concomitante a uma lágrima furtiva, apesar de tudo. Provavelmente eu seria lembrada, não é? Executei com maestria a missão de "consertar" o Capitão, que era uma figura muito mais importante das forças armadas do que eu, uma mera Oficial em treinamento. A Marinha americana ficaria agradecida.

Eu esperava que ele estivesse bem. Esperava que Carrie e Anya guardassem meus pertences e nunca abrissem a merda do meu diário, ou descobririam que eu ainda tinha ilusões idiotas e românticas.

Estava tão alienada e desfocada do mundo ao redor que nem ao menos registrei direito o momento em que duas mãos me levantaram do chão.

Oh, merda. Lá vinha o imbecil cumprir seu plano indecente.

— V-vo-cê po-pode me estu-tu-prar, idi-diota... ma-s da mi-minha bo- -boca não sa-sai na-nada — cuspi.

Acho que apaguei.

DESTRUIÇÃO

JUSTIN

Você pensa em chegar com calma e conversar com alguns filhos da puta que estão mantendo uma mulher refém? Não. Claro que não.

Como antigo RECON, sempre fui reconhecido como equilibrado. Pensava, planejava com calma... antes de invadir determinada localização para passar os dados necessários às equipes de busca. As medalhas que eu guardava mostravam a razão de ser conhecido como *Ghost*.

Mas no momento em que as duas equipes entraram na aeronave e desembarcaram na área designada, seguindo o rastro do dispositivo GPS que mostrava a exata localização da Oficial Ailleen Anderson, sumiu o homem focado. O Major equilibrado e bem constituído nas forças especiais. Em seu lugar entrou um homem puto, obcecado em descobrir onde a garota estava para retirá-la das mãos daqueles animais. Eu mesmo destruiria o lugar.

E na minha mente passavam imagens da forma hedionda com que eu os mataria se algo tivesse acontecido com Ailleen. Eu me sentia responsável por ela? Sim. Eu a coloquei na missão. Era mais do que justo que me sentisse obrigado a partir em seu auxílio e garantir que ela estivesse bem. Meu coração estava acelerado, podia sentir o estômago na boca, os joelhos falhando. Até mesmo os meus dentes rangiam de ódio. O que a garota corajosa e temerária devia estar sentindo naquele momento?

Homens muito mais fortes já se renderam aos horrores da guerra. Ela estava segura e protegida, até então, dentro do porta-aviões. E eu simplesmente a enfiei em um campo minado, onde militantes do grupo mais brutal poderiam estraçalhar seu corpo pelo mero fato de ela ser militar das forças americanas.

— Teagan, o sinal? Onde está? — perguntei.

— Vem daquele casebre no alto da viela, senhor. Vê? Com a parca iluminação? Há apenas um homem de guarda. Scott disse que uma mulher pode ser vista na cozinha, pela janela, mas usa as vestes típicas da região, então achamos que pode ser companheira de alguém do grupo. Há três homens na casa. O que faz a guarda e dois no interior — informou.

Naquele momento Mendes voltou com o outro grupo.

— Não há garantias de que as outras casas ao redor não abriguem simpatizantes do ISIS, mas podemos armar pontos estratégicos para a fuga e evasão do local, senhor. Qualquer ameaça será exterminada pela mira dos *snipers*.

— Ótimo. Não queremos confusão e nenhum incidente diplomático recaindo sobre uma possível missão surpresa e obscura no meio do nada na Síria, sem o devido conhecimento do Comando da Marinha, mas não ia passar por uma porra de burocracia para esperar resposta do General Stuart até que fosse autorizado a buscar nossa garota — informei. — Já se passaram quantas horas?

— Cinco, senhor.

Porra.

— Tempo mais do que suficiente para esses merdas fazerem sabe-se Deus lá o quê com ela — relatei meu maior medo. — Quando entrarem na casa, matem. Deixem apenas a mulher, se não impor ameaça. Pensem com o instinto. Se houver crianças, evacuem para algum cômodo.

— Sim, senhor.

— Vamos agir rápido.

Marchamos pelas sombras que nos recobriam, entrando nos escombros da viela pobre e decadente. Sinalizei para a equipe IV, comandada por Teagan, para que cobrissem a área frontal.

Mendes, Adam e Bronx se posicionaram em ângulos perfeitos que nos permitiriam evacuar o local carregando a carga que viemos buscar. Dali não sairíamos sem ela. Stan seguia atrás, e manteria a guarda assim que entrássemos no casebre.

Quando imobilizamos o primeiro homem, e por imobilizar eu quero dizer exterminar mesmo, porque a adrenalina era tanta que não houve tempo para parar e conversar sobre o clima ou a bolsa de valores, entramos na casa. A mulher nos olhou assombrada e quando fez sinal que ia gritar, apontei o fuzil diretamente para sua cabeça.

— Mulher soldado... — ela disse sem hesitação, mas com a voz trêmula. — Lá embaixo. — Apontou uma porta que mostrava uma escada de pedra decadente.

— Quantos homens na casa?

— Dois.

Eu já sabia disso, mas não custava nada conferir a informação.

Fiz sinal para que não falasse mais nada e alertei Scott para que a mantivesse calada.

Desci as escadas com Teagan e Tyson às minhas costas. A parte inferior era como se fosse uma caverna toda de pedra, com duas salas que mais pareciam gaiolas imundas. No canto oposto, havia outra pequena escada, que levava para outro piso. Era como se descêssemos para um nível, mas houvesse outro às escondidas, que subia novamente.

Teagan vasculhou as duas jaulas, constatando que estavam vazias. Ouvimos uma voz em árabe discutindo abertamente com outro homem e nos colocamos à espreita, pois ele desceria exatamente da escada oculta. Quando o homem atarracado apontou, arremessei meu corpo contra o dele e segurei sua garganta em um aperto mortal. Podia sentir sua traqueia quase se partindo entre meus dedos.

— Onde ela está?

O homem estava ficando roxo. As veias estouravam nos globos oculares.

— Major, o sinal indica logo acima.

Minha vontade era espancar o homem, mas eu sabia que não teria tempo, então, simplesmente apertei com mais firmeza até ouvir o estalo em minha mão. O corpo sem vida caiu no chão.

Segui à frente, Teagan me dando cobertura, Tyson mantendo a guarda na escada, para uma eventualidade.

O homem me viu e tentou gritar.

— Mas que...

Atirei em sua perna esquerda primeiro.

O grito foi ensurdecedor. Você pensa que eles são corajosos e altamente guerreiros em táticas de tortura, mas quando chega o momento em que precisam confrontar a morte, viram bebês chorões.

Cheguei diante do seu corpo esparramado no chão, onde o homem tentava conter o fluxo de sangue, gemendo de dor.

— Eu espero que você não tenha feito nada com a minha garota. Ou vai desejar não ter nascido — falei. O medo brilhou em seus olhos. — Onde ela está?

Eu já tinha posicionado meu fuzil dentro da cavidade de sua boca, sentindo um estranho prazer ao observar o pavor tomar conta de sua fisionomia.

— Major... — Teagan me chamou do canto da sala. Um quarto fechado por uma porta de madeira escura estava isolado no lugar. A chave estava na fechadura do lado de fora.

Abri e entrei, tentando me acostumar ao breu total. Jogando o facho de luz por todos os cantos do aposento minúsculo, meu coração quase parou no peito quando focalizei a figura alquebrada no canto, deitada em posição fetal. Desprovida de suas roupas militares.

O cabelo cobria o rosto.

Corri para o seu lado e afastei as mechas, mas não podia ver nada, mesmo com a porta aberta, a claridade de fora não permitia que eu visse seu estado real.

— Pooooorra... — falei.

Passei a alça do fuzil pelo ombro e comecei a levantar o corpo da jovem, ansioso em retirá-la daquele covil.

Minha vontade era explodir aquela merda de casebre com os filhos da puta dentro, tamanho era o meu ódio.

Quando a estava erguendo do chão, ela disse em uma voz fraca, mas que atormentaria o resto dos meus dias:

— V-vo-cê po-pode me estu-tu-prar, idi-diota... ma-s da mi-minha bo--boca não sa-sai na-nada — ela disse e apagou em seguida.

Senti meus olhos umedecerem de orgulho, pânico, dor e amargura. Remorso balançava junto em um conflito de emoções que nunca havia sentido em todos os meus anos nas forças militares.

A angústia tomou conta do meu peito e o medo bateu mais forte e intenso quando saí à luz da sala e o assombro se mostrou nos rostos dos oficiais que estavam comigo, Teagan e Tyson. Olhei para baixo e fechei os olhos.

O ódio subiu de maneira tão intensa pelo meu corpo que eu podia senti-lo vibrar como um diapasão desgovernado.

Aqueles animais haviam espancado Ailleen brutalmente. Sabemos que na guerra não havia diferenciação de sexo, mas que há a nitidez de que as mulheres são as mais afetadas em sua fragilidade e debilidade quando se deparam com homens sem escrúpulos algum, isso é fato comprovado.

— Teagan, faça o favor — pedi baixinho, mesmo que não quisesse largá-la e entregá-la aos cuidados de outra pessoa. Eu era responsável por ela.

O tenente chegou à minha frente e depositei o corpo judiado de nossa companheira fuzileira em seus braços.

— Merda... — ele disse baixinho.

Marchei em direção ao homem que choramingava baixinho no chão.

Arrastei seu corpo até o meio da sala e ali soltei os demônios que me atormentavam. Deixei que meus punhos falassem o que as palavras não podiam exprimir. Eu podia sentir a pele dos nódulos dos dedos rachando, mesmo por baixo das luvas táticas, mas foda-se se eu ligava... estava sendo catártico poder devolver cada golpe com que eles martelaram no corpo frágil de Ailleen Anderson, no daquele projeto inútil de ser humano.

— Bater em uma mulher indefesa é fácil, não é? — cuspi, não parando meus golpes, mesmo que sentisse que o homem já fosse uma massa disforme no chão.

— Major — Tyson chamou minha atenção. — Acho que devíamos evacuar a área. O helicóptero chegará em vinte e cinco.

Levantei com relutância e retirei a Colt 45 do coldre. Sem um segundo pensamento, dei cabo à vida do homem que achava que poderia despojar as honras da garota que só tinha recebido uma missão e a desempenhou com maestria.

Pensei em pegá-la de volta de Teagan, mas ele já marchava para fora dali com ela nos braços. Olhei ao redor, para ver se havia sinais de seus equipamentos. Apenas o Kevlar rasgado e suas roupas destruídas no chão mostravam a passagem de um militar americano por ali. Suas armas e mochila haviam desaparecido, no entanto. Apanhei tudo e embolei debaixo do braço, saindo daquele inferno.

Deixamos a mulher árabe estupefata e chorosa para trás. Corremos pela vegetação que se misturava às rochas ao redor, dando-nos cobertura na, agora, noite fria. Tyson havia retirado a parte superior de sua roupa militar e colocado por cima do corpo exposto de Ailleen, e saímos dali como uma matilha, perseguidos por predadores muito maiores ainda.

Chegamos à clareira com vinte e um minutos e o tempo de espera para o H-Hawk descer foi de apenas dois.

A equipe se enfiou no helicóptero, sem dar uma palavra sequer.

Entrei antes e sinalizei para que Teagan me entregasse a carga que viemos buscar. Levei-a no meu colo até a base do porta-aviões. Eu precisava ter certeza, dessa vez, de que ela estava segura.

Nossa missão estava cumprida. Um companheiro nunca ficava para trás. Nunca.

Eu só esperava que o pesadelo que aquela garota viveu naquele breve cativeiro, em algum momento, ficasse.

SONHOS PERTURBADORES

AILLEEN

Acordar sem saber onde está, é uma merda. A sensação é quase hilária, para não dizer outra coisa. Um olho não abria. Mesmo fazendo força. Para dizer a verdade, nem minha mente abria para clarear as ideias.

Então, sacudindo um pouco a cabeça, tentei focar nos eventos da vida, para tentar me situar. E com isso, veio a puta onda de pânico, como um tsunami tentando me engolfar, o que me deixou sem fôlego e quase clamando por respirar.

Uma mão pousou no meu braço, e uma voz suavemente falou, porém ainda assim com firmeza:

— Calma. Ou você vai acabar se machucando. — Não reconheci a voz de imediato, mas foi o suficiente para que eu me acalmasse. Não estava falando em árabe, e sim em inglês. E sem sotaque, logo, era amigo. E eu já havia ouvido aquele timbre antes. Só não me lembrava de onde.

O outro olho resolveu cooperar e abriu, focalizando o teto iluminado logo acima. Fechei os olhos, tentando lidar com a claridade excessiva.

— Diminua um pouco a iluminação, Tyson. — A voz desconhecida permanecia ressoando em minha cabeça e a mão quente ainda mantinha o contato acalentador.

— Onde... onde estou? — perguntei com a garganta seca.

— Ailleen? Olhe pra mim — ele pediu.

Virei a cabeça e a enxurrada de informações desceu de uma só vez. Major Bradshaw. Missão de resgate. Costurando o Capitão Masterson. Corrida desesperada para o helicóptero. Dor no ombro e queda. Cativeiro maldito. Surra. Surra. Surra. Medo e mais medo.

— Não vou perguntar se morri, porque se eu perguntar isso, você vai pensar que estou dizendo que se parece com um anjo, ou então vou ter que deduzir que estamos todos mortos em algum lugar muito bacana e cheio de claridade. E se for cheio de claridade e não fizer calor, significa que não é o inferno, então, já está ótimo — falei atropeladamente. Droga. Eu tinha esse estranho hábito.

Uma risada veio do canto da sala e ergui a cabeça para ver o homem que me observava. Tyson. Da missão.

— Olá. Então vocês me resgataram, né? — perguntei o óbvio.

— Tyson, você poderia nos dar licença, por favor? — o Major Bradshaw pediu.

— Sim, senhor. É bom vê-la bem, Oficial Anderson.

— Obrigada.

"Bem" era algo meio ilusório. Mexer o dedo doía. Sacudi a cabeça e o pescoço incomodou. Acho que devo ter gemido porque o Major chegou ao meu lado com um copo de água e ergueu a cabeceira da cama.

— Beba aqui. Com calma.

Fiz o que me foi ordenado, porque vindo dele, nada era solicitado com delicadeza ou educação. Era uma ordem. O homem, por si só, já exalava autoridade. Acho que eu era capaz de beber Arsênico sem ver, se ele mandasse. Ou tomaria no copo até de canudinho.

— Obrigada, senhor.

O Major passou a mão pelo cabelo e notei as olheiras de cansaço. Deve ter sido meio tenso comandar outra equipe de resgate do porta-aviões, em tão pouco tempo. O peso da responsabilidade era imenso.

— Muito obrigada por ter destacado outra equipe para me resgatar, senhor — agradeci.

— Nós nunca deixaríamos um de nós para trás, Anderson. Você sequer imaginou isso? Qual é o lema dos Fuzileiros? Qual o nosso bordão? Estamos unidos e dispostos a morrer por nossos companheiros. Um cobre a vida do outro. O que você fez foi o gesto mais honroso que poderíamos esperar de um soldado em nossas fileiras. Você aceitou a missão, executou com presteza e sem pestanejar por momento algum. Mas, por uma falha...

— Não posso dizer que houve uma falha, senhor. Um imprevisto, talvez. Acredito piamente que isso acontece e é um risco que eu deveria estar preparada para correr, uma vez que me alistei. Tenho que confessar que nunca imaginei ir a campo, mas quando aceitei fazer parte das forças armadas, jurei defender o país e encarar qualquer missão que a mim fosse designada.

— Ailleen...

Estranhei que ele me chamasse pelo meu nome de batismo. Estranhei mais ainda os arrepios que aquilo me causou. Droga. Provavelmente eu estava possuída por algum medicamento que estava me fazendo viajar em algum barato.

— Não há palavras que possam exprimir o que estamos sentindo agora. Nós, como companheiros de força. Se deixar um membro da equipe para trás já é difícil, que dirá uma mul...

Ergui a mão, quase acertando o rosto bem barbeado à minha frente. Quase pedi desculpas.

— Se o senhor for falar "mulher", pode parar, senhor. A minha condição não deveria importar...

— Sim, deveria, porra! Me perdoe, mas importa, sim! Por mais que vocês façam parte da corporação e exerçam funções magnânimas, desempenhem missões com maestria, como a que mostrou nos cuidados com o Capitão Masterson, ainda assim, sua condição como mulher torna tudo muito mais intenso do ponto de vista da equipe.

A implicação do que ele queria dizer fez com que a raiva rugisse no meu interior.

— Eu não sou o elo fraco! — gritei nervosa. Nem me atentei ao fato de estar gritando com meu superior. Merda.

— Não estou dizendo que você seja o elo fraco. Você nos mostrou, plenamente, que não há um osso fraco em seu corpo, Ailleen. O que preciso que entenda é que, os horrores dessa guerra, as torturas infringidas por estes animais, são tão ou mais traumáticas do que as que infringem aos homens, muitas vezes.

— O senhor pode dizer isso às esposas dos militares que tiveram suas cabeças decepadas? Ou que foram fuzilados? Me perdoe, senhor. Mas não vejo diferença. Sou mulher, e daí?

— E daí que a primeira coisa que passa em nossa mente é o que eles fariam com você, merda! — gritou exaltado. Ops. Agora ele estava puto.

— O senhor quer me perguntar alguma coisa, senhor? — perguntei com a voz gélida. — Por que não pergunta logo ao invés de rondar o assunto?

Ele passou a mão pelo cabelo, nervosamente, afastou um pouco da cama onde eu me encontrava e andou pelo quarto.

Soltou o ar algumas vezes. Inspirou e expirou.

— Eles... eles... a estupraram, Ailleen? — perguntou afinal.

Engoli em seco.

— Não, senhor. Provavelmente aquele seria meu destino antes de me matarem, mas não chegaram a isso. Eu apenas apanhei — falei tentando desmerecer o feito.

— Apenas? — Uma risada seca escapou dos lábios do Major. —

Ailleen... Você foi espancada, torturada, quase estuprada e assassinada... qual dessas partes você não entendeu? Você terá um período de licença e será enviada à base em terra.

— O quê? Mas... mas... por quê?

— É um período necessário onde você fará tratamento psicológico para um possível estresse pós-traumático.

— Não! Não, senhor. Eu... eu estou bem. Eu vou me recuperar. Eu juro.

— Você esteve desacordada por mais de um dia inteiro. Não a enviamos ao Centro Hospitalar na Alemanha porque a equipe médica não encontrou nenhum dano mais grave, salvo as lesões pelo espancamento sofrido. Nós a deixamos em observação para o caso de alguma eventualidade — continuou dizendo de forma prática, sem nem ao menos me olhar abertamente. Eu podia sentir o coração na boca.

— Major, se o senhor está me dizendo que... que estou bem, então... estou bem. São apenas feridas superficiais — tentei argumentar.

— As feridas externas curarão com rapidez, mas, e as internas, Ailleen? — perguntou e me olhou atentamente.

— Elas não existem!

— Eu vou encaminhá-la diretamente à base dentro de dois dias.

— Senhor... Major Bradshaw! Por favor... eu não posso ficar fora. Essa aqui é minha vida! — falei quase chorando. Não chorei na frente daqueles imbecis enquanto eles me espancavam. Só chorei em silêncio e sozinha, depois das sessões de surra. Mas agora estava quase aos prantos.

— Você não vai ficar fora, Ailleen. Vai apenas passar por um período de recuperação.

Eu não precisava de recuperação! Droga. Eu não precisava. Eu já tinha sobrevivido sozinha. Sobrevivi e fugi da vida que havia me levado àquela merda. E agora, se eu voltasse, para onde iria? Para a casa dos meus pais? Para perto de onde meu pior pesadelo residia?

— Mas... eu posso assegurar que estou bem, qu-que não tenho trauma algum...

— Ailleen — os olhos do Major faiscavam —, durante o período em que esteve desacordada, oscilando com breves momentos de consciência, a cada toque ocasional que a equipe de enfermagem fazia, você esteve alterada, demonstrando nitidamente que não está bem, em termos psicológicos.

Senti um medo atroz percorrer minhas veias. Eu conhecia meus gatilhos, que estavam oclusos há tanto tempo, mas provavelmente foram despertados pelo pânico sentido no momento do cativeiro. Ainda assim relutei em aceitar o destino que me aguardava.

— Major...

— É uma ordem, Oficial. Não há argumentos para isso. Você terá dois meses de licença, fará acompanhamento com um psicólogo especializado e só então, depois de uma avaliação, retornará à base náutica, se esse for seu desejo.

Estava ficando sem ar. O pânico ameaçava me envolver.

— Então ainda estou recebendo a opção "se esse for meu desejo"? — falei com ironia. — Com sua permissão, senhor, sabe o que vejo? Estou sendo sutilmente dispensada.

— Você não está sendo dispensada — ele falou irritado.

Minha mente já havia se fechado. Abaixei a cabeça e comecei a mexer no lençol que recobria minhas pernas. Podia sentir a presença do Major ao lado. Ele estava chateado ao extremo, ainda mais porque eu estava nitidamente o ignorando.

— Vamos conversar depois, quando você estiver mais calma — ele disse e saiu do quarto.

Senti uma lágrima deslizar sorrateiramente. Era isso. Meu mundo estava ruindo. Dois militantes do Jihad de merda não conseguiram me quebrar, mas a realidade que eu enfrentaria dali a dois dias, sim.

Deitei novamente e deixei-me vagar para a terra dos sonhos. Era ali onde eu achava que poderia me sentir segura. Ou não. Até que os monstros do passado viessem acenar suas garras de maneira impiedosa. Ou até que um homem que andava perturbando o meu juízo viesse servir como carrasco do meu destino.

Sonhei com ele. Com o Major. E foram sonhos que me recuso a narrar, pois o teor era muito mais distinto da realidade do que eu poderia supor que minha imaginação seria capaz de criar.

Abafei um soluço no travesseiro.

Por um momento louco não dei graças pelo dom da vida. Desejei que a tivesse perdido naquele cativeiro, já que a perspectiva para mim agora era retornar para um lugar onde eu não seria apenas refém em corpo, mas também das minhas próprias emoções. Dos fantasmas do meu passado.

O Major não fazia ideia, mas estava me enviando diretamente para o lugar onde minha alma foi mais torturada do que meu corpo combalido.

DESTINO CERTO

JUSTIN

Estava no meu quarto reservado no porta-aviões. Depois de guardar todos os meus pertences na valise que levaria em terra, olhei ao redor e conferi os documentos que precisaria levar para o Quartel General na Carolina do Norte. Os pensamentos se atropelavam na minha mente porque não conseguia apagar da memória a fisionomia abatida e destituída de toda a alegria de Ailleen Anderson no momento em que a informei de seu período de licença, dois dias atrás.

Ela não fazia ideia, mas eu a acompanharia até a Base, depois faria questão de acompanhar seu tratamento, garantindo que estivesse sendo bem assessorada. Não poderia explicar, mas sentia-me responsável pela garota. Mais do que deveria. Se fosse um outro fuzileiro, eu teria aquele desprendimento todo? Não sei.

O que importava era que desde o momento em que aquela jovem adentrou no meu escritório, minha mente se tornou um turbilhão. Eu via força, perseverança e garra em todas as suas atividades. Via determinação, desafio e confiança em todas as avaliações e relatórios que li sobre sua vida acadêmica. A moça me fascinava de uma maneira interessante, como há muito tempo eu não me sentia fascinado.

Por um momento cheguei a cogitar não enviá-la à missão de resgate da Equipe IV do Capitão Masterson, onde seus serviços na área médica foram tão necessários, exatamente por conta do risco, mas achei que não podia privá-la de provar seu valor.

O que não previ era a merda em que a missão se enfiaria, colocando-a diretamente na zona de conflito, fazendo com que fosse ferida e acabasse encarando o pior terror na vida de um militar: cair nas mãos do inimigo.

Descrever o momento em que a encontrei no cativeiro é fácil. Em apenas poucas palavras: perdi totalmente a cabeça. Do momento em que a levamos diretamente ao porta-aviões, disfarcei os cuidados e os tremores que sentia nas mãos ao tocar o corpo frágil e debilitado, coberto de hematomas nos mais variados estágios.

Eu queria matar os homens que fizeram aquilo. Mas daí lembrei que já havia feito isso. Eu queria espancar alguém. Lembrei-me que também já havia feito exatamente aquilo. Sem peso na consciência. Para cada roxo que eu via, esperava que tivesse devolvido em uma medida infinitamente maior e infringido muito mais dor e tormenta, antes de matar o infeliz. Então, veio o momento em que fiquei puto comigo mesmo por tê-lo matado. Porque se não tivesse, agora poderia ter o animal em meu poder e poderia descarregar a ira que percorria minhas veias, fazendo com que ele pagasse em doses homeopáticas de tortura, por ter ousado torturar Ailleen Anderson.

O que aquilo me tornava? Um homem mau e sem escrúpulos algum? Paciência. Que assim fosse.

Depois do atendimento pela equipe médica que tinha vindo imediatamente da Alemanha ao porta-aviões, fiquei rondando a porta de seu quarto, como um leão enjaulado. Pensando no que fazer.

Conversando com meu superior, Coronel Marshall, decidimos que Ailleen merecia receber uma medalha honrosa por ter desempenhado sua missão em auxiliar o resgate do Capitão Masterson com brilhantismo. Eu iria à Base, inclusive, solicitar a possibilidade de que ela fosse promovida de patente. Era um soldado que não foi abatido em nome da pátria. Mas quase teve sua vida ceifada. Merecia ser valorizada por seus feitos.

Sempre tive a cabeça mais machista da família. Sendo o filho mais velho de três irmãos, criado apenas por nosso pai, já que a mãe morreu cedo, acabei herdando os valores do velho, um General da reserva. Meus irmãos mais novos não seguiram carreira militar. Para desgosto do meu pai e alegria minha, já que ficava tranquilo em saber que eles não arriscariam suas vidas em prol da nação.

Bruce era um advogado conceituado que morava atualmente em Boston, e Cole tinha um restaurante refinado na cidade em que o pai ainda morava, Fayeteville, nossa cidade natal. Eu quase nunca os via, salvo nos feriados importantes e quando tinha dispensa do serviço e ia para casa.

Meu tempo era dedicado à Marinha, ao corpo de Fuzileiros. Até mesmo as mulheres com as quais me relacionei não tinham tanta importância porque eu não aceitava dividir essa parte da minha vida. Até o momento, nenhuma mulher havia capturado minha atenção de tal forma que me fizesse balançar meus valores. Nenhuma. Até Ailleen.

Não entendia o que a jovem tinha de tão diferente. Talvez o fato de que amasse com tanta paixão o mesmo que eu? Não sei.

Sua beleza? Possivelmente. Ela era linda. De uma forma arrebatadora e espontânea, e parecia nem se dar conta. Os comentários entre os homens no porta-aviões eram unânimes. Ela era a mais bonita dali. Abrilhantava os dias cinzentos e trazia um pouco de cor ao lugar. Mesmo que nunca tenha dado liberdade a nenhum macho que circulava à sua volta, ainda assim, ela despertava o interesse de todos.

Havia despertado o meu. Certamente. Havia atraído a atenção de todos da equipe que foram resgatá-la. O Tenente Teagan só falava em sua bravura e coragem. Scott só narrava a forma como ela costurara seu Capitão. Até mesmo este, empedernido e rabugento, só tinha palavras de elogios tecidos a ela. Já havia enviado mensagens inúmeras vezes para descobrir como ela estava.

Nem eu mesmo conseguia explicar a razão de estar tão irritado. Não era do meu feitio.

Colocando a alça da sacola de viagem no ombro, fechei tudo e tranquei a porta, subindo para o convés. Bastou chegar mais perto do avião de carga para vê-la se despedindo das amigas que tinha ali.

— Está pronta, Oficial? — perguntei sem rodeios.

Ela se virou, sobressaltada, e me encarou com aqueles grandes olhos que mais pareciam da cor do mel agora.

— Sim, senhor. — Virou-se para as outras fuzileiras. — Eu mando notícias, juro. Só não email, odeio isso. Mas envio mensagens, e quando vocês puderem, respondam, tudo bem? Vamos sempre manter contato.

— Por favor, Ailleen. Não nos esqueça.

— E não vou me esquecer de vocês, eu juro — disse e deu um sorriso.

Franzi o cenho, sem entender. Ela estava se despedindo como se nunca mais fosse voltar. Por quê?

As três se abraçaram singelamente, mas pude escutá-las baixinho:

— *Semper Fi*, irmãs.

Ailleen acenou para as amigas e quando estava passando pelos outros oficiais, foi parada por cada um deles.

Teagan foi o primeiro.

— Oficial Anderson... foi um prazer tê-la na missão e estaremos à sua espera — ele disse e pegou sua mão. Mas o filho da puta quebrou o protocolo quando a puxou para um abraço. Imbecil.

Segurei para não ranger os dentes. Cada um daqueles merdas fez o mesmo. Tyson, Scott, John e Colin, que haviam retornado da Alemanha.

— O Capitão manda lembranças e avisa que assim que retornar, pretende convidá-la para um jantar adequado, já que agora você o viu sem roupas — Colin disse.

Ela riu, mas ainda pude detectar o tom escarlate no rosto.

— Obrigada. Foi um prazer ter tido a experiência de uma missão RECON com vocês, rapazes.

Os outros membros que participaram de seu resgate foram mais comedidos, mas ela os agradeceu assim mesmo.

— Nunca vou me esquecer por terem ido ao meu resgate.

— *Semper Fi* — todos disseram a título de saudação.

— Ooh-rah — Teagan completou, arrancando um riso singelo dela.

Ailleen subiu no avião, carregando sua mochila, acomodou-se na poltrona e afivelou o cinto. Depois de passar as diretrizes necessárias ao meu próximo em comando, despedi-me de todos e também entrei na aeronave. Em momento algum ergueu o olhar para mim. Eu pude vê-la disfarçando uma lágrima, mas não entendia o porquê se despedia como se nunca mais fosse voltar a ver os companheiros.

Cerca de trinta minutos após a decolagem, desisti de tentar mexer no celular e soltei o cinto, indo me sentar exatamente ao seu lado.

— Oficial, porque está me ignorando? — perguntei sem saber o motivo da minha irritação crescente. Quer dizer, era óbvio que eu sabia. E estava meio puto.

Ela não voltou o rosto para mim em momento algum. Continuou com as mãos cruzadas no colo, encarando-as como se ali guardasse o segredo do Universo. Os olhos se mantinham fechados.

— Eu não o estou ignorando, senhor. Peço desculpas se passei essa impressão.

— Ailleen?

O fato de chamá-la pelo primeiro nome fez com que uma fagulha de atenção vibrasse em seu corpo. Agora sim, até mesmo o ritmo respiratório dela estava alterado.

— Por quê. Está. Me. Ignorando? — perguntei com os dentes entrecerrados.

Ela me olhou pela primeira vez e havia uma faísca de exasperação ali que acabou atiçando algo mais no meu interior.

— Não faço ideia do que o senhor está falando.

— Faz, sim. Além disso, por que se despediu como se não fosse mais voltar à Base? — perguntei e aguardei sua resposta.

— Porque não pretendo retornar à Base, senhor. Vou pedir dispensa do serviço militar — ela disse e voltou a atenção para as mãos entrelaçadas.

Aquela afirmação fez com que meu coração desse um baque e um frio repentino gelou minha espinha.

— O quê? Por quê? — perguntei exaltado.

— Senhor, eu entrei nas forças armadas para somar, não para trazer danos ou prejuízo. E não é minha intenção diminuir o prestígio da Base, ou das missões, Major. Especialmente sob o seu comando. — Ela passou a mão nervosamente pelo cabelo. — Honestamente, entrei no serviço com um propósito grandioso, honrado, até. E talvez tenha me deparado com um dos meus piores medos: a fraqueza.

— Em momento algum foi dito que você é fraca — afirmei, tentando fazê-la entender aquele ponto.

— Eu sei, senhor. Depois que deixou o quarto da enfermaria, pude compreender seus motivos, mas tive que me deparar com os meus. Talvez eu esteja com medo de não ser mais suficiente para servir sob a bandeira da Marinha, entende? Como nenhum serviço burocrático me anima, e estar no porta-aviões sempre foi apenas uma etapa, acho que posso recalcular meus planos. Tenho certeza de que conseguirei alguma vaga para estudar em uma universidade qualquer do meu Estado — disse e deu um sorriso que não chegou aos olhos.

— Ailleen! Você não foi dispensada, porra! Eu não a dispensei! Não vou assinar a merda da carta de desistência do serviço.

— Eu não preciso que o senhor assine, Major. Pelo código, a partir do momento que um fuzileiro é abatido, ou ferido em missão e encaminhado para tratamento médico, ele pode solicitar dispensa por motivos médicos. Como o senhor mesmo está me encaminhando para uma licença, a fim de averiguar se vou desenvolver, possivelmente, um estresse pós-traumático, o motivo já está definido. Basta que eu peça a dispensa — disse com a voz firme. — Se eu parar pra pensar, posso até mesmo me sentir orgulhosa por contabilizar quase cinco anos na Marinha, não é? Não são todas as pessoas que se alistam e seguem nas forças armadas depois de cumprir o serviço militar obrigatório.

Eu ainda estava abismado com a percepção errônea que ela havia tido sobre nossa conversa, dois dias atrás. Ela achava que o fato de lhe ter concedido uma licença médica era um demérito ao seu serviço como fuzileira, quando, na verdade, era o contrário. Eu a queria por inteiro. Sem máculas ou traumas do que viveu em cativeiro.

Já tive oficiais sob meu comando que ficaram destruídos com muito menos. Eu apenas queria garantir que ela tivesse um atendimento adequado e voltasse intacta à vida que abraçou.

Ailleen recostou a cabeça e fechou os olhos, mas eu podia perceber pelo seu semblante que não estava descansada. Um ar de preocupação permeava ao seu redor quase como uma nuvem palpável. Em todo o tempo, mantive meu olhar atento ao rosto que andava assombrando meus sonhos ultimamente.

Não faço ideia de quanto tempo me mantive assim. Horas, talvez. Sei que também mantive a vigília ao lado dela, atento à mínima mudança em seu ritmo respiratório. Decorei cada uma das equimoses de seu rosto, sentindo vontade de ter o poder de extraí-las com o toque dos meus dedos.

Horas mais tarde, o piloto anunciou que faríamos o pouso, mas não conseguia tirar os olhos dela. Atei o cinto de segurança ao seu lado, mesmo que ela sequer parecesse notar minha presença ali. Era como se estivesse totalmente alheia ao que se passava no interior da aeronave.

Quando o avião tocou as rodas no solo, Ailleen parecia ter sido atacada por um enxame de abelhas. Simplesmente desatou o cinto, colocou um par de óculos escuros, pegou a mochila de viagem aos seus pés, abaixo do assento, e saiu em disparada. Não pude segui-la porque fui solicitado para averiguar alguns detalhes por alguns dos oficiais que estavam ali.

Somente mais tarde, ao adentrar o prédio da Base, foi que soube que ela já havia passado por ali e ido embora.

Meeeeerda.

Eu precisaria encontrá-la agora. Quando disse que acompanharia seu processo de recuperação, não estava brincando. Estava sendo muito mais sério do que poderia admitir.

Outra coisa que não havia a menor condição de permitir era que ela seguisse pensando que era um fardo ou que não era mais apta para o Corpo de Fuzileiros, quando nunca foi encarada daquela forma. Talvez minhas palavras tenham sido expressadas de maneira torpe e sem jeito. Eu fui bruto em minha preocupação e forma de demonstrar o pesar pelo trauma que ela viveu.

Mas não deixaria que ela permanecesse naquele limbo de sentimentos vazios, quando era nítido que o amor que sentia pela carreira militar vibrava de seus poros. Se nem mesmo o que enfrentou no cativeiro a fez desistir, não seria por conta de algumas palavras proferidas de um modo errado, criando um mal-entendido do caralho, que ela abriria mão facilmente.

Depois de mais de uma hora consegui descobrir os dados para rastrear o destino de Ailleen Anderson.

Ela ainda não havia conhecido meu lado fora da Base. Sempre esteve abaixo do meu comando, sendo seu Major, seu superior. Sempre deveu-me obediência e respeito como o Oficial que eu era.

Estava na hora de conquistar o mesmo, sendo apenas o homem. E eu era Justin Bradshaw. Chamado de *Ghost* por uma razão. Porque eu faria o reconhecimento da área para saber a hora exata que uma abordagem deveria ser feita, sem ser notado. Como a porra de um fantasma.

PASSADO ASSOMBRADO

AILLEEN

    Saí da Base de Camp Lejeune, na Carolina do Norte, às quatro horas da tarde. O táxi me levaria ao terminal mais próximo para que eu pudesse alugar um carro até chegar à minha cidade, Myrtle Beach, pouco mais de duas horas de distância dali, na Carolina do Sul. A perspectiva de encontrar meus pais não era nem um pouco empolgante, mas diante das circunstâncias, eu precisaria ir em casa para buscar algumas coisas, especialmente o documento que havia deixado escondido, e dar entrada no fundo fiduciário que vovô Grant havia deixado para mim. Era assim que eu poderia garantir meu sustento a partir dali.
    Desde minha saída de casa, aos dezoito anos, nunca voltei ao lar. O ditado "o bom filho à casa torna" perambulava pela minha mente. Lá estava eu. Cinco anos depois. A boa filha. Retornando ao lar. Voltando para encarar um passado que me assombrava de tal forma que eu tinha congelado a bunda no banco do carro, mesmo que o motorista estivesse me encarando naquele exato instante. Talvez ele estivesse chocado, também, com minha farda militar. Ou com alguns hematomas ainda visíveis, mesmo com toda maquiagem. Possivelmente.
    — Desculpa. Quanto é a corrida? — perguntei já pegando a carteira.
    — Quinze dólares, moça.
    — Fica com o troco.
    — Obrigado. E obrigado por servir ao nosso país — agradeceu antes de eu fechar a porta.
    Sorri tristemente. É. Mal sabia ele o quanto eu havia servido ao país. E agora estava me sentindo descartada como um pedaço de papel amassado, depois de perceber que não tinha mais valia, ou capacidade, pois podia

corromper a imagem do Corpo Naval. Tudo bem, talvez eu estivesse sendo um pouco mais dramática do que deveria. Possivelmente a surra que levei tenha afetado meu juízo, desajustado alguns valores que me fizessem analisar a situação de forma mais analítica e fria e não tão passional. Mas eu estava à flor da pele. Como se estivesse com um fio desencapado ao redor do corpo, tomando conta dos meus sentimentos mais frágeis.

Lá estava ela. A fragilidade tão temida. Exatamente o sentimento odioso ao qual referi ao Major, o que me fazia sentir *não* tão capaz para figurar as fileiras da Marinha. Para ostentar a farda que eu usava, era preciso ser seguro de si. E eu estava no modo inverso. Não posso nem dizer que isso tenha sido ocasionado pelos momentos que enfrentei naquele casebre do pesadelo... passei a me sentir assim no momento exato em que a alternativa de ter que voltar à terra desceu como um banho de água fria.

Entrei na loja de aluguéis de veículos e solicitei um compacto, barato e ágil o suficiente para me fazer chegar e sair. Como se não estivesse sendo vista. Sem estardalhaço.

Minhas mãos tremiam ao assinar o papel.

Merda.

Voltar não estava nos meus planos. Nunca.

Quando me sentei à frente do volante do Honda, senti as primeiras lágrimas rolando pelo rosto.

Quão frágil eu era? Uma surra épica com tortura embutida, com direito a banho gélido e quase estupro por dois animais jihadistas não quebraram meu espírito. Voltar à casa onde meus sonhos de menina foram destroçados? Sim. Nem espírito eu tinha mais.

Respirei fundo e engatei a marcha. Eu precisava resolver logo aquela pendência para nunca mais voltar. Abri mão do meu elo familiar aos dezoito anos. Voltar a rever meus pais doeria mais do que qualquer pessoa poderia imaginar.

Deixei que a rádio propagasse músicas aleatórias que me tirassem o foco da jornada infernal para onde eu me encaminhava. Eu era uma ovelha se dirigindo para o matadouro. Novamente. O sentimento de *déjà vu* imperou fortemente no meu peito.

Cerca de duas horas depois passei pela placa da entrada da cidade. Mais dez minutos e avistei os portões dourados e reluzentes da casa que abrigava meu pior pesadelo.

Digitei a antiga senha do portão, imaginando se ainda seria aquela. Nenhuma novidade. Exatamente a mesma. Os portões se abriram como se as portas do Inferno estivessem dando as boas-vindas.

Passei pelo jardim e lago rebuscado que ficava diante da imensa mansão em estilo vitoriano, orgulho da minha mãe.

Expirei o ar que estava retendo nos pulmões e desci do carro. A ideia era deixar o carro ainda ligado, para entrar e sair, mas eu sabia que não tinha poderes como o personagem da DC Comics, The Flash, então abortei a missão. Também não poderia correr o risco de torrar todo o combustível no caso de precisar de uma fuga alucinada.

Bati a aldrava gigante da porta maciça de madeira branca. Ouvi os passos e um sorriso torto preencheu minha boca. Provavelmente Emma estava vindo, a governanta.

— Srta. Ailleen? — Sua pergunta assombrada mostrava o quanto o choque era evidente com a minha aparição.

— Olá, Emma — cumprimentei. Eu ainda era educada o suficiente para esperar que ela me convidasse a entrar. E, não. Antes que me perguntem. Aquela não era a minha casa. Nunca mais seria. Então, eu não tinha a menor liberdade de chegar e adentrar como se ainda pertencesse àquele lugar.

— Ah... entre. Entre... sua mãe...

— Não vim ver meus pais, Emma. Estou apenas de passagem. — Senti seu olhar percorrer meu corpo coberto com o traje militar. Eu estava sem a jaqueta, mas a calça cargo camuflada e a camiseta regata bege ainda estavam dando as caras. Fora minhas *dog tags* que balançavam entre os seios, com orgulho, como uma medalha de quem eu era. Sim. Ali estava minha verdadeira identidade.

Naquelas placas singelas, com meus dados vitais para uma possível identificação, eu sentia um elo muito mais forte do que poderia imaginar sentir em qualquer outro lugar. E mesmo que por alguns instantes, no cativeiro, eu tenha me agarrado a elas imaginando o pior, eu sabia que ali foi o momento em que estabeleci a conexão que precisava para reafirmar a mim mesma quem eu era.

Imediatamente agarrei o colar, como se estivesse pedindo forças.

— Não sei se o quarto que usei permaneceu o mesmo, e não me interessa, mas gostaria de saber onde foram parar minhas coisas, se você puder me informar — pedi com educação.

Eu me amaldiçoava internamente por não ter tido cabeça no dia em que saí dali, tantos anos atrás, tendo levado ao menos o papel principal que agora me fizera voltar.

— O quarto da senhorita permanece do mesmo jeito. Inalterado.

Estranho. Até mesmo assustador. O que era aquilo? Alguma espécie de relíquia macabra de *uma* pessoa que já não existia mais? Uma pessoa que foi uma até os dezoito anos, e havia se tornado outra depois?

— Posso subir e pegar algumas coisas?

Emma parecia em dúvida. Mordeu os lábios, receosa da decisão que precisava tomar.

— Por favor, Emma.

— Claro, senhorita.

Subi atrás dela e entrei no quarto de princesa, todo adornado em branco e cetim rosa bebê. As cortinas de seda brancas estavam fechadas e Emma as abriu, dando uma claridade bem maior ao aposento.

— Muito obrigada, Emma. Eu prometo não me demorar.

Ali não havia quase nada que me fazia falta. Não fui para buscar nenhuma das minhas roupas de um passado há muito esquecido. Não fui buscar memórias de algo que deveria ser apagado. Fui buscar o que poderia forjar o meu futuro em algo muito mais promissor.

Abri as gavetas secretas do armário do *closet* e apalpei o tampo, em busca do envelope pardo que eu procurava. Quando meus dedos sentiram o papel, um sorriso brotou em meus lábios. Agradeci rapidamente o fato de não terem alterado ou mexido em nada ali.

Peguei mais alguns documentos que achava necessários e olhei ao redor. Nada mais.

Evitei olhar a cama onde nunca mais fui a mesma pessoa. Onde acordei sendo uma Ailleen e acabei me tornando outra.

Foi inevitável que as memórias daquele dia fatídico viessem à tona.

Kendrick Evans era o cara mais desejado da cidade. E ele havia me escolhido. A mim. Ailleen Anderson. Quando ele se ofereceu para me levar ao baile de formatura do ensino médio, mal pude acreditar. O garoto popular, universitário, filho do dono da cidade, praticamente, queria me levar ao baile?

Eu me arrumei com esmero e deixei que minha mãe, mesmo em seu modo distante, me adornasse como uma pequena princesa. Até estranhei. Ela mandou que eu tomasse um banho de espuma, com óleos perfumados, cuidou pessoalmente para que eu estivesse devidamente depilada, o que me constrangeu horrendamente, já que... qual era o interesse da minha mãe no assunto?

Quando o "príncipe" moreno de olhos verdes e afiados como um gato — como era conhecido pelas meninas — chegou para me buscar, eu tremia de excitação. E um pouco de medo. Aquela sensação era desconhecida até então para mim. Nunca havia saído com um carinha. Tinha dado apenas um beijo, sem língua, em Clark Montgomery, há dois anos, em uma festinha de aniversário de Josy Meadows.

Ele beijou minha mão e me conduziu ao seu galante carro. Chegamos ao baile e posso dizer que todas as meninas do lugar suspiraram por ele. Kendrick dançou comigo a noite inteira, sem permitir que eu saísse do seu lado. Sua mão mantinha-se agarrada possessivamente ou à minha, ou ao meu braço, ou à cintura. Em um dado momento, ele segurou um punhado do meu cabelo em sua mão e o manteve assim por um bom tempo, me impedindo de girar o pescoço. Eu estava achando estranho, mas o constrangimento me impedia de abrir a boca para questioná-lo.

— Podemos ir agora, Ailleen? Acho que essa etapa já foi cumprida na sua vida, não é? — perguntou com a voz sedutora.

Apenas acenei e saí sem me despedir de nenhuma das minhas amigas. Eu falaria com elas depois.

Chegamos em casa e achei que Kendrick fosse me deixar apenas na porta. Eu não tinha traçado planos de ir para nenhum hotel a fim de perder a virgindade com ele. Nós nem éramos namorados, nem nada. Então, eu esperava que ele não tivesse projetado aquilo em sua cabeça.

— Convide-me a entrar — ele disse. Soou como uma ordem.

— Você... quer entrar, Kendrick? — perguntei timidamente.

— Claro, querida. Temos alguns detalhes a serem acertados.

Não entendi a frase enigmática, mas abri a porta e o deixei entrar logo atrás de mim, na mansão.

Meus pais estavam no escritório elegante, acompanhados do Senhor Evans, que tomava uma taça de champanhe, como estivessem comemorando alguma coisa. Que evento estranho.

— Oh, que maravilha. Os pombinhos chegaram — o pai de Kendrick disse. — Como foi o baile, querida?

— Foi ótimo, Sr. Evans. Obrigada.

Meu pai evitava olhar para mim e minha mãe girava seu copo nervosamente. Ali parecia estar havendo uma reunião importante.

— Bom, muito obrigada. Vou deixá-los. Obrigada mais uma vez, Kendrick. Sua companhia foi...

Antes que eu pudesse terminar, um tapa ressoou na minha bochecha. O próprio príncipe encantado, Kendrick Evans, havia sido o agressor.

Meus olhos se arregalaram e o olhei aturdida. Olhei para os meus pais. Que continuavam olhando para baixo.

— Não precisava disso, Ken — o pai dele disse resoluto. — Assim você estraga a mercadoria antes mesmo de poder desfilar com ela.

Meu cérebro estava meio enevoado.

— Eu já tenho que ensinar de agora que uma esposa precisa manter-se calada e só falar quando for solicitada. Chega de tentar me despachar, entendeu? "Obrigada, Kendrick... você foi muito gentil"... — ele tentou imitar minha voz. — Era isso o que você ia dizer?

O agarre no meu cabelo voltou com intensidade. Para machucar, possuir, marcar um domínio que ele estava fazendo questão de demonstrar.

GHOSTS

Eu ainda estava chocada com a bofetada que tinha recebido, gratuitamente, e com a inércia dos meus pais. A passividade em não fazerem absolutamente nada. Eu podia sentir meus olhos arregalados em puro terror.

— Eu... eu...

— Sssshhhh... Não quero ter que te bater de novo — ele disse e apertou meu rosto com a outra mão. Possivelmente eu ficaria com a marca dos seus dedos no dia seguinte.

— Bom, queridos Andersons. Acho que foi um prazer fazer negócio com vocês. Meu filho agora vai tomar a dianteira dos negócios e decidir o rumo dos acontecimentos. A conta de vocês já está mais do que recheada com nossa transação.

Transação? Conta? Negócio? Sobre o quê o pai dele estava falando?

— Seus olhos são tão lindos, sabia? Expressam as palavras sem que você nem mesmo precise dizê-las. É quase como ler uma legenda do seu desespero. Pobrezinha... não faz ideia de que minha obsessão por você fez com que seus adoráveis pais a vendessem pra mim, não é? Para que seja minha esposa adorada...

O quê? O... o quê?

Olhei para minha mãe que bebericava seu drinque, mas tinha a mão trêmula. Meu pai sequer erguia o olhar. Apenas respirava pesadamente.

— Sabe o que é isso, amor? Dinheiro. Eu tenho. Muito. Mais do que poderia gastar em mil anos. Seus pais também tinham. Alguns negócios malfeitos acabaram colocando seu pobre pai na merda. E veja... ele quer alcançar o sonho do Senado... como conquistar uma carreira política sem dinheiro? Como? — Kendrick falava. Meu coração martelava no peito. — Então, pedi ao meu pai que interviesse. Porque eu a quero pra mim. Desde antes... anos já. Não faço ideia. Mas você nunca me notou. Nem todo o dinheiro no mundo fez com que seus olhos se voltassem para mim. Mas o dinheiro do meu pai e a ganância dos seus fez com que as cordas do destino se atassem em um nó maravilhoso. Você agora é minha. Vendida por uma bagatela de um milhão de dólares. Barato até. Se seu pai tivesse pedido dois, três... Eu pagava. O preço de ser eu a tirar sua virgindade é impagável. Ah, espera... não é impagável. Porque estou pagando — disse e riu. O filho da puta riu. E o pai dele também.

Mas meu coração sangrava. Em uma hemorragia que nunca seria estancada. Nunca.

Kendrick me arrastou porta afora, mesmo que eu estivesse lutando contra o seu agarre em meu pulso.

— Não! Nããoooo! — gritei mais alto. Não esperava um soco na barriga que fosse me tirar o fôlego. Senti as lágrimas descendo sem controle.

— Onde é o seu quarto? — perguntou exaltado e tentando me conter.

Ele já me arrastava para as escadas. E mesmo alucinada de dor, me debatia da forma como podia.

Olhei para trás e vi meu pai fechando a porta do escritório, com o braço apoiado sobre o ombro da minha mãe. Gritar por eles era inútil, então me calei em implorar por um pai e uma mãe que impedissem a loucura que se desenrolava ali.

Kendrick agarrou meu corpo como se eu fosse uma bola de futebol americano e subiu as escadas de dois em dois. Eu apenas gritava em desespero.

Ele abriu duas portas até descobrir meu quarto todo decorado em rosa.

Ouvi o clique da chave e me desesperei mais ainda. Eu estava presa com um monstro. Ele me jogou na cama que eu adorava, com o dossel lindo, que mais parecia à cama de uma princesa. Montou em cima do meu corpo e dedicou mais dois tapas, com a intenção óbvia de me manter quieta. Minhas lágrimas se misturavam ao sangue que eu podia sentir nos meus lábios.

Senti o tecido do vestido sendo rasgado ao meio.

— Não faça isso, Kendrick! Por favor! — implorei.

Não conseguia lidar com o desespero, a angústia e o sentimento de impotência por não conseguir me desvencilhar dele.

— Ssshhh... você vai gostar. Vai ser minha esposa e já tem que entender de agora que eu gosto assim. Com violência. Essa é apenas a aula inicial.

— Por... por favor...não...

— Nunca vai dizer não para mim, entendeu? Nunca!

Eu lutava contra suas mãos, mas era inútil. Ele era muito mais forte do que eu. As peças de roupas que poderiam me proteger já não estavam mais no meu corpo. Eu podia sentir suas unhas arranhando minha pele. Os dedos dilacerando a carne intocada que fazia de mim ainda uma pessoa inocente e pura. Ingênua às maldades da vida.

Quando Kendrick arremeteu seu corpo contra o meu, foi o momento em que parei de chorar, porque estava em um estado catatônico. A violência com que ele arrebatava minha virgindade era tão brutal que até mesmo a dor me jogou em um limbo onde nem eu mesma saberia mais me encontrar. Senti as mordidas que ele dava nos meus lábios machucados. Pescoço, ombros. Seios. Era como se ele quisesse marcar cada pedaço do meu corpo para mostrar ao mundo o que ele fez. Seus dedos apertavam todas as partes em que ele podia manter o agarre firme, e eu sabia que teria as impressões dele em minha pele.

Senti o pescoço estalar quando com raiva ele puxou um chumaço do meu cabelo, expondo mais ainda o meu pescoço. Cravou os dentes ali, como se fosse a porra de um vampiro. Eu apenas sentia... dor. Dor para não acabar mais. Sempre tive medo de perder a virgindade, ao ler e ouvir relatos de outras garotas. A narrativa da primeira vez era sempre floreada com o momento agudo de ardência e incômodo, onde a pessoa chegava a pensar em desistir do ato. Em minha mente fértil, projetei que se estivesse com alguém que amasse, esse tormento não seria assim tão devastador. Poderia ser apenas uma etapa. E se tivesse que doer, eu saberia que seria algo passageiro.

Então, ao sentir as lágrimas correndo sem rumo certo, só o que eu pensava era na agonia incrível que meu corpo estava enfrentando, como se estivesse sendo rasgado ao meio. Ante a brutalidade de Kendrick, eu só queria morrer.

Quando Kendrick chegou ao clímax, o urro dado foi como um grito de guerra vitorioso. O sorriso em seus lábios era cruel. Vil. Perturbador.

— Você é minha, Aílleen. Vendida. Paga e possuída. Ninguém pode te tirar de mim — disse e se retirou do meu corpo. — Quando eu disser que você vai ser minha, é *isso o que vai acontecer... entendeu?*

A dor foi dilacerante.

— Amanhã voltarei para organizar os trâmites do nosso casamento. Esteja pronta ao meio-dia. E que fique claro que não gosto de esperar.

Sua sentença final foi dita como se fosse a coisa mais simples do mundo e saiu. Como se não tivesse destruído o meu mundo. Minha vida. Meus sonhos.

Não sei quanto tempo fiquei ali deitada. Talvez uma hora. Duas. Três. Sei que era madrugada quando consegui levantar o corpo judiado e prostituído. Porque era assim que eu me sentia. Uma prostituta barata. Vendida pelo lance mais alto. Pelos próprios pais. Aqueles que juraram me amar e proteger.

Entrei no banheiro e olhei meu estado. Encarei o espelho por alguns minutos, sentindo os olhos embaçados pelas lágrimas que agora corriam novamente. Meus lábios estavam partidos, com um filete de sangue escorrido e seco, que havia, inclusive, pintado os dentes superiores. Uma imensa mancha roxa começava a dar sinais no lado esquerdo do meu rosto, próximo à mandíbula, enquanto outra enfeitava meu olho direito, sendo que um pequeno corte de menos de meio centímetro ilustrava o canto. Creio que possa ter sido brinde de algum anel que Kendrick usava. Ele usava um? Cheguei perto do espelho e toquei no local, cerrando os dentes ao sentir a ardência. Olhei para meu reflexo e desci as vistas para o restante do corpo. Do pescoço para baixo eu estava marcada com chupões e mordidas. Não aquelas de amor. Mas as que são feitas para castigar. Que são dadas em um arroubo de ódio. Até mesmo meus seios apresentavam essas mesmas marcas. Kendrick não se contentou em me estuprar, tirando minha virgindade tão somente. Ele fez questão de me marcar como quem marca o gado.

Ao caminhar até a ducha, pensei se tomava um banho ao olhar para o pequeno rastro de sangue que havia secado na parte interna da minha coxa. Senti uma onda de desespero tão intensa, de revolta e constrangimento, que decidi que se queria provar que algo me fora feito, não poderia apagar as evidências. Então, coloquei uma calça de moletom velha, um casaco com capuz, peguei uma mochila e enfiei algumas roupas ali dentro. Algumas joias que minha avó havia me dado seriam úteis para fazer mais algum dinheiro, até que eu pudesse usar o fundo fiduciário de vovô Grant. Eu tinha um dinheiro guardado no cofre do closet, mas não achava que teria tempo ou a calma necessária para abrir o compartimento secreto do armário. Deixei para trás. Nada daquilo me importava naquele momento de angústia. Peguei apenas a carteira que guardava no criado-mudo, retirei o documento e algumas notas de dólares, deixando os cartões de crédito que meus pais haviam me dado. Calcei os tênis e abri a porta silenciosamente. Eram mais de quatro da manhã. Desci as escadas pé ante pé.

Quando estava abrindo a porta da frente, Emma apareceu às minhas costas.

— Senhorita... Anderson?

— Diga aos meus pais que sua filha, Ailleen, morreu.

E saí.

Sacudi a cabeça para afastar as memórias daquele dia.

Enfiei os papéis embaixo do braço e desci as escadas apressadamente.

Quando estava quase chegando à porta da frente, esta se abriu, e dei de cara com minha mãe. Estava envelhecida. Acabada até.

— A-Ailleen? Filhinha?

O ódio que cultivei nos últimos cinco anos fervilhou em minhas veias. Saí dali, quase esbarrando em seu ombro e derrubando-a no processo.

— Ailleen! Ailleen!

Entrei como um tufão no carro alugado e saí cantando os pneus. Os portões ainda estavam abertos, provavelmente da recente chegada da moradora que eu não queria encontrar.

Passei acelerando e fui me refugiar no único lugar onde eu sabia que poderia dar vazão às minhas lágrimas.

Comigo mesma. Sozinha. Completamente sozinha.

ENCONTRO INESPERADO

AILLEEN

Nem sei como consegui chegar ao pequeno hotel onde havia alugado um quarto antes de chegar à casa dos meus pais. Entrei ofegante, recostei-me à porta e deixei que meu corpo escorregasse por toda a superfície de madeira, até que minha bunda chegasse ao chão.

Abracei as pernas e apoiei a cabeça nos braços, escondendo o rosto e minha vergonha. Vergonha das minhas memórias e do passado nebuloso que escondia a sujeira e podridão de uma família que nunca me amou. Chorei copiosamente por horas.

Talvez aquilo fosse catártico. Talvez aquilo ali fosse toda a terapia que o Major Bradshaw acreditasse que eu precisava. O choro livre fez com que eu desafogasse toda a dor da impotência diante dos fatos que eu nunca poderia mudar. Nunca.

O que vivi no cativeiro? Foi uma merda. Se aqueles animais tivessem me estuprado, seria um revival de um trauma do passado que já vivi. De uma forma tosca, seria até mais honroso. Sei lá. Porque eu era uma prisioneira de guerra. Estava sendo usada como barganha num jogo de poderes bélicos, onde a ira e rancor entre os dois países era o que mandava o tom. Havia um fundo de razão.

O estupro da minha inocência? Aquilo foi doído. Porque fui vendida como uma mercadoria. Pelos meus próprios pais. Como uma boneca, princesa da sociedade, para ser um troféu adquirido por um boçal de merda que achava que poderia ter a única pessoa que nunca o havia notado. Possuir a única coisa que lhe havia sido negada. E o que garotos mimados fazem ante isso? Eles tomam à força.

M. S. FAYES

Os imbecis do estado islâmico foram parados. Feriram meu corpo apenas. Não atingiram meu espírito. As lembranças de Kendrick e a traição dos meus pais? Isso feria meu espírito. Minha alma. Feria minhas emoções de tal forma que aprisionava uma parte minha que eu achava que já era livre. E ali morava o verdadeiro terror para mim. Eu tinha medo de me afundar no passado. De submergir em meio às sombras nebulosas. De nunca mais conseguir me reerguer como fiz, quando saí daquela mansão tantos anos atrás, no meio da madrugada e sumi no mundo. Como um fantasma na escuridão.

Dali eu fui diretamente ao hospital e registrei a ocorrência do estupro. Eu não era burra. A família Evans era a mais influente na cidade. Nunca conseguiria provar nada publicamente. Não adiantaria prestar queixa na polícia, mas quando expliquei para a médica para o quê eu precisava do papel e documentação atestando o estupro, ela fez questão de registrar com afinco. Tratou-me com carinho, aplicou o coquetel antirretroviral, bem como me deu a pílula do dia seguinte. Mulheres se uniam muito nessa hora. Corporativismo.

Saí dali munida com o único papel que me garantiria uma proteção contra a família de Kendrick Evans. Se ele viesse atrás de mim, eu viria a público e registraria as provas documentais do laudo médico. Fotos e mais fotos do exame de corpo de delito. A médica tinha um irmão que era policial. E esse policial fez questão de contribuir para que eu estivesse garantida no futuro. Ele inclusive me ajudara a deixar a cidade sem ser notada.

Atestei que queria apenas sumir. A dica que recebi dele veio através de um panfleto encontrado no console de sua viatura.

Segui o rumo da Base militar em Jacksonville e me alistei. Não sei se o soldado do posto viu meu estado lastimoso e aceitou por pena, mas o importante é que entrei. E Ailleen Anderson começou novamente ali.

Deixei de ser a princesinha da sociedade e passei a ser a guerreira reconstruída. Porque eu me recusava a ser a garota quebrada e fodida. Eu me recusava a carregar o peso daquela dor pelo resto da vida. A memória prevaleceria? Provavelmente. Meu corpo demorou um pouco a se recuperar daquele dia fatídico. Mas não permiti que eu fosse vencida pelo meu algoz.

Foda-se, Kendrick.

Que se virasse para pegar de volta o um milhão que havia feito questão de pagar por mim.

A batida na porta me assustou de tal modo que quase pulei como um gato assustado. Pensei até que tivesse dado um guincho, mas acho que foi impressão. As lembranças ruins se desvaneceram como névoa seca numa noite fria.

O hotel era tão fuleiro que não tinha aqueles olhos mágicos que me garantissem conferir a identidade do visitante. Porcaria.

Abri o cantinho da porta e quase caí dura para trás.

O próprio Major Justin Bradshaw estava parado com as mãos nos bolsos, a cabeça inclinada para um lado, me olhando interrogativamente.

— Vai me convidar a entrar ou não? — perguntou de maneira arrogante.

Abri a porta e coloquei as mãos nos quadris em uma atitude beligerante.

— Como me encontrou? Quero dizer? Virou um perseguidor agora?

Ele deu um sorriso torto, o que desestabilizou um pouco minhas pernas já bambas... Se bem que posso alegar que o estado de bambice dos meus membros inferiores seja do tempo em que passei sentada no chão, certo?

— Digamos que tenho um faro muito bom e não é à toa que tenho inúmeras medalhas de mérito como antigo RECON dos fuzileiros. Só por aí você já tira um pouco as minhas habilidades de busca.

Dei espaço para que ele entrasse.

O homem tomava quase que o espaço todo do pequeno quarto de hotel. Que mais se assemelhava ao quarto do Hotel Bates, aquele do filme de terror, sabe? Era medonho e meio assustador. Mas garantiria uma noite de sono até o dia seguinte onde eu talvez precisasse ir ao escritório do advogado e logo mais ao banco.

Por um momento fui tomada por um pânico súbito por me encontrar confinada em um espaço contíguo com um homem, na verdade, vamos reformular. Confinada dentro de um quarto, com a presença mais do que óbvia de uma cama muito próxima. Aquele ambiente não era um onde eu me sentia confortável para estar a sós com qualquer macho da espécie.

— Pois bem. E ao que devo esse seu trabalho tão fascinante de busca? Está procurando alguém pelas redondezas, Major? — perguntei, me afastando levemente, embora fosse quase impossível.

Ele me olhou atentamente.

— Sim. Estou. E já achei — falou simplesmente. — Você. E vamos cortar as formalidades. Aqui eu não sou seu Major. Estamos ambos fora do serviço.

Arregalei os olhos, espantada.

— Você está fora do serviço? Como assim?

— Pedi licença para acompanhar seu tempo de tratamento.

Revirei os olhos.

— Eu não vou fazer tratamento algum, Major — falei.

Ele chegou à minha frente em um piscar de olhos. Foi bem parecido àquelas cenas de vampiros que eu tanto amava ler. Cheguei a piscar assombrada.

O Major segurou meu rosto entre suas mãos e registrei o tato quente. Minhas mãos se ergueram automaticamente para segurar seus pulsos, numa tentativa débil de tentar afastá-lo de mim. Meu coração começou a bater num ritmo acelerado, mas porque, por um instante ínfimo, a abordagem brusca remeteu ao toque desagradável de um homem que eu queria manter no passado. Precisei olhar firmemente nos profundos olhos azuis que me encaravam com seriedade para que racionalizasse que não estava diante de Kendrick Evans, meu pesadelo do passado. Eu estava diante do meu Superior em comando, o Major que de alguma forma conseguiu, agora sim, fazer com que um ritmo preocupante começasse a martelar no peito. Identifiquei como um sentimento até então desconhecido. Desejo ao mais simples toque.

— Vai. Vai, sim. E não sou seu Major aqui. Serei apenas Justin. Entendeu?

Não. Eu não tinha entendido. Provavelmente estava um pouco lesada. A proximidade do homem estava fazendo aquilo com certas partes femininas minhas que estavam adormecidas há muitos anos. Que abrigavam teias de aranhas e que eu já havia decretado falência e colocado uma placa de aposentadoria precoce. Por invalidez. Enfim.

— Nã-não.

Ele fez o que eu não esperava.

Recostou a testa à minha, fechou os olhos azuis lindos que tinha e suspirou. Assim. Pesadamente. Como se estivesse recobrando forças para dizer algo muito sigiloso ou importante.

Meu Deus. Que louco. Há alguns minutos eu estava afundada em lágrimas de autopiedade e agora estava aqui, em um ponto de ebulição completa. E o mais aterrador de tudo... onde estava o medo que eu deveria sentir? O pavor de estar sendo manejada por um homem tão viril quanto aquele?

— Vai ser uma merda dizer isso, mas vou ter que dizer do mesmo jeito. Porque eu sou bruto, não sou romântico e não tenho um fino trato com as mulheres.

Agora ele afastou o rosto e os olhos me queimavam. Quase que literalmente. Estava difícil me concentrar no olhar faminto que o homem estava dando.

— Eu quero você, entende?

Oh-oh.

— O-o q-quê?

— Não sei quando. Não sei onde, ou o porquê. Só sei que quero você. Simples assim.

Comecei a rir.

— Nossa. Que romântico.

— Eu disse que não sou romântico.

— Ah, é mesmo. Desculpa. Você admitiu essa verdade absoluta. Só por causa disso eu tenho que engolir e achar fofo? — caçoei.

As mãos dele nunca abandonaram meu rosto. Eu estava enjaulada.

Odiava aquela sensação. Estava lutando contra a vontade de me afastar.

— Como eu disse, não sei explicar. Eu me sinto responsável por você...

— Pooorra! Eu não quero que se sinta responsável por mim! Eu não quero ser um caso de caridade! Eu não preciso disso! — gritei enfurecida.

Daí o Major bonitão fez o impensável.

Ele aproximou seu rosto do meu, deixando sua boca a centímetros da minha e olhou bem no fundo dos meus olhos, antes de dizer:

— Eu poderia chegar aqui e simplesmente beijar você. Mostrar sem lhe dar chance de escolha que a minha vontade é essa desde o momento em que a vi. Desde o instante em que a tive em meus braços quando a resgatei daquele inferno. Mas não é isso o que vou fazer...

Senti o tremor percorrer meu corpo, antes de responder, aos tropeços:

— Nã-não?

— Não. Porque não quero que tenha a impressão de que não respeito suas vontades. Então... vou expor meu desejo, mas vou deixar que você decida o que fará com ele.

— Eu... eu... não sei o que quer dizer, Major.

— Eu quero te beijar, Ailleen. A resposta que você tem que me dar é se você quer ser beijada ou não.

Honestamente, quem, em sã consciência consegue responder a algo assim? Tão na lata? Com um par de olhos azuis e magnéticos te encarando como se você fosse uma presa prestes a ser devorada?

Só me restou acenar afirmativamente com a cabeça. Porque se eu tivesse que proferir alguma palavra, provavelmente algo torpe sairia da minha boca. Isso era certeza. Mas eu queria experimentar as sensações que ele despertara? Sim. Desde que suas mãos tocaram meu rosto, meu estômago pareceu fazer um *looping* insano e sem controle algum. Aquele frisson de um beijo esperado logo após um primeiro encontro... e minha mente estava tão enevoada que eu sequer me atentei para o fato de que tudo era um turbilhão de emoções com tudo o que estava acontecendo na minha vida no momento. Do momento em que registrei que não era o medo quem me dominava, porque nunca o deixaria ser mais forte que eu, tenho que confessar que sim. Meu cérebro, corpo, mente... já tinham decidido pelo sim.

Então... eu só queria sentir. E esquecer por um instante apenas... que eu era Ailleen Anderson, que tinha uma vida fodida e cheia de marcas, como um disco de vinil arranhado, sempre tocando na mesma nota.

E ele me beijou.

Uma mão segurou minha nuca, sem grande pressão brutal, nem nada. A outra angulou meu rosto, para fazer com sua abordagem *linguística* fosse mais enfática. Por assim dizer.

E... uou. Vamos dizer que foi... épico.

O homem expressou com um beijo o que sua boca não conseguiu proferir com palavras. Ele seduziu. Demonstrou. Cativou. Envolveu. Perturbou o juízo. Possuiu. Justin Bradshaw arrebatou minha boca com uma voracidade tão intensa que achei que fosse desfalecer no meio do quarto cheirando a mofo e bolor.

Ele mesmo afastou os lábios, mas manteve meu rosto na mesma posição, como se estivesse pronto a iniciar o jogo de sedução todo de novo.

— Entendeu agora? Parece algo como caridade pra você? Pena?

Ao dizer aquilo, esfregou o quadril e a evidência de sua excitação contra mim. Daí aquilo foi o suficiente para meio que quebrar a magia do momento. Foi como um despertar ou cair de uma nuvem fofa.

Dei um pigarro de leve e tentei empurrá-lo.

Ele se afastou imediatamente. Estava aí uma grande diferença que registrei no mesmo instante. À menor menção de que eu não estava mais cooperando com seu esquema de sedução, Justin simplesmente me deu o espaço que necessitava no momento. Tão diferente de Kendrick, no passado, que ignorou abertamente minhas negativas e sentiu-se mais estimulado ainda pela recusa.

— Uau — eu disse. — Minha nossa... de onde veio isso?

— Não faço ideia. Sinceramente — admitiu e passou as mãos pelo cabelo em corte militar. Ele estava com cara de cansaço. — Só sei que você não sai da minha cabeça.

— Você se sente culpado por conta da missão? É isso? — perguntei e cruzei os braços.

— Não é isso. Você já estava virando a minha cabeça antes disso.

Abri os olhos em choque.

— O quê?

— Ailleen, você não pode ser tão cega a ponto de não notar que mexe com os homens da corporação, não é? — ele falou irritado.

— O quê? — Agora eu ri. — Está falando sério? Você não está insinuando que... eu estou seduzindo ninguém, não é?

— Claro que não, porra! — retrucou puto. — Viu? Você é tão ingênua que não percebe o fascínio que exerce ao redor. Isso é... fascinante.

— Você foi meio repetitivo nessa sua frase.

— Eu sei — ele disse e sorriu. Oh, meu Deus. Ele sorriu. Eu nunca tinha visto aquele homem sorrir.

— Major...

— Eu não sou o Major aqui...

— Pra mim é...

— Aqui, agora, não. Ailleen... Eu vim em condição de homem. Não de Oficial. Estou atrás de você com um interesse óbvio em outra área que não a militar, embora tenha usado do subterfúgio de poder acompanhar a evolução do seu tratamento para estar ao seu lado.

— Eu não...

— Shhh! — calou minha negativa. — Eu quero propor um acordo.

— Que acordo? — perguntei desconfiada.

— Passamos alguns dias juntos. Enquanto durar a licença. Se eu perceber que você não vai evoluir para um estresse pós-traumático, eu atesto, como seu superior, que você está apta a voltar.

Revirei os olhos diante da arrogância.

— Você pode atestar até mesmo para o Presidente da nação agora. Eu não vou voltar de qualquer forma, Major. E não vou passar por estresse pós-traumático. Garanto que já enfrentei algo tão ou bem pior... okay, em categoria F5, se pudesse colocar em uma classe de desastre emocional, e não evoluí para uma merda de estresse pós-traumático. Eu sobrevivi e estou inteira. Vou sobreviver de novo — falei com teimosia.

Ele me olhou com desconfiança.

— O que aconteceu com você que pode se equiparar ao que viveu na Síria, naquele casebre de merda, Ailleen? — perguntou desconfiado.

Virei as costas e cruzei os braços tentando me afastar. Era um pouco difícil, já que o quarto era minúsculo.

— Algo que pertence ao passado e ali deve permanecer.

Senti sua presença às minhas costas. As mãos em meus ombros, trazendo um calor que percorreu meu corpo inteiro. Ignorei o nó na garganta.

— Me deixe ficar ao seu lado por alguns dias. Deixe-me ser seu amigo, então. Por favor.

Virei de frente para ele, encarando aqueles olhos tormentosos e reveladores. Era como uma tempestade tropical. Notei que pareciam mais cinza do que azuis, para dizer a verdade.

— Por que isso? Por que agora?

— Porque eu preciso.

— Por quê?

— Nem eu sei, Ailleen. Só sei que, nesse momento, você é a presença que consegue me colocar no eixo.

Uau. Para quem não era romântico, aquela frase teve um efeito bem engraçado no meu coração. Acelerou meus batimentos e tudo mais.

— E se eu disser que não vou voltar para a Marinha? — perguntei.

— Deixe-me avaliar e convencê-la de que ali é o seu lugar.

— E se não for mais?

— Então cada um segue o seu caminho — respondeu simplesmente.

A resposta acabou fazendo com que uma tristeza inesperada se instalasse no meu peito. Mas eu imaginava que valia a pena o risco.

— E se você perceber que sou muito mais complicada do que imaginou... que sou apenas a ilusão de algo belo e fluido, mas na verdade sou quebrada e destituída de sentimentos a serem compartilhados, porque algo aqui dentro — coloquei a sua mão no meu peito — já não existe como deveria existir?

— Então eu vou mostrar a você porque sou tão condecorado na Marinha — ele disse e colocou a outra mão no meu rosto. O polegar acariciando suavemente minha boca. — Porque chego de maneira silenciosa, sem fazer alarde, faço a acareação dos danos e o controle dos mesmos e me movo como um fantasma. Mas antes de tudo, Ailleen. Eu vejo aquilo que ninguém mais pode ver.

Ele disse aquilo e me beijou de novo. Daquela vez de um jeito doce e terno. Para selar uma promessa.

Para mostrar que mesmo alegando ser um bruto, sem um osso romântico naquele corpo enxuto e cheio de músculos, ainda habitava um homem que prezava pelo bem de uma mulher que lutava por existir... mesmo que achasse que sentir doía muito mais que respirar.

REENCONTRANDO A CALMA

JUSTIN

Sim. Tenho que admitir que estava me sentindo um perseguidor de merda. Mesmo não sendo a minha intenção, mesmo sabendo que eu deveria dar o espaço que ela havia deixado claro querer, ainda assim, percorri as estradas que me levavam à cidade de Myrtle Beach, na costa da Carolina do Sul. Apreciei a cidade pitoresca e agradável quando por fim cheguei ao destino.

Para ser um Oficial condecorado de uma força especial da Marinha, era preciso sagacidade e perseverança. Não era à toa que nos nove anos que servi como RECON, adquiri e calibrei as habilidades que me fizeram muito bom, se não, o melhor da equipe tática. Então descobrir o paradeiro de Ailleen Anderson era como cortar uma fatia de torta de limão num piquenique. Foi tão fácil que nem ao menos impôs um desafio.

Na verdade, o *desafio* mesmo seria convencê-la das minhas intenções. Como se chega em uma mulher que mal conhece, que teve contato e poucas interações, e explica que sente algo tão desconhecido e perturbador que nem mesmo você é capaz de explicar? Até mesmo eu sei que pareceria conversa de maluco.

Eu havia colocado os olhos em Ailleen ainda em sua ficha militar. Só a tinha visto na base náutica em algumas ocasiões e sempre com olhares furtivos, e a primeira vez em que realmente estive em sua presença de maneira evidente foi quando a requisitei ao meu gabinete para lhe imputar a missão quase suicida.

Dali para a fatalidade que ocorreu foi apenas um pulo para disparar o gatilho do que eu podia sentir. Alguma coisa que dizia lá no fundo havia poucas oportunidades na vida, e que devíamos aproveitá-las enquanto ainda estivéssemos vivos. Então, talvez aquele acontecimento maldito tenha servido para me mostrar que eu poderia ficar parado, vendo a vida passar e apenas admirar uma mulher pela qual estava interessado, de longe, podendo correr o risco de perdê-la a qualquer momento; ou poderia arregaçar as mangas e simplesmente mostrar que a queria, simples assim.

E era algo até mesmo estranho para mim, admitir na altura do campeonato, naquele momento da minha vida, que estava interessado em uma colega de serviço. Nunca me envolvi com mulher militar alguma. Nunca sequer tive o interesse, para falar a verdade. Propostas nunca faltaram. Embora a corporação não fosse dotada de tantas mulheres, ainda assim, algumas conseguiram ocupar postos elevados, chegando à posição de oficiais, trazendo certo brilho em um mundo dominado por testosterona.

A própria Segundo-tenente Hastings era um exemplo vivo. E eu podia afirmar que era uma mulher agressiva, inclusive em sua demonstração clara de interesse sexual, bem como de ganância de posto. Ela nunca havia deixado às escondidas que se eu apenas estalasse os dedos, a teria reclinada em minha mesa para fodê-la de mil maneiras possíveis, desde que o uniforme que ela estivesse usando fosse fácil de arrancar.

Mas nunca me interessei. Sequer voltei o olhar ou devolvi os olhares lânguidos e algumas frases de duplo sentido, tendo, inclusive, chamado sua atenção em um determinado momento.

Afastá-la do porta-aviões foi uma decisão febril, regida pela raiva do momento, por ela ter ousado estabelecer um comando que não tinha direito, privando as fuzileiras ao direito de suas armas táticas. Porém também fora uma excelente forma de me livrar do assédio insistente que a mulher impunha apenas em estar no mesmo ambiente.

A caminho da cidade, apenas telefonei para o homem no qual me espelhava.

— Para estar me ligando, só pode indicar que está em terra, acertei? — ele disse, e eu tinha certeza de que havia um sorriso torto em seus lábios.

— Como sempre, sagaz, pai.

— Sou bastante conhecido por isso. Quando chegou?

— Há pouco mais de duas horas.

— Está vindo pra casa? — questionou.

— Primeiro estou indo à Carolina do Sul, depois a minha intenção é ir pra casa, mas não faço ideia de quando.

— E posso perguntar, por acaso, o que está indo fazer no Estado vizinho? — A pergunta era num tom jocoso.

— Você e Cole continuam mantendo um bolão de apostas para saber quem é o mais curioso? — caçoei.

— Naan... eu ganho em disparado. Sou o pai. É meu dever saber da vida dos meus filhos, ora essa.

Deixei que o silêncio me desse coragem.

— Estou indo em busca de uma mulher.

GHOSTS

— Oooh... uau. Essa você me pegou de surpresa, filho. Até deixei o peixe que eu estava limpando escapulir na pia.

Comecei a rir.

— Conte-me mais.

— Pai, ela... ela também serve as forças armadas...

— Oh, merda... — Ouvi o resmungo do outro lado. — De tantos rabos de saias, você foi se engraçar por uma de farda, Justin? Só me diga, pelo amor de Deus, que não é Ranger.

— Não. Ela é da Marinha.

— Graças a Deus. Uma alma criteriosa e de cabeça boa. Escolheu a corporação certa.

A disputa entre as forças armadas era algo tão arraigado que fazia com que um militar de um lado achasse que o outro era louco por não ter escolhido o lado onde ele estava. Vá entender.

— Ela é linda. E corajosa.

— Certo... o que mais?

— E jovem. Muito mais do eu.

— E daí? Isso não é empecilho. Espera... quão jovem? Você não está pegando uma recruta, não é, Justin? — Escutei o barulho da torneira sendo ligada e as panelas sendo fechadas. — Pronto. Me sentei para ouvir atentamente. Se me falar que está pegando uma recruta, vou caçar você e te dar uma surra.

— Não, pai. Porra... também não sou louco, não é?

— Ótimo. Quão jovem? — repetiu.

— 23 anos.

— Tudo bem. Boa idade. Ótima para me dar netos.

Revirei os olhos ante as palavras do velho.

— Pelo amor de Deus, pai. Estou apenas falando que me interessei pela moça e você já está vendo netos?

— Eu sou um homem velho. Posso sonhar, não posso?

— Tudo bem...

— Continue, Justin. Está melhor do que um seriado que estou assistindo.

Comecei a rir.

— Desde que a vi na base naval meus olhos passaram a acompanhá-la por onde ia, mas nunca passou pela minha cabeça me envolver com alguém da corporação, principalmente alguém sob meu comando. Ela é uma Oficial não comissionada.

— E daí? Muitos casais se formam nas forças armadas. Foda-se, Justin. Se você gosta dela, não é o cargo que vai importar, desde que não seja usado para galgar patentes.

— Isso nunca, pai.

— Então...

— Ela foi escalada para uma missão em terra...
— O quê? Porra... sou da velha guarda, Justin. Mulheres não deveriam estar na frente de um combate. Pode me chamar de machista.
— Você é machista.
— Obrigado.
— Ela executou um serviço fantástico prestando assistência médica ao Capitão Masterson. Mas foi ferida e acabou nas mãos inimigas.
— Espera... como assim?
— Pai, eu explico isso depois, okay? Em um detalhe da missão, saiu algo errado, Ailleen ficou pra trás e acabou em cativeiro por algumas horas até que a recuperássemos.
— Vocês deixaram um companheiro pra trás??? — ele gritou do outro lado.
E aí estava... O lado de todo militar da Marinha americana. Nunca abandonar um companheiro.
— Como eu te disse... explico isso depois. O importante é que a resgatamos e nada de pior havia acontecido, mas lhe dei dois meses de licença.
— Justo.
— E estou indo atrás dela.
— Hummm...
— Hummm, o quê?
— Entendi... o seu interesse se estendeu para fora das bases. E você quer conferir se a licença será usufruída.
Eu dei um sorriso de lado, sacudi a cabeça segurando o riso, porque meu pai, do outro lado da linha, em poucas palavras, havia descoberto meus planos.
— Mais ou menos.
— Isso significa que a moça mexeu mesmo com você.
— É bem por aí.
— Tudo bem. Quando vier, me avise. Vou deixar a casa pronta.
— Certo.
— E Justin?
— Hum?
— Traga a moça com você. Ela vai ficar maravilhada com o peixe no forno que eu faço.
Desliguei a ligação ainda rindo dos conselhos do meu pai.
Sim. Aileen havia despertado meu interesse muito antes. O que aconteceu apenas fez com que movesse as peças no tabuleiro, porque sabe-se lá quando eu o faria.
Agora, ali estava eu. Tomado por um sentimento doentio e passional, dominado por tensão, desde o momento antes de bater à porta do quarto de hotel onde Ailleen estava hospedada.
Vê-la foi como receber o sopro de uma brisa em um dia quente no deserto. Era piegas pra caralho falar isso, mas o fato de tê-la encontrado,

mesmo que em apenas algumas horas de distância, fez com que meu coração voltasse a bater em um ritmo normal, depois que teve a aceleração imediata ao contemplar aqueles olhos assombrados.

E se o simples fato de vê-la foi o suficiente para me desequilibrar daquela maneira, o momento em que meus lábios tocaram os dela... ah... aí, sim... foi um momento em que senti meu corpo ser dominado por sensações vertiginosas que assumiram o comando, fazendo com que minha boca a possuísse em apenas um beijo.

Bom, sacudi a cabeça para afastar o momento torpe de puro romantismo que estava tentando dominar minha mente. O único que me interessava agora era o fato de Ailleen Anderson estar exatamente à minha frente, enquanto fazíamos uma refeição na pequena lanchonete ao lado do hotel onde estávamos.

Enquanto ela comia o sanduíche, olhando desconfiada para todos os lados, usando um boné, ainda que fosse noite já, eu apenas observava suas reações, tentando detectar o que ela poderia estar escondendo.

— Muito bem, quais são seus planos? — perguntei, antes de morder o hambúrguer enorme que tinha solicitado. Somente naquele momento é que me dei conta de que estava com fome.

Ailleen ergueu os olhos rapidamente e tomou um gole de sua bebida antes de responder:

— Amanhã cedo vou resolver uma pendência no banco, depois minha meta é sair daqui.

Havia algo naquela declaração e na forma como fora falada. Bem como no jeito em que seus olhos se voltavam o tempo todo para a porta, como se ela quisesse fugir dali a qualquer momento.

— Essa não é sua cidade natal? — Eu sabia que minhas perguntas poderiam ser intrusivas. Sabia as respostas para muitas delas, já. Myrtle Beach era, sim, a cidade onde ela nasceu e foi criada, tendo saído dali e seguido, aos dezoito anos, para Jacksonville para se alistar. Depois fora encaminhada para o *Bootcamp* em Pendleton, Parris Islands e, por fim, ao campo Lejeune, onde começara seu treinamento.

— Sim.

— E você não tem uma casa aqui?

Ailleen suspirou e demonstrou certa irritação naquele som.

— Não, não tenho.

Mordi mais um bocado do meu lanche, que estava delicioso, diga-se de passagem, e apenas a observei.

— Ailleen?

A garçonete a chamou e vi quando ela fechou os olhos com força.

Quando ergueu a cabeça, o olhar era assombrado, e havia um sorriso brando nos lábios, mas que demonstravam que ela queria estar em qualquer lugar, menos ali.

— Olá, Trisha.

— Você voltou! Poxa, há quanto tempo! — a mulher falou.

— Pois é, não?

— Por onde você andava?

Ailleen olhou rapidamente para mim, como se estivesse me dando uma mensagem silenciosa.

— Por aí...

— Fazendo o quê?

— Ahhh...

— Ailleen trabalha com entregas marítimas — interferi e vi quando Ailleen me olhou assustada. A mulher virou os olhos em minha direção, agora que eu havia lhe chamado a atenção.

— Entregas marítimas?

— Sim. É uma excelente gerente operacional. Cuida da plataforma oceânica que minha empresa tem.

— Nossa... que trabalho... incomum.

— Pois é — falei. — Mas ela é muito boa no que faz.

Olhei enfaticamente para Ailleen, esperando que ela entendesse que meus elogios se estendiam a absolutamente tudo o que ela desempenhava.

— Você voltou pra ficar? Poxa... quando você sum...

— Então, Trisha! Você poderia nos trazer a conta? Por favor? — Ailleen pediu desesperada.

— Ah, claro. É pra já.

Ela já tinha virado e estava se afastando quando olhou por cima do ombro e disse baixinho:

— Eu sei o que aconteceu com você, sabe? E infelizmente... você não foi a única.

Ailleen manteve os olhos baixos, mas senti que o corpo ficou retesado, sem reação.

A mulher saiu em disparada, sumindo por trás do balcão.

Eu havia conseguido terminar meu lanche, mas Ailleen havia deixado metade do dela inacabado. Limpei as mãos no guardanapo e coloquei algumas notas de dinheiro na mesa, mais do que o suficiente para pagar a conta, tomando a mão de Ailleen para puxá-la dali, antes que a garçonete voltasse. Ela afastou-se do meu toque quase que imediatamente.

Saímos rapidamente da lanchonete e fizemos o caminho de volta até o hotel ao lado.

Quando Ailleen abriu a porta de seu quarto e fez menção de me deixar de fora, apenas disse:

— Me deixe entrar e me diga do que se trata tudo isso, Ailleen.

— Não há nada a ser dito.

GHOSTS

— Há sim. Suas mãos estão geladas, seu pulso está acelerado e sua respiração está fora do normal. Você passou o tempo inteiro olhando para a entrada do estabelecimento, como se estivesse com medo de ser vista. Quando a garçonete a identificou, isso ficou mais do que claro. E quando ela revelou que você sumiu daqui há anos, foi cortada veementemente. Então... sim, há uma história aí.

Ailleen bufou e entrou no quarto, sendo seguida por mim, que fechei a porta.

— Eu apenas deixei a cidade pra trás, só isso.

— Por que razão?

— Por que isso te interessa? Meu Deus! É uma história pessoal, Major!

Cheguei à sua frente rapidamente. Percebi o brilho assombrado naqueles olhos tão reveladores.

— Já disse que aqui não há patentes para nos separar, Ailleen. Não queira usá-las como uma forma de nos distanciar na cadeia hierárquica.

— Okay, então... Justin. É apenas uma história do passado.

— Um passado que te atormenta e que a faz ter medo de qualquer pessoa que possa se aproximar?

— Não. Não é bem isso.

— E o que é?

— Será que eu poderia explicar em outra ocasião?

Vi que estava esgotada, realmente. Os olhos mostravam sombras que denunciavam o trauma vivido. Ela ainda não tinha recuperado plenamente o viço da pele. Se olhassem bem, os hematomas ainda podiam ser percebidos. Ela apenas havia disfarçado bem com alguma camada de maquiagem. Querendo ou não, havíamos partido na alvorada, do porta-aviões, em um longo voo. Ambos havíamos pegado a estrada e cruzado a fronteira dos Estados, em uma viagem de mais de duas horas. Então... sim. Ela precisaria de um momento para descansar.

— Tudo bem, mas... me diga — olhei ao redor do quarto, tentando ganhar tempo —, quais são os planos, verdadeiramente, pra amanhã?

Ailleen sentou-se na beirada da cama e suspirou audivelmente, parecendo resignada com a situação.

— Vou ao banco, tentar acionar um seguro em meu nome, depois... não programei absolutamente nada — falou, fechando os olhos em seguida.

Resolvi que era a hora de tentar mostrar minhas reais intenções, se é que já não as havia deixado claras.

Puxei a cadeira de madeira desgastada que ficava no canto até sua frente e sentei.

— Eu quero ajudá-la.

Vi quando ela passou a mão nervosamente pelo cabelo, para logo em seguida esfregar as duas mãos no rosto. O cansaço podia ser divisado a léguas de distância.

— Ailleen, quando eu disse a você que quero a chance de estar ao seu lado, estava falando bem sério.

Ela abriu os olhos agora esverdeados e atormentados.

— Justin, eu não sou material para nenhuma espécie de relacionamento nesse exato momento, entende? — falou e tentou se levantar. Minhas mãos a contiveram no local.

— Tudo o que peço de você nesse momento é seu tempo. Quero ver se você está bem, se vai evoluir pacificamente depois do trauma sofrido.

— Mas é isso o que estou tentando lhe dizer! Eu não vou desencadear nenhuma espécie de psicose ou trauma, ou estresse que for... como eu disse, já passei por algo pior e me reergui. E sou o que me tornei hoje porque não aceitei ser derrubada por nenhum fantasma do passado.

Ela me deixava cada vez mais abismado com a força que demonstrava, mas não me demoveria dali.

— O fato de não querer permanecer aqui ou ter medo da sua própria sombra nessa cidade perdida por Deus, talvez seja uma forma de não ter se livrado plenamente dos fantasmas que acha que nunca a perseguiram em sonhos, Ailleen. Você apenas os enclausurou em algum compartimento da sua mente e não permite que eles a assombrem. Mas estão aí.

Vi, pela primeira vez, uma lágrima deslizar pela face delicada e ao mesmo tempo feroz.

— Eu só não quero ficar aqui — disse entredentes. — É muito dolorido.

— Não vou insistir para que me diga agora o porquê. Talvez quando você estiver preparada e aceite que quero ser seu amigo, possa confiar em mim.

Passei os polegares pelo rosto dela para coletar a lágrima que descia de maneira insistente. Sem nem me dar conta do que fazia, a coloquei diretamente em minha boca. Observar os olhos assombrados se abrirem mais ainda foi como um bálsamo. Talvez estivesse ali a forma como eu deveria lidar com Ailleen Anderson. Conquistá-la devagar, até que ela confiasse seus problemas a mim de tal maneira que não sentisse medo em abrir seu coração.

Levantei-me dali e saí do quarto sem mais nenhuma palavra. Quando me recostei na porta do lado de fora, deixei a cabeça tombar e puxei o ar com força. Nem eu mesmo conseguia compreender a intensidade dos sentimentos que aquela mulher despertava em mim. Algo que estava adormecido há muito tempo, simplesmente saltou à vida e estava sendo difícil conter. Eu queria proteger aquela garota. Queria lhe mostrar a paixão que podia sentir arder em seus olhos.

Fui para o meu quarto, mas não sem antes acionar o mecanismo que me permitiria ter certeza de que Ailleen não sairia dali furtivamente.

Eu tinha falado sério quando disse que seria a sua sombra.

CONSEQUÊNCIAS

AILLEEN

No dia seguinte, depois de uma noite maldormida, onde certo Major perturbou meus sonhos de maneira insistente, acordei como se estivesse saindo de uma ressaca aterradora. Odiava aquela sensação. Era mais do que debilitante.

Saí da cama e escovei os dentes enquanto tomava uma ducha rápida. Resolvi não lavar o cabelo, pois não daria tempo de secar, então apenas os trancei a partir do rabo de cavalo no alto da cabeça.

Coloquei a calça jeans, a camiseta regata, meus tênis e guardei alguns documentos na bolsa que levaria para o dia. Guardei todas as minhas roupas na mochila, deixando tudo pronto para uma eventual fuga.

Coloquei o boné e os óculos escuros, e abri a porta do quarto. Olhei primeiro para a esquerda, e quando olhei à direita, o suspiro saiu imediatamente. Justin Bradshaw estava recostado displicentemente na parede, com um pé apoiado e um cigarro na boca. Eu nem fazia ideia de que ele fumava.

— Fazendo guarda, Major? — cacoei.

— Velhos hábitos não morrem jamais. Eu acordo muito cedo. Costumo acordar no porta-aviões para ver o sol nascer.

Bom, eu nunca tinha compartilhado aquilo com ninguém, mas já tinha feito o mesmo às escondidas, pelas escotilhas.

— Oh... entendi.

— Vai querer tomar o café da manhã no mesmo lugar ou prefere arriscar outro?

Eu sabia que seu tom era cheio de sarcasmo e revirei os olhos por trás das lentes escuras dos meus óculos, mas ele não pôde ver, obviamente.

Caminhei até o carro alugado e quando ia abrir a porta, ele segurou meu cotovelo. Um *flash* do passado veio imediatamente e lutei para engolir a náusea. Lembrei-me de que aquele ali era o Justin, o Major honrado da Marinha, para quem sempre tive orgulho de servir.

— Vamos no meu — disse num tom mais gentil.

— Mas, por quê? Esse aqui serve para o mesmo propósito...

— Porque já que você quer passar por baixo do radar, nada melhor do que disfarçamos e andarmos num veículo completamente desconhecido.

— Mas esse é desconhecido, Maj... — Parei quando vi o olhar que ele me lançou. — Justin. O carro é alugado.

— Você chegou com ele ontem?

— Sim...

— Então já não é desconhecido, querida. Essa é uma cidade pequena. Tenho certeza que um dos esportes aqui deve estar relacionado a fofocas sobre carros diferentes nas redondezas ou cidadãos que retornaram ao lar...

Quando ele disse aquilo, um arrepio de terror percorreu meu corpo.

Okay... vamos ser realistas. Eu era uma pessoa bem resolvida em relação ao trauma que enfrentei quando abandonei Myrtle Beach. Resolvida no sentido de, sei que fui vítima de um crime de abuso que nenhuma mulher deveria enfrentar. Nunca. Tive minha privacidade, meu corpo e minha alma violados. Mas nunca permiti que aquele acontecimento moldasse minhas ações ou quem eu queria ser.

Ao invés de me esconder em um lugar e simplesmente rastejar nas próprias lágrimas... Ao invés de querer dar cabo da minha vida, achando que tudo estava perdido ali, simplesmente resolvi me reconstruir. De alguma forma.

Posso não ter me tornado uma perita exímia na arte sexual após aquilo, não me envolvi sexualmente com outros caras, mas não foi por falta de um desejo que ardesse em mim, e sim, pela falta de oportunidade nos momentos em que eu estava vivendo à época.

Quando saí da cidade, dediquei cada partícula do meu ser a me tornar a melhor mulher militar das forças. Escolhi a Marinha pela proximidade do Camp Lejeune no Estado circunvizinho. Se eu tivesse um pouco mais de coragem, poderia ter tentado o treinamento para piloto de caça, mesmo sabendo que mulheres aprovadas são mais raras do que achar um chefe mulher na máfia japonesa.

Enfim... armei meu corpo de pura coragem e investi naquilo que eu acreditava poder ajudar a forjar meu espírito. Cada exercício áspero que fazia, cada madrugada que era obrigada a acordar às 4 da manhã para malhar, correr, nadar, escalar ou rastejar por milhas de lamas e florestas brutais... cada etapa do treinamento que fiz, apenas me levava para mais longe das lembranças ruins daquela noite fria.

Não. Nunca foi fácil. Meu corpo fora marcado e sofrera os abusos das mãos de um homem asqueroso? Sim. Minha alma havia sido esfacelada ali, sim, mas o que mais custou a recuperar foi a ferida que ficou no coração, pela traição sofrida por quem eu achava que deveria me amar acima de tudo.

GHOSTS

Talvez a dúvida sobre o amor possa ter se entranhado naquele instante.

Olhei de rabo de olho para o Major e quando ele passou à minha frente, não pude deixar de apreciar sua figura imponente, nem mesmo o traseiro fantástico que ele abrigava naquela calça jeans desgastada.

Droga. Eu estava olhando as formas físicas do homem?

Desejos sexuais ativados e normais? Checado.

Vontade de passar as mãos no cabelo dourado? Checado.

Ele olhou para trás e só não fui pega no flagra admirando suas formas por causa dos óculos, mas o sorriso de lado e conhecedor que apareceu nos lábios dele, provavelmente contavam outra história.

— Vamos ao iHop que fica na avenida próxima — falei assim que sentei e comecei a colocar o cinto.

Olhei para o lado e ele estava com os braços apoiados no volante, me olhando atentamente.

— O quê? — perguntei.

— Nada.

Seguimos em um silêncio confortável até a rede de lanchonetes e Justin estacionou o Jeep SUV na lateral, de ré.

Apontei para frente.

— O banco fica logo ali à frente. Se tudo der certo, consigo resolver o que tiver pra resolver hoje mesmo. Consegui me livrar de ter que comparecer ao escritório do advogado antes — informei.

Saí sem esperar sua resposta.

Entramos no iHop e me encaminhei à mesa mais distante, mas sentei-me de costas para a porta de entrada. Justin sentou-se à minha frente.

A atendente prontamente colocou os cardápios na mesa e escolhemos o que queríamos comer.

Comecei a tamborilar os dedos nervosamente até que Justin colocou a mão sobre a minha, no intuito de me fazer parar e olhar para ele.

— Eu não quero ser intrusivo, Ailleen — falou em um tom resignado, mas quem o conhecia podia identificar o tom de comando —, mas estou esperando que você compartilhe comigo seus planos para que eu possa compartilhar os meus.

Arregalei os olhos, mas ele não podia notar aquele fato. Bem, até aquele momento, quando ele retirou os óculos do meu rosto.

— Como assim, compartilhar os seus?

— Em uma troca de confiança, entende? Vou dizer a você o que tenho pensado desde o momento em que saí do avião. Na verdade, desde o momento em que entramos no avião rumo à base em terra.

Respirei fundo.

— Olha, Justin... eu gostaria de me desculpar.

— Pelo quê?

— Acho que fui uma cadela total com você. Vou culpar os medicamentos que estavam me administrando no porta-aviões depois do meu resgate, ou talvez as pancadas na cabeça que levei — naquele momento pude ouvir o rosnado que ele emitiu do outro lado da mesa —, ou ainda posso culpar o ciclo menstrual. Esse sempre pode levar a culpa por todas as agruras e merdas que somos capazes de fazer ou dizer em alguns momentos.

Justin riu brandamente.

— Eu fui um pouco sensível demais quanto à sua ordem de me retirar para um período de encubação de drama.

— Encubação de drama? — Justin quase engasgou com a água que estava tomando.

— Sim, sabe? Quando guardamos um momento dramático e fazemos dele nossa bandeira e tal. Enfim... você sinalizou um comando e eu já fui no modo cadela achando que você estava falando outra coisa. Eu entendo os preconceitos que as forças militares têm contra mulheres...

Justin Bradshaw ergueu a mão para interromper meu discurso.

— Em algum momento dei a entender que tenho preconceito por ter fuzileiras ao meu comando?

— Não... mas também volto a repetir. Não quero ser uma marca perpétua de um fracasso em uma missão sob suas ordens.

Ele segurou minhas mãos, pouco se importando que a garçonete estava ao lado e tentava um espaço para colocar nossos pratos.

— Pode colocar os pratos aí, obrigado — ele disse sem nem ao menos olhar para a mulher. — Ailleen, se eu não confiasse nas suas habilidades, não a teria colocado na missão. E qualquer tarefa executada sob o comando do melhor e mais graduado Oficial pode dar errado por forças que não nos cabem agora averiguar. Fazemos de tudo para que não haja intercorrências, mas quando os imprevistos acontecem, simplesmente vamos lá e arrumamos o que deu errado. Torcendo sempre para que nenhuma fatalidade tenha transcorrido.

Mantive a cabeça baixa.

— Você acha que o Capitão Masterson é menos gabaritado por ter sido alvejado em uma missão?

Ergui o rosto e neguei imediatamente.

— Não, claro que não.

— Então. E ele é homem, Ailleen. E mesmo assim, munido de três fuzileiros RECONs ao lado dele, ainda teve que ser resgatado, porque uma eventualidade ocorreu durante a operação. Mas isso não o desmerece. Certo?

— Claro que não, Maj... Justin.

— O que aconteceu com você foi uma fatalidade, associada à manobra evasiva do piloto e incompetência em não ter acionado os fuzis dianteiros do helicóptero.

— Eu sei que tive minha parcela de culpa, Justin. Não tente me eximir, por favor.

— Você se soltou do cinto? Foda-se. Estava tentando manter um companheiro resguardado. Um companheiro ferido. O mesmo que você costurou e fez questão de que saísse dali intacto. Então encaro como um esforço mais efusivo da sua parte para mantê-lo seguro naquela hora, sem que jogasse fora todo o seu esforço — ele disse e sorriu brandamente. Colocou o prato de panquecas à minha frente e o dele diante de si. — Isso servirá para que numa próxima missão você saiba qual é a primeira coisa que deve fazer e em quê se segurar, não é mesmo?

Enquanto comíamos nossa refeição, eu pensava em suas palavras. O peso da culpa ia aliviando gradualmente. A insegurança que abatia meus esforços em todos aqueles anos na Marinha ia desvanecendo aos poucos.

— Ainda assim peço desculpas.

— Você não tem do que se desculpar.

— Acho que reagi mal.

— Possivelmente, mas acredite, já tive outros Oficiais sob meu comando que também foram bem eloquentes quanto à revolta em uma ordem de comando para licença pós-missão. — Comeu um bocado de sua comida e custei a não acompanhar a mandíbula forte triturando a pobre panqueca. — O próprio Capitão Masterson não ficou nem um pouco feliz em ter que voar da Alemanha para casa.

— Ele terá que ficar de licença?

— Por três meses em terra. Até voltar ao porta-aviões, e se, estiver liberado. Por sinal, os médicos na base alemã mandaram elogiar o seu serviço. Mesmo feito em condições de extrema insalubridade, ainda assim você conseguiu manter as feridas e lesões com o mínimo de intercorrências.

— Oh... obrigada — agradeci e senti o rosto esquentar em embaraço.

Terminamos a refeição e Justin pediu para pagar a conta. Depois de um duelo gentil de palavras, acabei cedendo.

— Agora que já estamos devidamente alimentados, qual é seu próximo destino?

Estávamos saindo do iHop quando senti o arrepio na minha nuca. Coloquei a mão imediatamente na garganta, tentando acalmar os nervos. Olhei para os lados e não vi nada.

— Ailleen? — Justin chamou novamente.

— Hã? O quê?

— Para onde vamos?

— Banco. Logo em frente.

Atravessamos a rua e imediatamente entramos no único banco da cidade. Cheguei até a recepcionista, que ergueu o rosto do romance picante que estava lendo e me encarou.

— Ahn, eu preciso de um atendimento com o Sr. Joseph Lander, por favor.

— Você tem hora marcada? — perguntou, ajeitando os óculos de armação de tartaruga na ponta do nariz.

— Não, senhora. Cheguei à cidade ontem e não tive tempo hábil de marcar — respondi com sarcasmo. Ouvi a risadinha de Justin atrás de mim.

— Vou ver se ele poderá atendê-la. Qual o seu nome?

— Ailleen Anderson.

Seria muito cômico se o homem não pudesse, já que o banco estava vazio. Não havia uma única alma viva ali.

Dois minutos depois, ela disse:

— Aguarde um pouco ali naquelas cadeiras, por favor, querida.

Sentei-me onde fui orientada, com Justin sempre ao meu lado. Por incrível que pudesse parecer, já estava começando a me acostumar. Seria ele uma espécie de super-herói com poderes mágicos que tinha essa habilidade? Eu havia assistido a um filme assim... ou será que tinha lido? O personagem tinha um poder mágico de trazer calmaria ao redor, às pessoas que estivessem ao seu lado, no mesmo ambiente. Algo como empatia imediata. Embora, Justin Bradshaw e toda aquela aura máscula e viril me deixassem em alerta máximo em outras regiões ao sul, ainda assim, o fato de ele ter estendido sua "amizade" de maneira fugaz fazia com que eu me sentisse meio letárgica à sua volta.

— Srta. Ailleen, o Sr. Lander já pode recebê-la.

Limpei as mãos suadas no jeans e me levantei. Justin manteve-se sentado folheando a revista, impassível.

Olhei de rabo de olho para ele e apenas ganhei um aceno.

Entrei na sala do gerente do banco e me sentei à frente da enorme mesa de mogno. A sala era tão abarrotada de miudezas que qualquer pessoa com déficit de atenção ficaria louco ali dentro em poucos minutos. Minutos, não. Segundos.

— Sr. Lander.

— Srta. Anderson. O seu avô Grant sempre me deixou claro que algum dia você viria me procurar, e que eu deveria tratá-la com a maior deferência do mundo.

Quando ele disse aquilo, seguido de um sorriso sincero, senti o coração mais leve.

— Oh, que bom, Sr. Lander... fico muito feliz. Eu... eu... não tinha planos de acionar o meu fundo fiduciário agora, mas me vejo em uma situação em que é chegado o momento — falei, calmamente.

— Hummm, eu vejo... algum plano em andamento?

— Ainda nada muito decisivo, mas pretendo fazer uma aplicação e possivelmente comprar uma casa.

— Aqui mesmo? — perguntou com um sorriso.

— Não, senhor. Fiz minha vida em outros mares. — Literalmente.

— Oh, pena. É realmente uma pena ver nossos jovens se ausentando da cidade e indo trilhar seus caminhos por outros polos e cidades cosmopolitas... mas quem pode culpar vocês, não é? Mas veja, Myrtle Beach está crescendo. A família Evans tem investido cada vez mais no turismo e nos hotéis de luxo. Há, até mesmo, um resort muito glamoroso nas proximidades.

A menção do nome Evans trouxe calafrios à minha espinha. Eu queria distância deles. Mas meu maior medo estava em seu filho, o herdeiro, achar que ainda tinha algum direito sobre mim.

— Ah, que bom, não é mesmo? — Torci para que ele não identificasse o sarcasmo escorrendo de minhas palavras.

— Pois bem, vamos dar entrada aos trâmites da documentação do fundo que seu avô deixou para a senhorita. Você já sabe o montante?

— Não, senhor.

Ele mexeu na papelada de um armário-arquivo que ficava bem ao lado de sua mesa, algo bem arcaico mesmo, já que tudo deveria ser informatizado àquelas alturas, e retirou uma pasta marrom com um amontoado de papéis.

Ajeitando os óculos sobre a ponte do nariz, o senhor Joseph Lander pigarreou rapidamente e ergueu os olhos, antes de dizer:

— Seu avô deixou um fundo rentável para a senhorita. Aplicado, como esteve, hoje, ele está no valor de 950 mil dólares.

Oh, uau. Aquilo era quase um milhão de dólares! Então era por isso que vovô Grant fizera questão de me mandar esconder o documento no lugar mais secreto possível e nunca deixar cair nas mãos dos meus pais.

— Poxa... uau.

— Exato... acho que isso vai dar um belo pontapé a qualquer investimento que a senhorita queira fazer, não é mesmo? — ele assegurou.

— Com certeza.

— Eu só preciso que você assine aqui, nessa linha pontilhada e amanhã passe aqui para pegar uma parte do dinheiro em espécie.

— Não pode ser depositado em uma conta? E não pode ser feito hoje, por exemplo?

Eu não tinha planos de permanecer mais um dia naquela cidade.

— Podemos fazer uma transferência de um valor determinado, mas uma parte terá que ser retirada no banco, mostrando que foi exatamente a senhorita quem fez a transação em pessoa. Foi uma solicitação do seu avô.

Ele queria se assegurar de que você não seria coagida a simplesmente transferir eletronicamente para qualquer lugar, entende? Além do mais, mesmo a quantia estipulada pelo seu avô, para ser retirada em espécie, não é uma quantia da qual dispomos em nosso banco. Teremos que ir até Socastee, a cidade mais próxima onde nosso banco tem a sede, para que reabasteçamos os cofres.

Assenti com a cabeça. Meu avô era muito inteligente. Mas aquilo também não era nem um pouco esperto, já que me obrigava a fazer todo o trâmite na cidade e no banco onde ele fez tudo. E se eu não morasse mais ali?

Bom, vovô Grant também não teria como imaginar o que aconteceria na minha vida ou do que seu filho seria capaz por dinheiro e por uma cadeira no senado, não é? Talvez ele tenha pensado que eu moraria em Myrtle Beach até me casar e ter uma penca de filhos.

Apertei a mão do gerente depois de assinar os documentos e me levantei para sair da sala.

Saí dali disposta a respirar ar puro e esperar apenas mais um dia para me livrar daquele lugar para sempre. Com aquele dinheiro que meu avô havia deixado, eu poderia começar uma nova vida em qualquer parte do país.

Justin se levantou assim que me viu, largando a revista na mesinha em frente.

— Tudo resolvido? — questionou com a sobrancelha arqueada.

— Então... uma parte, sim. A outra somente amanhã.

Justin pegou minha mão, fazendo com que um calafrio percorresse meu corpo imediatamente. Olhei para o local onde nossos dedos se entrelaçavam e segui o olhar até chegar ao seu rosto, vendo que ele me encarava, com um desafio explícito nos bonitos olhos azuis. Engoli o nó na garganta, empurrando o medo e as lembranças para trás. Aquele não era Kendrick me puxando contra a minha vontade para o meu quarto. Não era um homem querendo me dominar a todo custo. Era apenas Justin tentando mostrar que estava sendo sério em suas intenções, quando alegou um interesse genuíno por mim, mostrando que queria estar ao meu lado. Provavelmente ele estava tentando me fazer sentir confortável com seu toque e presença... mesmo sem saber nada do meu passado. Será que ele podia detectar que eu repudiava certos avanços, mesmo que instintivamente?

Sem falar nada, saímos juntos do banco em direção ao Jeep que ele havia deixado estacionado próximo ao iHop.

Quando vi que não estávamos voltando para o hotel, me virei de lado em uma pergunta silenciosa.

— Vamos dar uma volta na orla. A cidade é extremamente bonita para algo tão pequeno assim no mapa — ele brincou e um sorriso genuíno surgiu em seus lábios bonitos.

— Ei! Myrtle Beach está na rota de várias pessoas que buscam por um local turístico acolhedor na Carolina do Sul!

— Então... me mostre do que sua cidade é capaz...

Embora eu não quisesse estar ali, Justin acabou fazendo com que eu me esquecesse dos meus problemas com alguns cidadãos que ali habitavam. E por mais que eu tentasse me conter, algumas risadas foram impossíveis de ser contidas ao longo daquela manhã em que passeamos pelo calçadão da orla. O vento e a maresia trouxeram lembranças de um tempo onde achei que poderia ser feliz, mesmo que meus pais quisessem que eu fosse um protótipo a ser moldado a seu bel-prazer. O dia foi passando sem que eu me desse conta, fazendo com que me esquecesse das teias que temia me enredarem ali.

Nasci na família Anderson para ser uma princesinha rica e cheia de pose, apta a recepcionar, tão bem quanto minha mãe, em ocasiões onde a sociedade precisasse ver que mesmo pessoas de uma cidade litorânea poderiam ser abastadas e adornadas com tamanha cultura que chegava a ser acintoso.

Das amigas que tive na escola, poucas realmente eram verdadeiramente amigas por gostarem da minha pessoa. A maioria interessava-se mais pelo status social que uma amizade com os Andersons poderia trazer. E isso porque fui uma múmia ignorante sem saber da derrocada do meu pai em suas finanças, até a noite fatídica.

Estávamos sentados em uma sorveteria agradável, tomando um sorvete, quando mais uma vez tive a sensação do frio na espinha. Olhei ao redor e não consegui ver nada ou ninguém.

Porra. Eu tinha treinamento militar. Não era de nenhuma força tática especial, nem nada, mas era de se esperar que meus instintos fossem aguçados, certo? E os meus estavam me mostrando que eu estava sendo observada.

— O que foi, Ailleen? — Justin perguntou, olhando ao redor quando me viu fazer o mesmo.

— Nada. — Tentei disfarçar. Joguei o restante da casquinha do sorvete fora e me levantei rapidamente. Havíamos almoçado mais cedo e já estávamos quase no final da tarde. — Eu gostaria de voltar para o hotel, se possível.

Não sabia dizer, mas achava que ali, dentro daquelas paredes, estaria muito mais segura do que ao léu.

Justin se ergueu em toda a sua altura, que subjugava imensamente a minha e abaixou o rosto para que nossos olhares ficassem no mesmo nível.

— Você está assustada com algo.

— Não. Só gostaria de descansar mesmo.

— Okay.

Caminhamos dessa vez um pouco mais afastados, com meus olhos loucos vasculhando todos os lados, mas pelo canto do olho eu podia ver que Justin mantinha o foco em mim. E ao redor.

Somente quando me sentei no Jeep do Major foi que me senti segura novamente.

Chegamos ao hotel e nos despedimos na porta do quarto, dessa vez eu deixando claro que não o permitiria entrar. Estava cansada. Precisava de um momento para colocar os pensamentos em ordem. Tranquilizar o coração.

Só não imaginava que aquela seria a pior decisão do dia.

Quando entrei no quarto, antes de sequer acender a luz, senti apenas a enorme forma cobrindo minha boca e empurrando meu corpo contra a parede ao lado da porta. A pancada da minha cabeça contra o concreto foi o suficiente para fazer com que uma onda de tontura sobreviesse imediatamente.

Puta merda. O bicho-papão havia saído de baixo da cama para me pegar.

ENCARANDO O MEDO

AILLEEN

— Achou que poderia chegar à minha cidade, andar por aí, desfilar como se nada estivesse acontecendo, sem que eu soubesse, noiva querida? — Kendrick falou no meu ouvido e lambeu a lateral do meu pescoço.

O medo e o vômito que subiu pela minha garganta foram duas coisas que registrei imediatamente. Logo em seguida veio a ira por estar novamente à mercê daquele imbecil. Lutei contra seu agarre.

Eu era bem mais forte agora. O palhaço não me manusearia ou subjugaria facilmente. Todo o treinamento militar que recebi deveria servir para me defender. Embora ele também estivesse mais forte do que antes.

Sua mão continuava amordaçando minha boca, enquanto eu podia sentir a ereção pressionando minhas costas.

— Ah, Ailleen... anos... anos de procura. Anos de solidão. Para vê-la mais bela e exuberante que antes. Mas ainda tenho uma pergunta que aguardo resposta... Quem era o idiota que a acompanhava hoje? Hein? Você disse a ele que é minha? Que é propriedade de Kendrick Evans?

Ele continuava louco. Isso era certeza. Nem mesmo os anos trouxeram algum juízo àquela alma perturbada.

Em meu desespero para me soltar de seu agarre, tive a cabeça arremessada contra a parede outra vez. Os joelhos fraquejaram um pouco, fazendo com que eu cedesse e sentisse o corpo flácido por um instante. Kendrick mantinha a mão firmemente presa à minha boca, me impedindo de fazer alarde, e enrolou o braço em um mata-leão. Tentei sair usando um golpe aprendido no treinamento, mas ele apertou mais ainda a pressão.

Senti meu corpo sendo arrastado para a cama e a náusea me tomou. Uma repetição de anos atrás passou como um filme pela minha cabeça. Merda. Lá eu era uma adolescente. Aqui eu sou uma mulher. E não qualquer mulher, porra. Vamos lá, Ailleen. Pense. O pânico não poderia sobrepujar todo o treinamento militar que eu tinha.

No que pensei, fiz o que deu no momento. Mordi a mão que obstruía minha respiração.

— Aaah! Sua puta! Você me mordeu!

Kendrick voltou com nossos corpos para a parede e no impacto bati a testa no quadro pendurado, que teve o vidro estilhaçado, sentindo a tontura imediatamente. Notei o fio de sangue escorrendo pela sobrancelha. Mesmo grogue, estendi a mão e alcancei o imenso suporte de iluminação que ficava no canto. Eu não poderia puxá-lo para acertá-lo na cabeça dele, mas poderia derrubá-lo no chão. Esperava que aquilo fosse o suficiente para atrair atenção. E esse é o erro das pessoas que subestimam outras. Ele sequer cogitou a hipótese de que a arruaça atrairia atenção. Não estávamos no meu quarto isolado, como há cinco anos. Onde meus pais fizeram-se de surdos para o que acontecia sob o mesmo teto.

Kendrick me afastou da parede novamente e dessa vez me arremessou na cama. Quase acertei a cabeça no criado-mudo, o que me fez esticar a mão para alcançar o telefone, puxando-o novamente.

Pelo amor de Deus, meus vizinhos tinham que ser atentos e não pensar que o que estava acontecendo ali era um sexo selvagem!

— Você é louco se pensa que vai repetir o mesmo que fez comigo anos atrás, seu animal! — gritei entre os dentes.

Kendrick tinha sangue nos olhos.

Ele puxou meus pés, mesmo que eu tenha me arrastado para trás, tentando sair do seu agarre. Chutei e acertei seu ombro, fazendo com que ele soltasse um grito de dor.

— Puta! Vou acabar com você!

Nossa luta foi muito mais intensa. Eu tinha aprendido técnicas de jiu-jitsu, então executei o que conhecia, mas ele era realmente muito mais forte que eu. Fora as pancadas na cabeça, que estavam começando a nublar minha mente. O sangue chegou a ocluir minha visão.

— Vou te levar pra minha casa e te fazer de escrava! Você seria minha esposa adorada. Eu só lhe daria lições de surras esporádicas quando você precisasse, mas agora vejo que o que precisa é de um dono, sua cadela!

Mordi o braço que ele colocou ao meu alcance e levei mais um tapa.

— Não me morda!

Quando ele estava rasgando minha blusa, a porta do quarto se abriu com uma pancada tão forte que saiu das dobradiças.

GHOSTS

Kendrick só teve tempo de virar a cabeça para trás para ver o motivo da interrupção antes de ter mais de 1,90 de macho enfurecido em cima dele o arrancando de cima de mim. Justin o arremessou para o outro lado do quarto. Registrei rapidamente o momento em que ele voou e aterrissou contra a parede.

Eu me ergui devagar na cama, tentando ajeitar as partes puídas da minha regata, e me arrastei para alcançar o telefone. Mas de que adiantaria?

— Chame a polícia, Ailleen! Agora! — Justin gritou, enquanto distribuía uns bons socos em Kendrick Evans.

Eu queria dizer que não ia adiantar nada. A polícia era comprada pela família Evans.

— Ailleen!

Peguei o telefone com as mãos trêmulas e liguei para o 911.

Enquanto relatava a chamada, podia sentir o sangue esvaindo do meu corpo, então recostei-me à parede e fui deslizando devagar, mesmo que a atendente ainda falasse comigo ao telefone.

Justin não conteve os socos e a surra, e os risos psicóticos de Kendrick estavam chegando aos meus ouvidos apenas para me deixar mais tensa do que antes.

— Você nunca vai se livrar de mim, Ailleen! Nem com esse cão de guarda aqui! — ele gritava de maneira doentia.

Mais um soco e daquela vez parecia que ele tinha finalmente apagado. Justin estava sem fôlego, mas o deixou no chão, vindo ao meu socorro imediatamente. Ele se agachou à minha frente, pegando o telefone da minha mão.

— Olá, sim. Estamos na pousada Holliday Inn Shores. Quarto 377. O quarto da minha... da minha namorada foi invadido por um cara que a agrediu. No momento ele está imobilizado.

Bem... se imobilizado ele quisesse dizer nocauteado e espancado... era verdade.

O registro de ele me chamar de "namorada" só foi feito depois. Meu cérebro estava com *delay*.

Com as sirenes da polícia, Justin desligou a chamada e se concentrou em mim.

— Ailleen, fale comigo.

— Oi — respondi brandamente. Meu lábio estava começando a inchar e minha cabeça doía. Acho que um galo estava querendo cantar. Passei a mão trêmula no corte e vi que ainda voltava úmido de sangue.

Justin ergueu a ponta da própria camisa e limpou o sangue que cobria meu olho direito.

— Me fale exatamente o que aconteceu — pediu e pude perceber, mesmo em minha agonia, a angústia em sua voz. — Quem é esse cara?

— Eu-eu... entrei e ele já esta-tava aqui — gaguejei e senti o gosto de sangue na língua. Esperava que ele não percebesse minha tentativa fugaz de escapar do assunto.

— Quem é ele?

Seria benéfico para todos se eu deixasse Justin apenas pensar que Kendrick era um meliante qualquer, que invadiu sem querer, talvez, um quarto por engano e resolveu partir para uma brincadeira sem que a outra parte colaborasse... mas eu sabia que o Major Justin Bradshaw não poderia ser facilmente enganado, então, aquela parte feia da minha história teria que ser revelada. Ou ao menos um pedaço dela.

Antes que eu pudesse falar alguma coisa a mais, um tumulto na porta do quarto atraiu nossa atenção. Dois policiais uniformizados entraram, seguidos de dois paramédicos.

Quando eles reconheceram quem estava deitado em uma poça sangrenta produzida pelos punhos de Justin, olharam de um para o outro e fizeram uma chamada no rádio que carregavam no ombro.

Um deles se aproximou de onde eu estava, agora sendo atendida por um dos paramédicos que se agachara ao meu lado.

— A senhorita pode nos dar o relato do que ocorreu aqui?

O paramédico olhou para o policial, e de volta para mim, com um olhar de comiseração. Eu já sabia o que era aquilo. O código mais do que sigiloso para que tudo o que fosse falado naquele quarto ficasse retido naquele aposento.

Kendrick Evans era o filho amado da cidade. Nada poderia atingi-lo.

— Eu voltei de um passeio durante todo o dia e quanto entrei no meu quarto, Kendrick estava aqui.

Senti o olhar aguçado de Justin sobre mim. Mantive os olhos baixos. Provavelmente ele devia estar se perguntando a razão de eu saber a identidade do meliante e não ter dito nada quando fui questionada.

— A senhora tem certeza disso? — o policial indagou.

Olhei para cima e com uma sobrancelha erguida, falei no tom mais ríspido que pude:

— O que o senhor está insinuando, oficial? Que eu tive um momento maravilhoso de ternura com esse filho da puta, é isso?

— A senhorita bem sabe que muitas brigas de namorados podem sair de mão, às vezes... — argumentou. Nojento.

— Kendrick Evans não é meu namorado! Eu nunca abriria a porta de bom grado para ele entrar em qualquer lugar que eu estivesse, então pode cortar o papo de tentar me colocar como a mentirosa da história — falei entredentes.

Justin apenas acompanhava o embate. Sua mão esteve o tempo inteiro apoiada no meu joelho. Senti o breve apertão, numa tentativa sutil de me dar apoio para reconquistar a calma.

— O que sabemos é que vocês dois tiveram, há alguns anos, um relacionamento, então, acho válido investigarmos se não era uma tentativa da senhorita de tentar reaver o romance agora que retornou à cidade.

Abri a boca em choque. Eu não podia acreditar naquilo. Eu estava sendo colocada como a vilã daquela merda. Estava tão estupefata com a alegação que não consegui responder a tempo.

— Senhor, nós teremos que levá-lo à delegacia — ele disse olhando para Justin.

— Com que acusação? — ele perguntou.

— O senhor espancou um cidadão honrado da cidade, sem dar-lhe chance de defesa.

O clima no quarto ficou tenso. O paramédico tinha até mesmo as mãos trêmulas.

— Senhor... a senhorita apresenta lesões... — tentou interferir.

— Cale-se, Markus — o policial disse.

Justin ergueu-se em toda a sua altura, pegou o telefone e fez uma chamada. Afastou-se de onde estávamos, logo, não pude ouvir com quem ou o quê ele falava.

Quando voltou, estendeu a carteira de Major da Marinha Americana para o policial, que o encarou com assombro total e mudou um pouco a postura, deixando a arrogância de lado. Até mesmo uma sombra de medo pôde ser divisada em seu semblante.

— Acho... — Justin inclinou-se para olhar a tarja de bronze com o nome do policial que ficava fixada ao peito — policial Dalton, que sua delegacia de merda vai receber a visita da equipe de advogados da Marinha, com ordens diretas dos meus superiores para varrerem toda a podridão que estão tentando acobertar em um caso de agressão, não meramente a uma civil, como vocês estão deduzindo, mas a uma fuzileira naval.

O policial virou o rosto para mim e arregalou a boca, sem conseguir falar absolutamente nada.

— Ahn... nós vamos levar o Sr. Kendrick ao hospital e colher seu depoimento ali. — O homem estava mortalmente pálido.

— Faça isso, policial Dalton. E faça rápido, garantindo que realmente aconteça. Seu superior vai ficar bastante feliz em saber que a corporação não se agrada nem um pouco quando um dos nossos, recém-chegados de uma missão, recebe um tratamento desigual nitidamente caracterizado por política de poder aquisitivo. Não conheço o cidadão ao qual dei uma lição com meus próprios punhos, mas posso alegar que faria pior, já que ele estava agredindo a minha mulher. Então... apenas recolha o depoimento do que ela está te relatando como sendo a verdade dos fatos, ou arque com as consequências.

Céus. Eu estava me tremendo toda. E não... não era de choque ou medo. Era de pura excitação. Ver Justin Bradshaw exercendo toda aquela aura poderosa de Major, com aquele timbre de fuzileiro naval fodão, fez com que minhas entranhas se agitassem e eu me esquecesse, por alguns segundos, que tinha sido atacada por aquele que eu mais temia reencontrar ali na cidade. Seria isso algum distúrbio hormonal?

O paramédico me ajudou a levantar do chão, onde eu ainda recebia o atendimento, e perguntou se eu queria ir ao hospital, o que neguei veementemente, e me encaminhou para a cadeira do canto do quarto.

— Mas, senhorita, precisamos averiguar se não há risco de concussão — ele disse.

— Não há. Sério. Eu tenho formação em cuidados médicos. Se estivesse vomitando as tripas agora, nesse exato momento, poderia dizer a você que me preocuparia e correria para o hospital mais próximo, mas estou bem. Apenas com dor de cabeça. Essa medicação que você aplicou aí deve servir para alguma coisa — falei e tentei sorrir. Gemi em sequência, já que meu lábio partido começara a incomodar.

Kendrick estava acordando naquele momento. Saiu amparado pelo outro paramédico e o outro policial. Sem ser algemado, nada. Como se fosse a vítima ali.

O policial que o acompanhava olhou para mim de uma forma estranha, como se quisesse me dizer algo com o olhar, mas fosse impedido por forças maiores. Bem, devia ser pelo demônio em pessoa que estava ao lado dele. Por um instante pensei tê-lo reconhecido de algum lugar, mas minha mente estava meio turva.

Kendrick virou o olhar aterrador para mim e velou uma promessa com poucas palavras:

— Nós vamos nos encontrar novamente, meu amor. Mais cedo ou mais tarde.

Depois que Justin acompanhou os policiais até a porta destruída, voltou e colocou as mãos nos bolsos da calça, não sem antes andar pelo quarto como um leão enjaulado.

Chutou uma almofada que estava no chão, sem ter feito nada para ninguém.

Eu podia sentir as vibrações de sua raiva de onde estava sentada.

— Sei que prometi espaço. Eu disse a mim mesmo que não a forçaria a absolutamente nada, que deixaria que se sentisse completamente à vontade, até que confiasse plenamente para compartilhar comigo o que a atormenta — ele disse me olhando atentamente. — Mas não consigo ficar calado, ou incólume diante do que aconteceu aqui, Ailleen. E quero ajudá-la. Por favor.

Eu sabia daquilo. Mas era uma parte da minha vida que nunca tinha aberto para ninguém. Nem mesmo para Anastacia ou Carrie.

Ele ajoelhou-se à minha frente, o olhar implorando por uma migalha de informação que fosse.

Fechei os olhos e suspirei audivelmente. Podia sentir a dor de cabeça de leve ainda, mesmo que o paramédico tenha administrado aquele analgésico na veia.

— Quem era esse homem, Ailleen?

— Não é uma parte bonita da minha história que gosto de dividir com alguém, Justin. Você percebe que está tentando arrancar isso à força? — falei ainda de olhos fechados.

Senti seus dedos passarem pelo meu rosto suavemente.

— Eu sei. E não me orgulho disso. Ou melhor, não posso sequer me desculpar por estar sendo assim tão intrusivo em algo tão pessoal. Mas você não faz ideia de como quero ajudá-la. De como estou com vontade de sair daqui agora e ir matar aquele filho da puta por ter simplesmente colocado a mão em você. — Abri os olhos ante a veemência de suas palavras. — Não tem a menor noção de como queria tê-la protegido e mais uma vez não fui capaz.

Agarrei os pulsos dele, sentindo os batimentos erráticos. Suas mãos estavam frias contra o meu rosto.

— Mas você me protegeu, me salvou. Mais uma vez, Justin. Não vê isso? Quando você e sua equipe me tiraram daquele inferno na Síria, vocês me salvaram. Quando você arrebentou essa porta e tirou Kendrick de cima de mim, também me salvou. Embora eu ache que poderia ter dado uma surra nele...

Ele deu um sorriso de leve, mas não chegava aos olhos.

— Mas não sem antes você ter sofrido as consequências...

— Justin... você não é Deus. Não tem como impedir que certas merdas aconteçam.

— Mas tenho meios para tentar minimizá-las — disse com teimosia. Homens.

Antes que nosso papo se aprofundasse, a dona da pousada bateu no que restava da porta, chamando nossa atenção.

— Olá... eu fui informada de que houve uma pequena ocorrência aqui — ela disse com parcimônia. Parecia envergonhada.

Justin se levantou e tratou diretamente com ela.

— Sim, vou arcar com o prejuízo da porta — falou imediatamente.

— Não, tudo bem. Não há problema. — Ela sorriu brandamente, mas era nítido que estava constrangida. — Sinto muito, moça. Acredito que um dos meus recepcionistas forneceu a chave do seu quarto para o Sr. Evans, achando que ele estava hospedado aqui, de acordo com as palavras dele — ela informou. Oh, então fora assim que ele conseguiu entrar no quarto. Esperto. E burrice da parte do hotel.

— Tudo bem — retruquei, mesmo que por dentro estivesse com vontade de descer até a recepção e dar uma surra no rapaz que não fizera o serviço direito.

— Infelizmente não temos ninguém para fazer a manutenção agora, mas posso arranjar outro quarto e disponibilizar para a senhorita, por conta da casa...

Antes que eu aceitasse, Justin disse:

— Ela vai ficar comigo, então não há necessidade, mas obrigado de toda forma.

— Okay, então — a mulher respondeu e pareceu aliviada. Saiu dali depois de pedir desculpas novamente, como se estivesse com o corpo em chamas.

Minha boca ficou aberta como a de um peixe. Como assim? Eu ficaria com ele?

Justin voltou para onde eu estava e me ajudou a levantar.

— Reúna seus pertences, Ailleen. Essa noite você fica comigo, e não há argumentos, okay?

Uau. Bem... eu ainda estava com efeitos das pancadas na cabeça. Minha mente estava um pouco nebulosa por conta do medicamento que recebi na veia. Fora o fato da tensão de ter ficado abaixo do corpo de Kendrick Evans, mais uma vez, sentindo-me indefesa, por um momento que fosse.

Então... vou justificar minha passividade a todos aqueles fatores.

— Isso é uma ordem ou pedido, Major? — perguntei com sarcasmo, mas deixei que um sorriso deslizasse pelos meus lábios.

Justin apenas cruzou os braços e arqueou a sobrancelha, me desafiando a argumentar mais alguma coisa.

Apenas apontei a mochila que já estava pronta no canto e deixei que Justin me ajudasse a me levantar da cadeira. Eu não estava necessitada de ajuda, mas ele parecia pensar que sim.

Caminhamos pelo corredor, depois de passar pelos escombros da porta destruída, e percebi que realmente, dois quartos adiante do meu, era onde se situava o de Justin.

Ele abriu a porta e percebi que as luzes estavam acesas. Como se tivesse deixado tudo o que estava fazendo para trás para correr em meu socorro. O que foi realmente o que aconteceu.

Justin colocou minha mochila no sofá do canto, e virou-se para mim.

GHOSTS

— Você pode ir tomar um banho, se quiser relaxar. Enquanto isso, vou providenciar alguma coisa para comermos, o que acha?

Apenas assenti. Estava tão cansada. O peso de todo o acontecido parecia que estava começando a acometer meu corpo naquele momento. A adrenalina começara a cair e estava cobrando seu preço.

— Tudo bem, obrigada.

— Fique à vontade. Eu vou apenas aqui ao lado e trancarei a porta pelo lado de fora, tudo bem?

— Tudo bem.

Esperei que Justin saísse para simplesmente pegar a muda de roupa que levaria para o banheiro. Não queria correr o risco de resolver colocar a roupa no quarto e ele estar de volta bem na hora. Evitei totalmente o espelho que mostraria meu real estado.

Quando liguei a água quente, deixei que meu corpo recebesse a dose que somente o calor do vapor e das gotas milagrosas poderiam fazer por mim naquele instante. E foi automático que em algum momento as gotas do chuveiro acabassem se misturando às que desciam pelo meu rosto.

Foi mais automático ainda que meu corpo acabasse escorregando pelo peso de tudo o que tinha acontecido comigo nos últimos dias, e somatizasse àquele momento. Onde eu esperava que a água lavasse a sujeira do ódio humano, da podridão e da maldade alheia.

Agachei na banheira encardida do hotel e abracei minhas pernas, deixando que o pranto sentido assumisse o papel que os braços de uma mãe poderiam fazer, estendendo o conforto que eu tanto ansiava. Não tinha mais a única pessoa no mundo que havia me abraçado quando eu me machucava. Vovô Grant fora aquele que, mesmo em sua sisudez, me pegara no colo quando criança e me dera alento.

Agora, tudo o que eu mais queria era o consolo e o amparo para que minhas lágrimas pudessem secar por si só.

Estava tão absorta em minha dor que nem reparei que os braços confortadores que tanto ansiei acabaram me retirando do chuveiro, me envolveram em uma toalha felpuda e me carregaram para a cama, sendo que o tempo todo fui mantida em um colo perturbadoramente quente e com cheiro de mar.

DESESPERO

JUSTIN

Ninguém prepara você para um momento de pânico súbito. Aquele momento onde você para por um instante e duvida de suas próprias habilidades por não *fazer* ideia do que fazer a seguir.

Quando soube da captura de Ailleen na missão, assumi o conjunto de habilidades pelas quais fui tão condecorado e reconhecido na Marinha, como fuzileiro. Era fácil dominar o pavor, sabendo que estaria com meus homens sob meu comando, fazendo uma coisa que já havíamos feito antes, então bastava apenas que eu torcesse para que ela aguentasse firme e que nada de ruim tivesse acontecido no tempo em que levamos para desenrolar os procedimentos para chegar ao seu cativeiro.

Quando voltamos do passeio durante todo aquele dia, onde pude ter o vislumbre de um lado de sua personalidade, segui rumo ao meu quarto, mas confesso que antes mesmo de me enfiar no chuveiro, senti a necessidade de compartilhar algo pessoal da minha vida para que ela entendesse que aquele dia havia sido de trocas entre nós dois. Eu havia recebido um presente por tê-la tido tão solta e falante, então queria que ela soubesse algo meu que nunca havia compartilhado com mais ninguém.

Algo em meu íntimo indicava que não poderia esperar para falar depois e simplesmente saí do jeito em que estava e fui em direção ao seu quarto. E no momento em que ouvi o som de coisas se quebrando, não tive dúvidas de assumir, mais uma vez, o aspecto mais profissional que marcava minha carreira e arrebentei a porta. Sem pensar duas vezes.

Confesso que a vontade de matar o infeliz que estava em cima de Ailleen foi muito maior do que o meu bom-senso na hora, mas ao vê-la gemendo de dor, acabei saindo do torpor induzido pelo ódio e, repentinamente, já não me vi mais em um campo no meio do Afeganistão ou na Síria, onde a resgatamos. Acabei apenas soltando os punhos até que meus nódulos sangrassem.

Havia ali naquela cidade, em todo o silêncio de Ailleen, algo muito mais profundo e arraigado do que apenas um segredo de um passado qualquer.

GHOSTS

Porém, nenhuma dessas situações foi capaz de me deixar com as pernas bambas e momentaneamente sem saber o que fazer. Apenas uma gerou o medo aterrador de não ser o suficiente, de não conseguir conduzir a situação da maneira correta. Apenas uma me teve congelado por alguns instantes.

E foi o momento exato em que detectei o choro sentido de Ailleen por trás da porta do banheiro. Lá no fundo eu sabia que devia dar-lhe a privacidade que havia lhe prometido. Sabia que se adentrasse naquele banheiro, munido de todo o meu lado macho alfa e a pegasse no colo, estendendo o meu consolo, poderia quebrar a confiança que estava conquistando.

Mas foda-se. O choro de uma mulher era capaz de me deixar petrificado. Em alguns episódios da minha vida, posso até mesmo dizer que já cheguei a correr léguas de distância para longe de onde havia uma mulher chorosa derramando as entranhas emocionais pelos ductos lacrimais. Mas, porra... com Ailleen? Eu apenas queria colocá-la no colo e garantir que nenhuma daquelas lágrimas seria mais necessária. Atestar que meus braços estavam ali para dar-lhe o conforto que ela precisasse. Eu queria ser o maldito lenço que ela necessitasse para secar as lágrimas.

Então, depois de sair do estado pétreo em que me encontrei à porta do banheiro, entrei e simplesmente a peguei no colo, pouco me importando com as roupas que ficariam molhadas dos respingos do chuveiro, agora gelado. Enrolei o corpo que se sacudia convulsivamente em uma toalha qualquer e a carreguei como uma carga preciosa para a cama, onde me sentei com ela, aninhada contra mim, como se fosse uma criança precisando de consolo.

Eu queria estar ali para ela.

Nunca poderia dizer a ninguém de onde surgiu essa necessidade primal, porque nem eu mesmo sabia. Ela apenas estava lá. E era confusa. Existia aquela espécie de sentimento singular espontâneo? Eu sabia das formas de amor à primeira vista. Mas não era algo como aquilo. Era mais como... um encontro de almas. Algo tão empático que sublimava toda e qualquer classificação e categoria já antes especificada na história dos romances.

Cheguei a cogitar a hipótese de estar ruminando em culpa por ter sido o responsável em tê-la colocado na missão, como ela mesma havia apontado, mas não era aquilo. Ailleen Anderson me atraíra em sua direção desde o primeiro momento em que coloquei meus olhos nela. O que nem eu mesmo podia ter certeza era da potência dos sentimentos que ela geraria em mim. Eu me estranhava, porra. Havia momentos em que pensava que tinha sido abduzido por alguma forma alienígena que tirara minha habilidade de pensar racionalmente.

Porque tudo o que eu pensava era em estar com aquela mulher nos braços. Da forma como ela estava naquele momento.

Quão louco era aquilo?

— Sssshhhh... — tentei acalmá-la.

Nem sei por quanto tempo o choro prosseguiu. Também parei de contar os minutos no rádio-relógio que ficava acima da TV. Percebi que ela estava mais calma quando sua mão delicada percorreu meu peito, deslizando um dedo pelo tecido agora úmido. Não sabia se de suas lágrimas ou do corpo molhado de antes.

— Acho que molhei suas roupas — ela disse com a voz rouca.

— Não tem problema — respondi depois de um pigarro para resgatar minha habilidade de falar.

— Não sei se me sinto agradecida pelo consolo ou envergonhada pela situação.

— Por quê? — perguntei e apoiei o queixo sobre sua cabeça.

— Ahn... porque eu meio que estava pelada no chuveiro? — falou rindo e pude sentir, mesmo sem ver seu rosto, que ela devia estar corada de embaraço.

— Juro que não olhei. — E o pior é que era verdade. Meus olhos sequer se concentraram na quantidade de pele nua que estava à vista. Tudo o que eu queria era tirá-la de sua miséria.

— Sério?

— Sério.

Bom, agora que ela havia me relembrado o fato, pode ser que acabasse percebendo que meu corpo estava reagindo à proximidade muito úmida de seu corpo lânguido contra o meu.

Alguns segundos de silêncio se passaram e um suspiro resignado partiu de Ailleen, antes que ela falasse:

— Kendrick Evans me estuprou quando eu tinha dezoito anos, logo depois de me levar de volta do baile de formatura do ensino médio.

Senti meu corpo enrijecer de forma brutal. Foi involuntário. Aquela não era a informação que eu estava esperando. Um namorado do passado? Tudo bem. Mas um estuprador?

Tentei afastá-la para olhar em seu rosto, mas ela agarrou minha blusa com força.

— Não... sem olhar no seu rosto é melhor... assim consigo dizer o que preciso.

Concordei depois de depositar um beijo suave no topo de sua cabeça.

— Mas o que mais marcou o acontecimento todo, naquela noite, não foi apenas o abuso do meu corpo, sabe? Não foi a violência brutal que sofri... — Senti os dedos delicados agarrarem com mais veemência a gola da minha camiseta. — Meus pais me venderam pra ele. Eu fui negociada como um objeto, trocada como uma espécie de escrava. Não por traficantes de escravos, que vemos tanto na TV, mas pelos meus próprios pais.

Puta que pariu! Agora podia sentir que meu corpo tremia de ódio.

— Fui vendida como gado, para quitar dívidas do meu pai e para que ele pudesse galgar o sonho de uma cadeira no Senado.

Porra... o pai dela... o pai dela seria Jacob Anderson? Representante da Carolina do Sul?

— Um milhão de dólares. Foi o preço que ele pagou por mim. Não só pela minha virgindade. Kendrick estava me comprando para ser uma boa esposa. Um troféu que ele pudesse exibir sempre que quisesse, e uma das coisas que mais o instigou foi o fato de eu nunca ter lhe dado um minuto do meu tempo.

Homens como aquele pulha do caralho mereciam morrer. Isso era um fato. Eu estava arrependido por não ter cedido aos meus apelos e não ter matado o merda. Talvez enfrentasse uma Corte Marcial? Não sei. Poderia alegar legítima defesa, no caso.

— Hoje, quando ele esteve no meu quarto... ele veio cobrar seu prêmio. Afastei Ailleen do meu peito para olhar bem nos olhos dela.

— O quê?

— Ele veio dizer que pagou por mim, então nada mais justo que cobrar o que lhe era de direito — falou com o rosto baixo. Ela estava envergonhada.

— Ailleen...

— Tenho tanta vergonha disso, Justin. De ter sido uma moeda de troca para os meus pais. De não ter tido valor algum, salvo para que quando estivesse no período da "colheita" — enfatizou as aspas com um sorriso irônico — eu lhes valesse um bom dinheiro. Um retorno por tudo o que investiram em mim desde a infância.

O choro voltou com um sentimento muito mais profundo. Apenas apertei meus braços ao redor de seu corpo delgado e deixei que ela derramasse as palavras que a atormentavam.

— Tenho tanta vergonha de ter sido usada... de... de ter tido Kendrick como o meu primeiro... pra poluir tudo aquilo que sempre sonhei quando menina... com um príncipe encantado. E ele era lindo... o filho amado da cidade. Desejado por todas as meninas de Myrtle Beach, adorado por onde passasse. Quando me chamou para o baile de formatura, nem acreditei que eu estivesse sequer em seu radar, pelo mesmo fato de nunca tê-lo tido sob o meu.

Ailleen pegou a ponta da toalha e secou os olhos inchados, fazendo com que um pedaço de seus seios ficasse à mostra. Ela sequer percebeu, mas meu cérebro filho da puta registrou.

— Kendrick toma tudo o que quer. Como um menino mimado, e como nunca tinha dedicado a atenção que ele queria, achou que, por birra, eu devia aprender uma lição. Pediu para seu pai intervir junto ao meu. E virei uma mercadoria. Carne de um açougue. Uma pessoa sem valia alguma.

E tenho nojo de mim...

— Ei! Ei... espera... por que você tem nojo de você? Como assim? — perguntei exaltado.

— Porque não fui capaz de lutar com unhas e dentes naquela noite. Fiquei tão chocada com a traição dos meus pais que simplesmente virei uma boneca sem vida enquanto Kendrick arrancava de mim a minha inocência.

Segurei seu rosto entre as mãos, quase virando-a de frente a mim.

— Ailleen... não. Pelo amor de Deus! Ele é o animal, meu bem. Não você. A única pessoa aqui que nunca poderá levar o peso de culpa alguma é você... — Beijei os olhos úmidos de suas lágrimas salgadas. — Seus pais? Culpados. Merecem a cadeia pelo que fizeram. Porra... por mim, mereciam morrer. Mas nada melhor do que a justiça para conquistar um pouco de moralidade em nossas consciências. Kendrick e o pai dele? Filhos da puta... esses merecem morrer. O filho, especialmente. Estou arrependido de não ter quebrado o pescoço do merda enquanto ele esteve em minhas mãos hoje. — Beijei sua bochecha. — Você? Foi apenas vítima de uma sociedade corrompida, sem regras ou moral alguma. Nenhuma mulher é responsável, em qualquer situação, por ser estuprada por um homem. Eles não têm o direito de tomar algo que não lhes pertence. Que não lhes foi entregue.

Beijei o queixo. Eu não entendia a razão da necessidade de reafirmar daquela maneira, mas precisava que Ailleen sentisse que ela era valiosa, sim. Que era amada e adorada por ser quem era. Independente das merdas do seu passado.

— Eu me sinto suja...

— Você nunca poderia estar suja, Ailleen...

Com aquilo, simplesmente assaltei sua boca, com fome. Como se minha sobrevivência dependesse daquilo. Como se seus lábios fossem a última refeição de um homem. E o mais espantoso de tudo? Ela correspondeu com a mesma voracidade.

— Então me prove que ainda sou capaz de me sentir uma mulher inteira... — pediu.

Oh, porra. Ela não devia ter pedido aquilo.

Ou melhor, eu não devia dar ouvidos àquele pedido, supondo que fosse em um momento de fragilidade emocional, certo?

Mas o que fiz? Simplesmente devastei sua boca. Cego totalmente ao fato de que ela ainda levava um corte do golpe que recebera do imbecil. Eu a deitei na cama, com meu corpo recobrindo o seu. A toalha já havia se tornado apenas um emaranhado de tecido úmido entre nossos corpos.

Por um instante fugaz, recobrei a lucidez e falei, com a voz enrouquecida de um desejo ardente:

— Não acho que seja o momento, Aileen. Você acabou de sofrer um ataque bru... — Ela não deixou que eu completasse a frase, cobrindo minha boca com sua mão delicada.

— Apague as memórias ruins com lembranças boas, Justin. Substitua o toque dele pelo seu.

Minhas mãos percorreram seu corpo, deslizaram pela pele que ainda guardava algumas marcas da tortura que sofrera no cativeiro e aquilo fez com que eu refreasse meus ânimos um pouco. Não a paixão.

Beijei cada pedaço de pele que saltava à minha vista, estendendo a cortesia à minha língua, que degustava do sabor único que Ailleen Anderson tinha.

Meus dedos perambulavam por suas curvas, traçando suas reentrâncias, apertando, acariciando, deslizando pela maciez e testando a candura que somente uma mulher poderia fornecer.

Quando o gemido atormentado de Ailleen chegou aos meus ouvidos, aquilo ecoou como música. Deliciei-me com seus lábios ansiosos, sedentos em agradar. Admirei seus olhos turvos, admirados por estar sentindo um prazer que não imaginava ser possível.

— Nunca esteve com outro homem depois do que aconteceu, Ailleen? — perguntei, enquanto tentava conter meus impulsos primitivos de simplesmente deslizar em seu canal aveludado e me regozijar ali.

Ela acenou negativamente com a cabeça.

— Eu tentei, saí com alguns caras, mas nunca senti a vontade de seguir adiante — ela disse, mas a menção de outros homens não me agradou no momento. Provavelmente não me agradaria em nenhum outro, obviamente.

— E você tem certeza de que quer seguir em frente?

— Sim...

— Sabe que se seguirmos daqui, não haverá volta, não é?

Ela arqueou a sobrancelha, sem entender.

— Como assim?

Passei as mãos pelo seu corpo, espalmei seu traseiro e me encaixei exatamente no meio de suas pernas.

— Estarei reivindicando você, Ailleen — informei simplesmente.

— E o que aconteceu com "irmos devagar"? — ela brincou.

— Isso voou pela janela no momento em que você soltou a toalha e me pediu, em um voto de confiança, depois de derramar seus segredos, que lhe devolva a habilidade de sentir-se mulher novamente...

Ailleen deu um sorriso tímido que trouxe um brilho único aos olhos.

— E o que acontece depois "daqui"? — ela perguntou.

— Nós vamos construir algo sólido, vou acompanhar você em sua licença, e se quiser voltar comigo ao porta-aviões, estaremos os dois, juntos. — Senti quando ela se retraiu. — Se você não quiser, então vou seguir junto contigo, me retirando da força.

Ela arregalou os olhos.

— Você não pode estar falando sério, Justin!

— Mais sério do que o orgasmo que vou te dar daqui a pouco.

Ailleen começou a rir, mas parou imediatamente, quando viu que eu estava sendo muito enfático no meu propósito.

Continuei a atormentar seu corpo delgado e responsivo por mais alguns minutos, até que nenhum dos dois aguentava mais. Eu precisava me afundar no calor aconchegante dela. Senti-la por inteiro, vê-la derreter entre meus braços, gritando meu nome apenas. Eu queria ser o último que seus olhos contemplassem, antes que o êxtase a tomasse por completo.

Depois de colocar o preservativo, esperei pelo indício de que poderia avançar. Ailleen enlaçou meu pescoço e estendeu os lábios para que eu a beijasse.

Aquele foi o sinal para que eu simplesmente deslizasse em seu interior e sentisse o Nirvana próximo à base da minha espinha dorsal. Fechei os olhos por um momento e esperei que conseguisse resgatar o equilíbrio, antes de passar vergonha e gozar, fazendo-a alcançar o orgasmo mais uma vez, pelo menos.

Bastou que ela beijasse meu queixo para que atraísse minha atenção. Abri os olhos e deparei com os dela, concentrados nos meus.

— Nunca imaginei que pudesse ser assim... a não ser nos livros de romances — admitiu.

Dei um sorriso. Minha garota havia sido marcada por um trauma e imaginava que o ato estivesse associado à dor. Eu mostraria que tínhamos a porra de um caminho longo de prazer a percorrer juntos, dali em diante.

— Vou levá-la ao paraíso e trazê-la de volta, meu bem. Basta se segurar em mim e se deixar soltar — falei e arremeti meu corpo contra o dela. O ritmo que marquei foi o mesmo que impus com minha língua entre seus lábios macios.

Nossos corpos suados exalavam o cheiro do sabonete que Ailleen usara no banho, bem como o odor característico de sexo selvagem entre dois amantes que haviam acabado de descobrir o prazer.

— Ooh... Justin...

— Isso, Ailleen... esse é o nome que vai dizer daqui por diante... é o nome que vai sair da sua boca sempre que me sentir dentro de você — falei, ofegando entre uma estocada e outra.

Alternei o estilo. Ela não precisava de uma transa animal e desenfreada, embora fosse aquilo que nossos corpos necessitassem no momento.

O que Ailleen Anderson precisava naquele momento era de um homem que a marcasse como um bem precioso, como um ser adorado e único. Exclusivo de afeto e que, principalmente, pudesse se sentir vital para suprir os anseios desse homem. E esse homem... era eu.

SENSAÇÕES

AILLEEN

Acordei no dia seguinte nos braços de Justin Bradshaw. O *Major* Justin Bradshaw. E para mim, aquele feito era algo tão surreal quando escalar a Muralha da China, então só daí você já pode colocar o nível de acontecimento além da minha imaginação.

Depois do estupro que sofri nas mãos de Kendrick, posso dizer que tinha tudo para ficar traumatizada para o resto da vida e nunca mais querer saber das mãos de um homem tocando meu corpo novamente. Levei cerca de um ano para internalizar que meus desejos sexuais continuavam vivos, quando percebi que admirava os soldados fazendo treinamentos no campo, com os corpos suados e másculos. No momento em que aceitei sair, pela primeira vez, com um dos recrutas, e senti prazer com os beijos trocados, percebi que não estava tão quebrada quanto imaginava. Só não tive ânimo para seguir a etapa seguinte. Nem com ele e nem com o próximo que se seguiu.

Mas vou justificar isso alegando que os meses e etapas dos meus treinamentos foram intensos, depois vieram os momentos da implantação no porta-aviões, então, as oportunidades passaram. Quando estive na base náutica, alguns fuzileiros me paqueravam descaradamente, mas vou dizer que homens quando estão muito tempo longe de mulher, acabam estendendo as cortesias de suas doces palavras a qualquer coisa que circule ao redor. Logo, eu podia ver que alguns trocavam de parceiras militares como trocavam de meias. Então... não. Preferi me abster.

Espreguicei o corpo, sentindo as dores prazerosas nos lugares mais impróprios e sorri, percebendo naquele instante que a rachadura no meu lábio não estava tão desagradável e nem tão dolorida. Bem, eu também tinha beijado pra caramba, logo, se tivesse que reclamar de alguma atividade que fosse ocasionar dor, teria que ser no momento em que Justin mordiscava e se empolgava com seu frenesi. Eu não era assim tão louca.

Senti a mão de Justin percorrer a lateral do meu corpo, bem como a protuberância desperta logo atrás, cutucando minhas costas, então não tive alternativa a não ser rir suavemente, já que estava sentindo o embaraço tomar conta do meu rosto.

— Onde você acha que vai? — perguntou com a voz enrouquecida.

— Atender aos apelos do corpo.

— O meu corpo também tem um apelo bem evidente para ser atendido — disse e se mexeu entre minhas coxas, me arrancando um gemido que trouxe espanto até mesmo a mim. *Quem era aquela mulher fogosa que estava ali?*

— Ahn... eu percebi, Major. Será que devo bater continência? — brinquei.

O som de sua risada atrás do meu pescoço trouxe calafrios de prazer à minha pele.

— Nããoo... mas seria até interessante ver você prestar esse tipo de tratamento cortês a ele.

Revirei os olhos. Homens eram todos iguais.

— Sério que você está se referindo ao seu... ao seu... — porra... eu não conseguia falar a palavra —... membro... como uma terceira pessoa?

— Meu pau? Ele é uma peça importante nessa equação, meu bem. E está sedento por atenção, não percebe? Mas da mesma forma que qualquer homem que se preze, não permito que esse grande filho da puta me comande, então, vá... eu te liberto nesse instante enquanto consigo conter o monstro. Mas volte. Não sei por quanto tempo serei capaz de aguentar as agruras que ele vai infringir ao meu corpo — disse com uma voz dramática.

Saí da cama rindo, arrastando o lençol, lutando para me cobrir de alguma forma. Justin riu, cedendo a muito custo, mas consegui seguir rumo ao pequeno banheiro conjugado.

Quem diria que o Major tão sisudo fosse um homem cheio de surpresas e tivesse uma faceta hilária guardada dentro dele? Eu nunca diria.

Depois de esvaziar a bexiga que ameaçava explodir, escovei os dentes e me olhei no espelho, constatando que o episódio do dia anterior com Kendrick só viera para somar mais alguns hematomas às equimoses que já estavam se esvaindo do meu período naquele SPA nada de luxo com os rebeldes sunitas. Um sorriso singelo assomou meus lábios, já que o pensamento tosco ao olhar meu reflexo não pôde ser contido: era como se eu tivesse passado uma maquiagem macabra, com uma aplicação brutal de blush. Pena que apenas um lado ficava mais evidente. Cor? Roxo intenso. Marca? Punhos de aço. Somente quando criei coragem saí do banheiro.

Justin estava recostado na cabeceira da cama, olhando para mim como um predador olha para sua presa. Não havia outra palavra para descrevê-lo naquele momento. Os olhos azuis estavam entrecerrados, o lábio estava retorcido em um sorriso de lado, conhecedor, como quem diz: "sei do que você precisa, então venha aqui...". Suas mãos fortes, as mesmas que fizeram maravilhas ao meu corpo ontem, estavam cruzadas sobre o abdome bem definido, enquanto o cobertor mostrava uma elevação nada singela, que marcava o exato local onde o "monstro" estava.

Senti o rosto esquentar.

— Venha aqui, Ailleen — ele disse e estendeu a mão.

Okay. Eu estava me sentindo um pouco despachada depois de provar a mim mesma que era uma mulher normal e sentia prazer como todas as outras. Mais ainda... estava me sentindo uma mulher superpoderosa por ter entrado no rol das que conseguem orgasmos múltiplos. Mas agora estava começando a pensar que minha inexperiência poderia atrapalhar em alguma coisa.

O que seria esperado naquele instante? Eu ir de maneira sedutora e largar o lençol despretensiosamente? Eu deveria subir em cima dele, fazer algum número ou malabarismo sexual que evidenciasse meu desejo?

Antes que pudesse decidir, Justin tomou a frente e puxou a ponta do lençol que ainda me envolvia, fazendo com que eu caísse diretamente sobre seu corpo rígido e duro como aço.

— Como você está se sentindo hoje?

— Em que sentido?

— Não está dolorida? — perguntou e distribuiu beijos na curva do meu pescoço.

— Na-não...

— Ótimo.

Ao dizer aquilo, Justin me virou de uma vez, me posicionando abaixo de si, o lençol sendo descartado como mágica, não sei como.

— Você tem noção do que faz comigo? — perguntou, me encarando com aqueles olhos magnéticos.

— Humm... estou tendo uma ideia nesse instante.

Justin riu e me beijou em seguida. As mãos percorrendo minha pele, trazendo arrepios de prazer.

— Acho que nunca vou me cansar de você, sabia? — disse enquanto investia de maneira mais firme, fazendo com que meus olhos revirassem, tamanha a sensação prazerosa.

Não tinha como responder. Só sabia sentir. Justin conseguiu, em pouco tempo, fazer com que cada partícula do meu corpo ansiasse por algo que nunca supus ser capaz de desejar: satisfação sexual.

Eu precisava de um orgasmo como quem precisava de água para beber. Como quem precisava de ar para respirar. E embora estivesse oscilando entre meu antigo eu, aquele ser pudico que passou anos atormentado por um evento devastador, e o ser mais ousado, que perseguia implacavelmente o êxtase nos braços daquele homem, um lado meu ainda temia que, naquela equação toda, algo pudesse dar errado.

Meu corpo havia sido usado e abusado. Ferido e marcado. Mas meu coração ficara inteiro, porque não existiram sentimentos envolvidos em nenhum momento, vinculados ao homem que o possuiu. Agora, meu medo era que meu coração ficasse destroçado, marcado e ferido... pelo homem que me mostrara que havia, sim, uma forma de explorar meu corpo e extrair tanto prazer que cheguei a pensar por um momento, um instante apenas, que estava vendo a morte diante dos meus olhos.

Era cedo para dizer que poderia me apaixonar por Justin Bradshaw? Provavelmente. Mas era algo que poderia acontecer com muita facilidade.

Meus pensamentos foram interrompidos quando os quadris de Justin moeram contra os meus. Quando me penetrou sem dar chance a dúvidas. De maneira mais dura, selvagem.

— Ah, porra... — ele gemeu em meu ouvido.

O ritmo tão conhecido dos amantes, tão antigo quanto o tempo, marcou o silêncio do quarto. Inclinei a cabeça para trás, dando total acesso à boca voraz de Justin.

Acho que falei, gemi e rosnei palavras incoerentes. Nem eu mesma conseguia me entender. Parecia ininteligível, fora de órbita.

— Goze comigo, Ailleen, agora — comandou em uma voz forte e que não admitia contestação.

E a quem eu queria enganar? Eu queria voltar a voar nos braços de Justin Bradshaw e esquecer por alguns instantes que ainda estava na cidade do meu algoz.

Só algum tempo depois, quando voltamos a respirar normalmente, com o rosto de Justin enfiado no vão do meu pescoço, ele disse:

— O que faremos hoje, coração?

Aquele pequeno lembrete de que a vida seguia lá fora, por trás daquelas portas fez com meus batimentos se acelerassem, o que levou Justin a erguer a cabeça de onde estava tão aninhado.

— Ei, calma... estou sentindo sua agitação daqui.

— Claro que você está sentindo, você está em cima de mim, né? — Tentei brincar, mas estava nervosa, realmente.

— O que ficou combinado ontem era que você voltasse ao banco, não é mesmo?

— Sim. E agora, mais do que nunca, quero dar o fora daqui. Justin — segurei o rosto dele entre as mãos frias —, nada de bom pode sair dessa cidade. Ainda mais se estiver relacionada à família Evans. Eu quero e preciso desaparecer, entende?

— Perfeitamente, meu bem. Então levante essa bunda daí e vamos resolver o que for preciso. Em seguida pegaremos a estrada.

GHOSTS

Franzi as sobrancelhas e antes que pudesse falar algo, ele interpelou:

— Você me deu um tempo juntos, lembra? E depois de ontem, não há volta.

Justin deu um beijo áspero na minha boca e saiu de cima de mim, deixando-me com a sensação do vento frio que bateu imediatamente. Seu corpo quente era o que me mantinha aquecida.

Estendeu a mão e me ajudou a levantar da cama.

— Vá, tome uma ducha e depois eu vou. Se entrarmos os dois no boxe, não vamos sair tão cedo. Uma coisa vai levar à outra... quando eu der por mim, já vai ter passado a hora e o banco vai estar fechado — disse e riu. Ainda completou a sentença com um tapa na minha bunda.

Okay. Mais uma vez. Onde estava o Major mandão e mal-humorado de sempre? Será que apenas a farda fazia aquilo com ele?

Tomei banho mais rápido do que o The Flash e coloquei a roupa que surgiu à frente. Uma calça jeans e uma camiseta regata verde musgo. Calcei minhas Doctor Martens, guardei os tênis do dia anterior no compartimento da mochila, bem como as roupas usadas. Eu precisaria comprar mais algumas peças de vestuário em breve.

A vida militar me ensinou a ser extremamente seletiva e minimalista com o que levar de importante em uma viagem. Depois que saí da base náutica, vi que tinha poucos bens e teria que refazer todo o meu guarda-roupa, assim que arranjasse um lugar para morar. Teria que reconstruir minha vida fora dali. Aquilo era aterrador, mas de alguma forma, era um passo que em algum momento eu precisaria dar quando saísse do serviço militar.

Justin passou para o banheiro, não sem antes me dar um beijo na cabeça.

Depois de quinze minutos estávamos prontos para deixar o quarto de hotel, levando todos os nossos pertences.

Chegamos ao estacionamento, depois que Justin fez o *check-out*, e ficamos em um impasse.

— O que vou fazer com o carro que aluguei?

— Vamos entregá-lo na locadora da cidade. Eles despacharão para o lugar certo. Você segue viagem comigo — falou e jogou a mochila no porta-malas. Pegou a minha também e sem cerimônia arremessou atrás. — Vamos, Ailleen. Vamos dar o fora daqui antes que eu faça o que estou com vontade de fazer.

O tom sombrio com que ele disse aquilo me mostrou que se referia exatamente à vontade de perseguir Kendrick Evans e fazê-lo pagar pelo que me fizera. Ou assim eu imaginava que era o que seus olhos diziam.

— O primeiro lugar que você precisa ir é ao banco, certo? — confirmou.

Apenas assenti.

— Então vamos lá, depois voltamos aqui, pegamos o seu carro e deixamos na locadora de veículos na saída da cidade. Há algo mais que a prende nesta cidade?

Afivelei o cinto antes de responder:

— Não, Justin, absolutamente nada.

E era verdade. Meus pais não faziam parte da minha história agora. O breve encontro com a minha mãe, no dia em que cheguei, foi mais do que suficiente para provar que não restara vínculo afetivo algum. Também não precisava dar de cara com meu pai para ter essa mesma certeza.

Quando estacionamos no mesmo local do dia anterior, ao lado do iHop, decidimos seguir diretamente para o banco, antes mesmo de tomar o café da manhã.

Minha vontade também era de sair da cidade o mais rápido possível. Não sabia explicar, mas tinha a sensação de que Kendrick não deixaria barato a surra que levara na noite passada. E a cidade era regida pelas suas vontades. Também tinha certeza absoluta de que ele sequer fora detido por invasão ao meu quarto e pelo meu ataque e agressão.

Entrei no banco com Justin sempre às minhas costas. Ele achava que eu não tinha reparado, mas sabia que a arma que sempre levava consigo estava posicionada no cós da calça, escondida pela blusa.

A recepcionista do dia anterior ergueu os olhos para mim e indicou com o queixo que eu deveria me sentar.

Passados cinco minutos, o próprio senhor Lander veio ao nosso encontro.

— Srta. Anderson... acredito que possivelmente tenhamos um pequeno problema — ele disse e pude ver que estava suando frio.

Levantei de um pulo e o encarei de frente. Justin estava ao meu lado.

— Um problema? Que tipo de problema, Sr. Lander?

— Venha até minha sala, senhorita — ele disse e fez menção de dispensar Justin, mas o cortei na hora.

— Tudo o que precisar ser dito pode ser feito na frente do meu... amigo.

Senti que Justin retesou mediante o termo que escolhi para classificá-lo, mas não estava à vontade para me referir de outra forma. O que eu deveria dizer?

Seguimos pelo corredor até a sala do gerente e me sentei, nervosa com o que poderia ter dado errado.

— Diga logo, Sr. Lander. O que pode ter dado errado?

— Bem, chegou ao meu conhecimento que ontem uma ocorrência foi registrada na delegacia.

Ótimo. Tinha dedo de Kendrick Evans ali.

— E o que isso tem a ver? Eu fui a pessoa agredida e sequer estive na referida delegacia abrindo uma queixa formal.

— Seu pai foi chamado imediatamente pelos advogados da família Evans, então, há um pequeno entrave...

— Não tem que haver entrave algum, senhor Lander! Eu não tenho relacionamento com meu pai, esse dinheiro é meu, não dele! O que isso tem a ver com o que houve ontem e com a presença do meu pai aqui?

— Parece que o Sr. Evans mandou que tudo fosse congelado para que fosse esclarecido, já que há uma pendência entre as famílias que precisa ser acertada — ele disse desconfortavelmente.

Puta que pariu. Aquela merda não tinha somente a ver com o ocorrido de ontem. Tinha a ver com o dinheiro. Possivelmente o pai de Kendrick, o desprezível Sr. Auburn Evans, estava entrando na jogada por conta do dinheiro "investido" anos atrás. Seria aquela uma forma de retaliação ou tentativa de reaver o que fora pago por mim na venda infame orquestrada pelos meus pais?

— O Sr. Evans não tem poder algum para congelar nada relacionado a mim! Muito menos meu pai! Esse dinheiro é do fundo fiduciário deixado pelo meu avô, como o senhor bem sabe!

— Senhorita, eles só pedem que os aguardem para que tudo se esclareça.

— Eu não vou esperar nada! — exclamei nervosa. Meus medos estavam começando a assumir suas formas mais horrendas agora.

Senti a mão quente de Justin em minha coxa.

— Sr. Lander, o que Ailleen está querendo dizer é que, se os documentos que ela trouxe ontem aqui estão corretos e tudo está nos conformes, não há motivos para impedimentos. O que vocês estão tentando fazer é coagi-la sendo que ela não deve satisfações a ninguém, sendo adulta e dona de suas próprias decisões. Se esse dinheiro pertence a ela, nada mais justo que apenas ela seja a responsável pelos seus atos e tenha o poder de ir e vir à hora que quiser. Plenamente satisfeita, já que o dever foi cumprido e seu direito foi exercido. O que não está acontecendo aqui.

— Senhor...

— Bradshaw. Major Bradshaw, da Marinha Americana — disse e estendeu um documento de identificação. — Talvez seja bom informar que ontem mesmo os advogados que cuidam de toda a corporação na base de Camp Lejeune, na Carolina do Norte, já estavam a postos para se encaminharem pra cá. Estive em contato com o próprio Departamento de Defesa, requerendo os meios formais para que Ailleen seja atendida pela melhor equipe de advogados. Ela não é civil. Entende que a ação pode virar uma tremenda bagunça pra vocês?

— Mas... mas...

Olhei assombrada para Justin, à medida que ele ameaçava sutilmente o gerente do banco.

— Ou ela sai daqui com o que lhe é devido por direito, ou a visita será mais rápida do que vocês imaginam.

Joseph Lander pegou o telefone e fez uma chamada ao mesmo tempo em que teclava algo em seu computador.

Cerca de dois minutos depois a senhora da recepção chegou trazendo uma sacola preta.

— Aqui tem os trinta mil dólares que seu avô requereu que fossem retirados no momento em que a senhorita acionasse o fundo fiduciário. O dinheiro restante foi devidamente transferido para a conta que foi fornecida, e deverá estar registrado no mais tardar até o fim do dia — ele disse, suando frio. — Só preciso que a senhorita assine esses documentos aqui.

Assinei onde ele havia indicado, me levantando rapidamente, desesperada para sair dali o mais rápido possível.

— Peço desculpas pelo inconveniente, senhorita Anderson. Não sabia que estava resguardada pela Marinha Americana, nem que servia ao nosso país.

Apenas assenti com a cabeça. Justin pegou a sacola pesada das minhas mãos e passou o braço pelos meus ombros.

— Vamos, meu bem. Estou sentindo que há forças estranhas querendo segurá-la a todo custo nesta cidadela.

Eu tinha que concordar com ele.

Os fantasmas do meu passado tinham voltado com força total para me assombrar. Mal sabiam eles que eu parecia ter arranjado um guardião com um poder de fogo superior ao deles e um espectro muito mais temível pela simples ameaça de algo invisível.

NÃO OLHE PARA TRÁS

AILLEEN

Depois que saímos do banco, entramos no carro de Justin, como dois fugitivos, e seguimos até o hotel, onde eu havia deixado o carro que havia alugado. Entrei no pequeno Honda compacto e o segui até o caminho indicado pelo GPS, que apontava o local exato onde a locadora de veículos estava. Quando deixei a cidade, anos atrás, a tal loja sequer existia. Parece que os Evans continuam investindo realmente na cidade, não?

Deixar o carro foi mais fácil do que pensei. Na verdade, Justin tinha toda aquela aura alfa que assumia os comandos de tudo ao redor. Não era à toa que ele comandava o porta-aviões tão bem e em uma idade tão jovem.

Eu não sabia muita coisa da vida dele, mas uma coisa tinha certeza: Justin tinha mania de controle. Aquilo irritava o ser independente que habitava meu corpo, mas não era o suficiente para me fazer gerar intrigas ou encrencar por pouca coisa. Eu era segura o suficiente para admitir que gostava de um homem no comando, em alguns momentos. Achava extremamente sexy observar a atitude imponente de Justin atando os nós para que tudo ficasse resolvido e fosse deixado para trás.

Esperei dentro do Jeep enquanto ele acelerava os trâmites e deixava as chaves e documentos dentro da agência. Quando olhei para o lado, senti meu coração quase parar. Um carro preto, com as janelas todas escuras estava parado na esquina, como se estivesse à espreita. Não dava para ver absolutamente nada do interior, quem era o motorista, quantas pessoas havia dentro do veículo. Nada. Nem mesmo podia afirmar que aquele carro estava ali por nós. Mas sentia no meu âmago.

Justin saiu da loja e entrou no carro, dando partida imediatamente.

Nem bem tínhamos saído da avenida quando ele disse:
— Estamos sendo seguidos.
— Era o que eu temia.
Ele olhou para mim.
— Você tinha visto o carro preto atrás de nós?
— Quando você estava dentro da locadora, percebi que ele estava parado distante de onde estávamos estacionados, mas parecia estar à espera de algo. Apenas suspeitei que pudesse estar ali por algum motivo.

Olhei para trás e percebi que realmente o carro seguia em nossa cola.

Aquilo era muito surreal para ser verdade. Muito "Identidade Bourne" ou qualquer outra merda dessas de filmes de ação hollywoodianos.
— O que faremos?
Justin deu um sorriso de escárnio e disse, simplesmente:
— O que fomos treinados pra fazer, meu bem. Manobra evasiva e fuga de território inóspito.

Com aquilo, Justin acelerou o Jeep e costurou entre os veículos que transitavam na avenida, pegando um acesso para que entrássemos na autoestrada. Eu olhava para trás o tempo inteiro e mantinha o coração acelerado, com medo de passar mal a qualquer momento.

Aquela tensão estava sendo muito pior do que o pavor que passei na missão. O medo do desconhecido. O pânico de estar colocando a vida também de Justin em risco.

Será que Kendrick nunca pararia? Será que o preço de sua vingança contra mim era algo tão valioso assim?

Passaram-se mais de dez minutos, com o Jeep rasgando as estradas vicinais, até que Justin informou:
— Acredito que despistamos quem quer que fosse.
Assim eu esperava.
— Agora vamos encontrar um local tranquilo para comer e definir nossos planos daqui por diante. Tenho a impressão de que você precisa de um tempo nas montanhas, senhorita Anderson — ele disse com um sorriso arrogante.

Aquela era alguma espécie de convite para que eu o acompanhasse à sua casa, onde quer que seja?
— Acho que o ar das montanhas pode até me fazer bem — respondi no mesmo tom e com um sorriso espontâneo.
— Então, aperte os cintos e apenas desfrute da viagem. Vai ser um pouco longa. Daqui até West Virgínia temos uma viagem longa.

Arregalei os olhos diante da perspectiva de sairmos do Estado. Seria uma aventura. Mais ainda, estando ao lado dele, confinada em um ambiente apertado e que poderia se tornar claustrofóbico.

GHOSTS

— Sua... casa é lá?

— Yeap.

Minha pergunta foi meio óbvia. Até mesmo me senti ridícula, mas precisava confirmar, de alguma forma, que planos eram aqueles que Justin estava traçando e que me incluíam.

Acho que meu cérebro devia estar soltando fumaça ou sinalizando, de alguma forma, que a atividade estava em polvorosa, pois ele apenas segurou minha mão e disse com a voz suave:

— Dois meses, Ailleen. Sem olhar para trás. Apenas vivendo o presente. Vamos escrever as linhas da nossa história, uma de cada vez.

Com aquela frase tão singela e os dedos entrelaçados aos meus, recostei a cabeça no encosto e deixei que meus olhos vagassem pela figura do homem que agora era meu companheiro de viagem.

Quem poderia imaginar que minha vida daria uma reviravolta em tão pouco tempo?

CONHECENDO O PASSADO, PARA DELINEAR O FUTURO

JUSTIN

Saber de toda a merda que havia acontecido com Ailleen havia mexido comigo de uma maneira inexplicável. Reivindicá-la como minha havia sido o primeiro passo numa escala de progresso que eu mesmo estabeleci. Aparentemente, ela estava mais à vontade na minha presença.

Sempre soube que eu podia deixar as pessoas receosas ou constrangidas quando muito próximas ao meu convívio. Ser o dono de uma personalidade dominante não era tão fácil, e em muitos momentos poderia ser extremamente abrasivo, ainda mais se você deparasse com alguém com o espírito livre como o de Ailleen Anderson.

Minha meta e intenção não era subjugá-la, nem mesmo tê-la submissa a mim. Essa faceta de nosso relacionamento eu deixaria ao cargo do âmbito profissional em que ambos estávamos inseridos e que eu esperava que ela não abrisse mão tão facilmente. E entendam a expressão da palavra submissão em seu conceito etimológico: Ailleen estava "abaixo" da missão à qual fui designado, num sentido de auxiliadora para manter a ordem e segurança da pátria, sendo uma oficial sob meu comando.

Quando disse a ela que se não retornasse ao serviço militar, como previsto depois de sua licença, eu sairia das forças armadas, não estava brincando. E nem poderia dizer que estava fazendo aquilo apenas por causa de uma mulher. Quando muito, talvez por ter perdido o estímulo de estar fazendo algo aprazível em um ambiente igualmente prazeroso.

Foram mais de nove anos como RECON da Marinha, sendo um fuzileiro naval experiente e cheio de comendas honrosas. Quando decidi sair do grupo de operações especiais, minha meta era até mesmo me afastar no serviço militar, mas a oferta por uma posição com patente elevada acabou fazendo com que eu aceitasse o trabalho como responsável pelo porta-aviões transoceânico. De Capitão do grupo RECON passei a ser Major, encarregado por uma das maiores bases náuticas da Marinha Americana.

As implantações em campo eram exaustivas. Comandar homens que tinham que deixar suas famílias para se enfiar no campo de guerra ou território hostil era perturbador. Quando uma missão ia por água abaixo, recebíamos a descarga emocional do peso de ter que informar aos parentes de algum Oficial que aquele bravo soldado morrera pela pátria.

Era honroso. Mas muitas vezes era inglório. Tantos estavam morrendo por uma guerra sem sentido, embora em seus corações o que prevalecia era que defendíamos a bandeira que tanto amávamos.

Eu estava por um fio, à beira da insanidade quando a brisa fresca na forma de uma mulher voluptuosa chamada Ailleen Anderson aterrissou em meu porta-aviões. De todas as tentativas de me manter afastado, ainda assim, foi difícil evitar observá-la ao longe.

E ali estava eu. Tendo-a no exato lugar onde sempre a quis. Ao meu lado. Sem contar no momento em que a tive abaixo do meu corpo. Perceber que ela não era imune a mim foi o auge da minha história como macho da espécie. Porra... eu sabia que exercia certa atração às mulheres. Não era alheio aos comentários e cochichos das fuzileiras sempre que eu passava, mas também não sou tão arrogante ao ponto de dizer que todas as mulheres do mundo não seriam imunes a mim. E perceber que Ailleen sentia um desejo saudável e arrebatador, talvez não no mesmo nível que o meu, mas ainda assim intenso, acabou fazendo com que eu sentisse uma baita vontade de bater os punhos no peito, tal qual um neandertal.

Meus pensamentos estavam confusos naquele instante, muito porque o silêncio no carro era eloquente. Eu não sabia o que ela estava pensando. Se tinha dúvidas, se tinha anseios. Eu queria ser aquele que os satisfaria em algum momento. Queria ser seu protetor. Guardá-la de todas as feiuras do mundo. Em minha mente machista e turbulenta, achava que ela já tinha visto demais para uma mulher delicada.

Mas eu sabia que Ailleen era feita de aço. Fora forjada no fogo, endurecida na dor e lapidada ante o sofrimento da traição daqueles que deviam amá-la acima de tudo e de todos.

— Tenho 32 anos, mais dois irmãos e um pai aposentado do serviço militar. General da reserva. Apenas eu segui carreira. Meus irmãos odeiam armas e são mais empostados do que Bill Clinton quando passava gel no cabelo e posava para fotos como um galã — eu disse em um dado momento, rompendo o silêncio subitamente.

O som de sua risada foi como melodia para os meus ouvidos.

— Nenhum dos seus irmãos quis ser militar?

— Graças a Deus, não. Eu sou o mais velho, então praticamente mando ali dentro.

— Hummm... então o comando já veio de cedo — ela disse brincando. Olhei de lado e lhe dei um sorriso.

— Yeap. Por cadeia hierárquica. Meu pai era o comandante geral em casa. Eu assumi o posto de "general", quando ele era implantado e passava meses fora. Logo, foi muito fácil querer seguir os passos dele. Mas meus irmãos odiavam com todas as forças. Talvez porque sempre os tratei como subalternos e milicos insubordinados. Eu literalmente os colocava para lavar o chão dos banheiros, simulando que estavam lavando o convés do navio.

Ailleen riu com gosto.

— Então sempre teve a Marinha como primeira escolha?

— Sempre. Como nasci e fui criado longe do mar, qual o melhor lugar para querer viver, conhecer e desbravar? O desconhecido e áspero oceano. Então sempre foi a Marinha pra mim.

— Eu me encaminhei para Camp Lejeune apenas porque estava mais perto. Talvez se tivesse outra base próxima, teria me alistado em qualquer uma. Eu só queria sair dali — ela disse num tom sombrio.

— Que sorte a minha e a da corporação, não? Que Myrtle Beach é tão perto da base da Carolina do Norte. Tão perto da costa.

— Sim. Você nunca quis fazer treinamento para ser um SEAL?

Comecei a rir de sua pergunta. Porra... aquela era complicada. Todo aspirante a militar que entrava nas forças armadas sonhava com uma honrosa entrada nas forças especiais táticas, mais ainda quando estávamos falando dos Navy Seals. Porém nem sequer me recordo qual foi o critério de escolha na época, para que acabasse me enfiando no treinamento RECON, antes de sequer pensar nos Seals.

— Quando entrei como fuzileiro, imediatamente meu gradiente de notas e habilidades me levou a uma categoria mais elevada. Digamos que fui convidado gentilmente a integrar o Programa de Treinamento de Reconhecimento, *Reconnaissance*, então ali acabei fincando meus ideais. As técnicas usuais sugerem o uso da inteligência em combate, ao invés de força bruta. Tanto que a meta de uma missão bem-sucedida é sair sem que um tiro sequer seja disparado.

— E o fato de você estar me contando isso não vai caracterizar aquele famoso jargão do cinema: se eu te contar, vou ter que te matar? — perguntou com um sorriso no rosto.

Comecei a rir com gosto.

— Não, porque por incrível que pareça, embora nossa missão seja de reconhecimento em linhas inimigas, não somos espiões nem nada disso. Mas, claro, nossas missões não são em sua maioria secretas, longe das arestas do Governo, seguindo ordens apenas do Presidente, do Secretário de Defesa ou dos Comandos militares. Cada força tem seus grupos de operações especiais, então...

— Os Seals são a elite da elite... — ela disse.

Bufei em desgosto.

— Você pode dizer isso, mas cada integrante de sua própria força tática vai achar que está fazendo o seu melhor, logo, ele é o mais gabaritado. No Exército, há os Green Berets, e são tão fodões em suas missões de campo quanto nós. A diferença é que somos uma força mais voltada para invasão anfíbia, com treinamento específico na água e resistência a esse meio. Mas vou dar o crédito de que o treinamento intenso para se tornar um Seal é altamente debilitante e capaz de forjar a mente de um fuzileiro naval.

— É. Pena que as mulheres são inaptas para ingressarem, não é? — ela disse com ironia.

Olhei de lado e suspirei.

Eu tinha lidado com minha cota de preconceito em ter mulheres sob meu comando. Eu mesmo fui extremamente ressabiado e era muito mais voltado a tentar poupá-las de combates nas frentes inimigas do que o contrário.

— Ailleen, o treinamento exige 30 meses de treinamento intenso e desgastante, onde o esforço físico tem por meta subjugar o ser humano para deixá-lo no pó. Por mais que hoje em dia homens e mulheres possam desempenhar funções iguais, por mais que eu reconheça, assim como a Força Aérea, por exemplo, além da Marinha Americana, que uma mulher está plenamente apta a pilotar um caça F-22, ainda assim, há certas coisas que não podem se equiparar.

— Como o quê? — interrogou curiosa.

— Vamos entrar em uma averiguação... veja bem. Pensemos em aspecto físico, okay? Um homem não é capaz de dar à luz. Ele não pode gerar.

— Porque não tem um útero, Justin.

— Exatamente. Mas também porque seu corpo é completamente constituído de maneira diferente do da mulher, certo? Além da ausência do órgão essencial onde a criança é gerada, há uma diferença circunstancial fisiológica e anatômica, além de hormonal, que o torna inapto a ser aquele que gera um bebê.

— Tudo bem. O que isso tem a ver?

— Alguns exercícios exigidos no treinamento são tão extremos que exigem força física necessária a grupos musculares muito mais desenvolvidos, bem como padrão de ossatura que somente os homens apresentam — falei, e antes que ela argumentasse, ergui a mão. — E não... não sou eu falando. São os estudos que comprovam. Eu poderia descrever aqui quais são os testes executados e as performances exigidas e digo a você, nem todos os homens conseguem cumprir o que o programa de treinamento exige. Você me entende? O corpo masculino é diferente do feminino em sua estrutura muscular e óssea, por mais que apresentem os mesmos grupos musculares e conjuntos de ossatura iguais. Mas respondem de maneira diferente.

— Uau. Você estudou isso para poder argumentar de maneira eficiente?

— Não. Mas sei que muitas mulheres se frustram por acharem que estão em pé de desigualdade nas forças.

— Mas se parar pra pensar, estamos.

— Em alguns casos, sim. A sociedade machista ainda teima em tentar protegê-las como um bem precioso. Cabe a vocês o futuro da nossa geração, não é?

Eu ri ao vê-la revirar os olhos.

— Esse comentário foi ultramachista.

— Possivelmente. Mas mesmo meu lado ultramachista foi rebaixado pelo lado inteligente quando percebi que você era a pessoa mais apta a prestar o devido socorro ao Capitão Masterson naquele momento — admiti. — Infelizmente...

— Não comece, Major. Aquilo que aconteceu foi uma fatalidade. Só pretendo esquecê-la.

Olhei atentamente para ela, antes de voltar a atenção para a estrada. Já estávamos na I-77 N há horas.

— Como você pretende fazer isso?

Ela me olhou sem entender.

— Digo... como pretende esquecer? — reformulei a pergunta.

Ela deu um sorriso de lado e me olhou rapidamente, cruzando os braços à frente. Aquilo ressaltou a curva de seus seios no decote da camiseta regata que usava. Senti a boca salivar.

— Digamos que já estamos trabalhando nisso.

Um senso de puro orgulho brotou no meu peito por sentir que talvez eu pudesse estar sendo de alguma ajuda.

— Agora, me diga... mudando totalmente de assunto... quando deixou Myrtle Beach, você prestou queixa ou fez algo contra seus pais?

Ela se mexeu inquieta.

— Não. Apenas saí de casa, de madrugada, logo após ser deixada por Kendrick. Dali segui para um hospital onde recebi o tratamento adequado, registrei o estupro e coletei a documentação para uma eventualidade, porque minha meta era que se eles viessem atrás de mim, eu informaria à imprensa, faria um escândalo.

— E a polícia?

— Puft... você viu a atuação da polícia, Justin. Eles seguirão o que a família Evans mandar. Agora que meu pai é senador, mais ainda. Ele é pau-mandado do Sr. Evans. Nada mais do que isso. O sonho ganancioso de subir nas fileiras políticas o fez vender sua alma ao diabo, ou algo assim.

GHOSTS

Além de ter vendido a própria alma, ainda vendeu a filha de quebra. Ganhou um trocado.

Porra. Eu não conseguia exprimir a vontade que estava sentindo. Queria destruir o pai de Ailleen, honestamente.

— Não... eu cortei todo e qualquer laço com eles — ela disse por fim. Para minha pergunta silenciosa.

— Bom, o importante é que o assunto esteja resolvido no seu coração — eu disse com convicção. — Ele está?

Ailleen demorou um pouco a responder. Continuou contemplando a paisagem que passava como um borrão do lado de fora da janela. Só depois de alguns minutos ela respondeu:

— A cada dia que passa, a ferida dói menos. Restou apenas uma cicatriz que teima em arder em certos momentos... Considero, algumas vezes, essa mesma cicatriz como um sinal em braile... onde posso passar a mão e me recordar, em uma leitura rápida, se por um instante me cegar para a grandiosidade do que a vida é, que na verdade, eu estou viva — ela disse em um suspiro. — Quando pedi que não fosse enviada de volta à base, era porque temia que, de algum modo, as lembranças pudessem despertar aquilo que já estava anestesiado e apagado da memória há muito tempo... e que a cegueira me dominasse mais uma vez.

Suas palavras calaram fundo em meu peito. Eu podia ouvir o som de sua respiração, mas não podia olhar para ela, ou poria tudo a perder. Porque aquela mulher me tirava a atenção e o foco.

— Essa cidade guarda fantasmas que teimam em assombrar minha alma, mas sou eu que tenho o poder para fechar as portas que permitem sua entrada — falou em um tom baixo. — E me afastar de lá é exatamente a maneira que encontrei de nunca mais ter que lidar com a dor que quase me quebrou por dentro — concluiu.

Depois daquela troca de palavras, ficamos calados por muito tempo. Ailleen recostou a cabeça no encosto do banco e adormeceu. Vez ou outra eu olhava da estrada à frente para seu rosto cândido, ainda com as marcas da agressão que sofrera.

Eu também queria que ela deixasse tudo para trás. Que o passado fosse esquecido e que o presente começasse a ser delineado de maneira plácida, para que um futuro promissor pudesse ser alcançado por nós dois. Tomei sua mão na minha e entrelacei nossos dedos, trazendo-os até minha boca, para que pudesse depositar um beijo suave, como uma espécie de promessa. Mesmo que ela sequer se desse conta daquele gesto...

A única coisa que eu podia vislumbrar, além da longa linha asfáltica à frente, era Ailleen Anderson na minha vida, dali por diante.

DESCONHECIDO

AILLEEN

Depois de algumas paradas na estrada para que eu pudesse esticar as pernas e alongar o corpo moído, além de comermos, finalmente conseguimos chegar à casa de Justin Bradshaw, cerca de oito horas após nossa saída da Carolina do Sul.

Meus olhos contemplaram a casa de madeira na região das montanhas, que abrigava uma vista de tirar o fôlego, com uma imensa floresta ao fundo, bem como os picos montanhosos. A casa era afastada das outras na pequena cidade de Fayeteville e mais se assemelhava a um chalé rústico, porém elegante, diferente de tudo o que já tinha visto. As imensas toras de madeira de lei que formavam a base da varanda e davam um charme mais do que especial, completada pelas escadas com flores silvestres em vasos delicados. Aquilo me surpreendeu. Como ele mantinha a casa organizada se passava tanto tempo longe?

Acredito que minha pergunta ficou estampada no rosto, já que Justin deu um sorriso, antes de pegar as duas mochilas do porta-malas e indicar com o queixo que eu seguisse à sua frente.

— Meu pai mora duas casas abaixo, cerca de uma milha daqui. Ele mantém tudo organizado, coordena que uma vez a cada quinze dias venha uma mulher fazer a limpeza, e sempre rega as plantas que, por incrível que pareça, são sua paixão.

— Uau... ninguém nunca diria que nessa casa não mora alguém... digo... que ela fica vazia por tanto tempo enquanto você está implantado.

Justin abriu a porta do chalé e me deu um leve empurrão para que eu entrasse.

— Avisei no caminho de Myrtle Beach, logo depois que saí de Camp Lejeune, para que ele abastecesse a geladeira e deixasse tudo pronto para minha chegada.

— Mas você nem mesmo sabia se eu viria com você... — eu disse ressabiada.

— Claro que não, mas não custava ter um pouco de esperança em testar minha arte de convencimento — admitiu com um sorriso.

Justin depositou as mochilas em cima do sofá coberto por uma manta charmosa, e me chamou para segui-lo até a cozinha.

Abracei meu corpo, agora um pouco constrangida por estar ali.

— Honestamente, não sei o que fazer...

Ele me olhou de canto de olho, enquanto fuçava a geladeira em busca de algo para bebermos.

— Sobre o quê?

— Sobre... — apontei entre nós dois — isso. Eu... eu... não pensei direito o que estava fazendo. Meu desespero em deixar Myrtle Beach era tanto que simplesmente deixei que você tomasse as rédeas e o segui como um cordeirinho — admiti.

Justin largou a jarra de limonada sobre o balcão e veio em minha direção. Ele me puxou para o calor de seus braços e fez com que eu erguesse a cabeça para olhá-lo diretamente nos olhos tempestuosos.

— Eu disse a você que podemos ir devagar, okay? Podemos ir construindo uma espécie de relacionamento, da forma que você quiser — disse seriamente. — Essa coisa de... estar junto... também é uma novidade pra mim, já que nunca estabeleci vínculo algum com alguém, mas quero tentar com você.

Aquela admissão fez com que eu ficasse espantada. Ele nunca tinha tido um namoro ou relacionamento com outra mulher?

— Antes que você confunda as coisas... não. Nunca tive tempo para me dedicar a uma mulher e o envolvimento que isso despende. Dediquei mais de uma década às forças armadas.

Eu estava curiosa para saber mais detalhes da vida pessoal dele. Isso era um fato. Justin era um homem vivido, viril, exalava masculinidade por onde passava. As mulheres tinham que ter tentado, em algum momento, agarrá-lo em suas teias.

— Mas...

Enjaulando meu corpo agora devidamente ajeitado na cadeira, ele apenas disse:

— Mas não fui celibatário, porém também não fui promíscuo. Escolha um meio-termo aí e você verá meu nome na legenda.

— Tudo bem...

Antes que eu pudesse falar mais alguma coisa, ele me deu um beijo arrebatador e se afastou.

— O que quer comer? Não sou um bom cozinheiro, mas consigo fazer uma macarronada decente.

— Eu posso ajudar... não sou uma boa cozinheira, mas faço uma salada de tirar o chapéu — disse rindo.

Ele apenas olhou por cima do ombro e respondeu:

— Só a sua companhia já está valendo o dia.

Aquela frase tão simples aqueceu meu coração de maneira absurda. Um sorriso queria escorregar pelo meu rosto, ao mesmo tempo em que podia sentir o calor esquentando minha pele.

Era um sentimento tão desconhecido para mim, que estava sendo difícil saber lidar.

Fui para o balcão ao lado de Justin e aceitei a faca que ele estendeu, bem como os vegetais para serem devidamente preparados para a salada.

Trabalhamos em um silêncio confortável, preparando a refeição da noite. O dia havia passado e nem tínhamos nos dado conta. Uma boa parte, na estrada, entre idas e vindas a postos de gasolina e lojas de conveniência. Embora eu tenha que confessar que evitei ao máximo descer ou me fazer ser notada quando descíamos do carro, por conta ainda dos hematomas no meu rosto. Mesmo a mais singela maquiagem não foi milagrosa o suficiente para esconder o corte na testa. E os olhares enviesados eram dedicados ao meu companheiro de viagem, porque as pessoas sempre pensavam o pior quando viam uma mulher com o rosto roxo. Porém, a companhia de Justin fora tão agradável que nem aquilo ou o cansaço que deveria estar assolando meu corpo, normalmente, foram suficientes para me derrubar.

— Você me perguntou sobre os meus planos, Major... mas e os seus? — perguntei, mantendo a cabeça baixa enquanto a faca cortava com precisão os tomates.

Ele olhou rapidamente para mim, antes de jogar o alho na panela.

— Já disse... resolvi segui-la os dois meses de licença. Ser a sua sombra. Uma espécie de acompanhante. Não um perseguidor, por favor. Longe disso.

Revirei os olhos, com um sorriso, torcendo para que ele não tivesse visto.

— Aposto que esse não é o procedimento padrão — falei com certeza.

— Claro que não. Posso ter o interesse em saber que os fuzileiros sob o meu comando estejam bem de saúde, plenamente recuperados e recebendo o tratamento que lhes é devido, mas não é por eles que sinto um puta desejo de estar perto — disse e se inclinou, para sussurrar no meu ouvido: — Ou de estar dentro.

Arrepios insidiosos percorreram meu corpo de tal forma que por um instante achei que pudesse cortar o dedo.

Parei a faca e respirei fundo.

— Uau.

O infame riu com meu desconforto.

— Vamos lá, Ailleen... já está mais do que na hora de você se acostumar a sentir intensamente tudo o que vem guardando aí, por anos...

Fechei os olhos e suspirei.

— E não corte as verduras com os olhos fechados, meu bem. Não queremos que um pedaço dos seus dedos entre na salada, não é mesmo? — brincou.

Não me contive e o acompanhei nos risos.

Já era quase meia-noite quando terminei o banho relaxante que meu corpo ansiava e saí do banheiro. Justin tinha insistido que eu usasse o banheiro da suíte, mas precisava de um momento de privacidade para colocar os pensamentos em ordem.

Será que eu não estava indo muito rápido? Será que não estava me deixando guiar por algo efêmero e sem programação? Eu não era assim. O único momento onde fiz algo por impulso foi quando fugi da minha casa naquela noite fatídica e me enfiei em uma viagem de duas horas para a Carolina do Norte, disposta a me alistar na Base de Jacksonville.

Eu era uma pessoa extremamente metódica. Não era à toa que era tão nerd na escola e zoada por ser exatamente assim. Tudo meu era sistematicamente programado para que obedecesse ao mais ínfimo planejamento. Poderia até mesmo dizer que tinha TOC para determinadas coisas.

Logo, o fato de ter me enfiado em uma espécie de relacionamento com um homem que até então era meu superior, ter aceitado de bom grado seu oferecimento para que estivesse sendo minha companhia constante durante o tempo que propôs... era altamente improvável no meu caderninho comportamental.

Mas eu podia dizer que estava me sentindo livre, como há muito tempo não me sentia. Talvez, somente quando estava no porta-aviões, mas sem a companhia constante e marcação cerrada da Segundo-tenente Hastings. Podia dizer que sentia falta de Anya e Carrie. Sim, sentia e muita. Havíamos estabelecido um vínculo de amizade estranho.

Aquilo me fez lembrar que eu deveria tirar um tempo para enviar uma mensagem que fosse a elas. Valeria até mesmo um e-mail, que eu tanto odiava, se precisasse. Não necessariamente informando em companhia de quem eu estava, mas, sim, que minha estadia em terra estava sendo muito proveitosa. Literalmente.

Segui até a sala e fui à janela que dava vista para o vale montanhoso.

Embora estivesse um breu total do lado de fora, ainda assim, a lembrança da paisagem de quando era dia trouxe um sorriso ao meu rosto, porque me lembrei de toda a beleza natural que havia ali.

Minha vida tinha tomado um rumo imprevisto.

Quando desci do avião e cheguei à base, estava desnorteada porque não fazia ideia de para onde seguiria depois de resgatar o dinheiro que o vovô Grant havia deixado para mim. Merda... eu nem fazia ideia da quantia, para dizer a verdade. Minha vida estava em *stand by*. Eu era como a página em branco de um livro, e me sentia como se estivesse com uma caneta na mão, prestes a escrever uma nova história, mas sem fazer a menor ideia de por onde começar as linhas que iniciariam minha trajetória dali por diante.

Então, Justin Bradshaw aconteceu.

E eu estava ali. Em um chalé aquecido, cercada de montanhas belíssimas, em uma casa acolhedora como "lar" provisório e sentindo-me mais livre do que poderia imaginar.

Senti os braços me enlaçando por trás e por um instante meu corpo retesou, para logo em seguida relaxar em puro contentamento.

— Por que você não vem para a cama? — perguntou e depositou um beijo no meu pescoço.

— Eu estava apenas admirando a paisagem — brinquei.

Ele me olhou com a sobrancelha erguida e olhou de volta para a janela, contemplando a escuridão total.

— Hummm... a paisagem negra?

— A suposição de que a negritude da noite esconde uma beleza simplesmente fantástica — falei e suspirei em puro deleite. — Achei aqui tão bonito.

— Que bom. É bem pacato mesmo. Se você espera vida social, está no lugar errado. — Sorriu.

— Está ótimo. Sério. Chegamos há o... quê? Poucas horas? E já me sinto em casa. Ou como se conhecesse essa cidade há anos.

— Sinal de que você não é, definitivamente, uma pessoa cosmopolita. Ou sua primeira decisão depois de sair de Myrtle Beach teria sido ir para algum centro populoso.

— É verdade.

Justin me puxou para o quarto, guiando-me pela mão.

— Eu poderia ser um cavalheiro muito gentil e oferecer aquele quarto ali, à direita, de hóspedes e tal. Mas como sou extremamente egoísta, vou apenas lhe informar que você vai dormir comigo — falou categoricamente.

— Oh, uau. Assim, dessa forma tão simples?

— Simples e direto. Não sou de fazer rodeios, já disse. Também não sou de floreios românticos. Mas posso dizer que, pelo bem da sua saúde, é melhor ficarmos juntos...

— Nossa... e por que isso? — perguntei sorrindo.

— A temperatura tende a cair muito aqui durante a madrugada. É necessário que eu esteja perto pra te aquecer...

— Hummm... como você é prestativo, Major.

— Ah, Oficial Anderson... você não faz ideia de como eu posso ser prestativo e colaborativo para suas funções vitais — disse enquanto me empurrava para a cama.

Quando ele se deitou acima do meu corpo, senti o sangue rugir em meus ouvidos.

— Você tem noção do quanto é linda, Ailleen? — perguntou à medida que depositava beijos suaves pelo meu rosto e pescoço. Logo em seguida, foi descendo pelo colo. Suas mãos iam desabotoando os botões da camisa de flanela que ele mesmo havia me emprestado.

Não tinha fôlego para responder. Justin havia trazido em mim uma chama que eu não acreditava ser capaz de ver acesa. Havia despertado um furor sexual que nunca imaginei existir, dado meu passado.

Deixei que as mãos deslizassem por baixo de sua camisa, dedilhando os músculos fortes de suas costas. Estava me sentindo destemida.

Os beijos foram se tornando frenéticos, intensos. A fome e sede pela satisfação e prazer que eu já havia sentido nos braços dele corroeram minhas entranhas.

As roupas foram sendo eliminadas uma a uma. Os ofegos podiam ser ouvidos e apenas o som de nossas respirações quebrava o silêncio do quarto.

Com a luz acesa, não passou despercebido aos olhos de Justin as marcas ainda evidentes da tortura de tantos dias atrás. Meu Deus, em seus braços e com as novas sensações que ele havia me despertado, era como se houvesse se passado meses. Décadas. Não conseguia sequer me recordar dos horrores daquelas horas no cativeiro.

Nas mãos de Justin, não conseguia me lembrar do pânico de ter um homem sobre mim. Era como se ele fosse uma parte de mim.

— Justin...

— Isso, meu bem... eu amo ouvir o meu nome na sua boca — ele disse à medida que avançava para o extremo sul do meu corpo.

Oh, céus. Aquilo seria embaraçoso. O que ele fizera ali já tinha me deixado mais do que abismada pela resposta que meu corpo havia dado.

A repetição do orgasmo intenso e poderoso que rastejou pelos meus músculos fez com que um gemido ganhasse vida em minha garganta.

— Solte-se, Ailleen.

E eu fiz. Deixei-me levar e voar nos braços daquele homem forte e seguro que simplesmente me despedaçava e me reconstruía com o simples toque de suas mãos e lábios.

Quando senti seu corpo preenchendo o meu, eu ainda estava surfando nas ondas do êxtase surpreendente que havia alcançado.

Não foi difícil que Justin, com apenas alguns fortes e poderosos golpes de seu corpo musculoso contra o meu, me levasse ao precipício novamente. E eu pularia. Com gosto.

— Oh, minha nossa... é demais, Justin... não posso mais...

— Pode... e vai — disse entre gemidos roucos que pareciam mais sexy do que tudo. — Goze mais uma vez.

Bastou que ele falasse aquilo e meu corpo prontamente o obedeceu.

Logo em seguida, depois de arremeter o corpo novamente contra o meu, puxando uma perna o mais alto possível em um ângulo que o permitiu ir mais fundo, Justin alcançou seu próprio gozo e rosnou no meu ouvido:

— Puta que pariu...

Comecei a rir. Porque não foi romântico ou delicado. Mas foi eloquente. Significava que ele havia perdido as estribeiras. Tanto quanto eu.

Um homem tão centrado e seguro de si. Que nunca tinha se permitido ser dominado pelos simples prazeres da carne, como ele mesmo alegara, estava também rendido aos desejos mais intensos que nenhum de nós dois supúnhamos ser alvos tão cedo.

Justin depositou um beijo no meu queixo, enfim na minha boca e rolou para o lado, me levando junto.

— Me dê apenas alguns minutos...

— Meu Deus, Justin! Não me diga que vai ter fôlego para outra rodada! — brinquei.

— Não... dê-me apenas alguns minutos e vou ter forças para levantar daqui e cuidar da bagunça. Daí, podemos tomar banho. Porém, ali no chuveiro eu já não posso garantir nada — respondeu com um sorriso.

Encostei o rosto em seu peito e senti um sorriso crescer nos meus lábios.

Nunca imaginei que a felicidade pudesse chegar de forma repentina.

Como também nunca imaginei que a tristeza e o desespero pudessem fazer parte, alguma vez, de um cenário na minha vida em tão tenra idade.

Mas eu estava aprendendo que a vida era feita de momentos indeléveis. Momentos onde nossas escolhas nos levavam a encruzilhadas que poderiam traçar nossos destinos.

Foi preciso que eu tivesse um momento de tristeza extrema e dor atroz para que, aos dezoito anos, tomasse a decisão de sumir e partir rumo a uma vida que nunca tinha sonhado para mim.

Foi preciso que eu experimentasse o desespero através das mãos dos torturadores, para que o Major interferisse de forma eloquente e intervisse me enviando de volta à base.

E foi preciso que tudo aquilo acontecesse, para que agora eu estivesse nos braços dele. Vivendo de um momento único de segurança que nunca supus ser capaz de sentir.

Tudo na minha vida parecia ser vivido em extremos. Nada parecia ser fácil ou tranquilo. Nada parecia seguir um rumo adequado e singelo, como a história do casal da casa ao lado, com dois filhos, um cachorro lindo e a cerca branca à frente.

Porém eu estava feliz. Naquele exato momento, eu estava feliz.

MENTE DOENTIA

Ela estava de volta. A vagabunda era minha e estava de volta ao lugar de onde nunca deveria ter saído.

Cinco longos anos haviam se passado desde a última vez em que a vi. Em que a toquei e possuí aquilo que foi destinado a ser meu. Apenas meu e de mais ninguém. Quando a observei caminhando na orla ao lado do homem desconhecido, senti ganas de sair de onde me mantinha à espreita para matar o filho da puta e, finalmente, colocar a vadia em seu lugar.

Não esperava que ela lutasse contra mim naquele quarto de hotel. Não esperava que fugisse dos meus avanços, sabendo que tudo o que eu mais queria era acariciá-la e mostrar porque estávamos destinados a ficar juntos.

Nenhuma mulher mexeu comigo da forma como Ailleen Anderson fazia. Nenhuma.

Desde o instante em que meus olhos pousaram sobre a garota, no auge de seus quinze anos, soube que deveria fazer dela minha esposa.

Não contava, em momento algum, que ela fosse se fazer de difícil por tantos anos, que ignoraria meu flerte, mesmo eu sendo o solteiro mais cobiçado da cidade de merda em que meu pai resolvera se instalar.

Conseguir com que aceitasse meu convite para ser seu par no baile de formaturas foi difícil. Precisei intervir com o auxílio do meu pai e da ganância que os pais dela sentiam em subir um patamar social e político que poderia favorecer a família Evans em muitos aspectos.

O dinheiro comprava muitas coisas, incluindo a filhinha amada dos Anderson. E foi doce.

Meu Deus, como foi doce e suave o momento em que me apossei de seu corpo virginal, sentindo o orgulho masculino por ser o primeiro e único que desfrutaria daquilo. O único que acariciaria sua pele, que me afundaria em seu calor e me derramaria em seu interior com minha semente.

E então, meus planos foram frustrados quando a maldita sumiu no meio da noite. Não calculei que teria a coragem suficiente para sair de casa e buscar ajuda. A polícia estava em nossas mãos, então não temi que pudesse ter ido direto até eles.

No entanto, ela sumiu do mapa. Nem mesmo meus melhores detetives de merda conseguiram detectar o paradeiro de Ailleen durante todos aqueles anos.

Até que pôs os pés de novo em Myrtle Beach.

Olhei meu reflexo no espelho, observando as manchas roxas que agora se espalhavam depois do ataque brutal sofrido pelas mãos do homem que morreria em breve. O filho da puta não saberia o que o havia atingido até ser tarde demais.

Saí do banheiro e peguei o celular em cima da mesa de cabeceira, disposto a colocar meu plano em ação. Informação era poder, e agora eu tinha a vantagem sobre Ailleen, logo, poderia usá-la em meu próprio benefício.

— Pai? — cumprimentei assim que ele atendeu a ligação. — Há quanto tempo não fazemos uma visita aos Anderson?

Meu pai hesitou, como se tivesse estranhado o tom de minha pergunta.

— O que quer dizer, Ken? — averiguou.

— Sei muito bem dos negócios escusos que os dois executam — passei a mão no meu cabelo muito bem-cuidado —, e quero algo que me foi negado nestes últimos anos.

— Você está se referindo à garota Anderson? Isso tem alguma coisa a ver com o retorno dela à cidade?

Respirei fundo, contendo a irritação.

— É óbvio que sim, pai. Mas o mais importante... para que eu possa colocar as mãos nela, da maneira como deveria ter acontecido anos atrás e que cumpria nosso acordo com os Anderson, preciso de algo mais substancial para exigir do Senador. Sei que os dois estão juntos em vários negócios, então, nada mais justo que um parceiro faça uma visita sociável à casa deles.

— Você parece ter algo mais em mente.

— E tenho — respondi, abrindo a pasta de arquivos e encarando a peça-chave que usaria contra a piranha que achava que poderia me enganar.

— Kendrick...

— Pai, sabe que não preciso da sua permissão, não é mesmo? Mas como sou um filho exemplar, gostaria que estivesse ciente de tudo o que pretendo fazer.

— Chegarei em sua casa dentro de alguns minutos e discutiremos o seu... plano — ele disse.

— Faça isso. — Desliguei em seguida, sem nem a cortesia de me despedir.

Os olhos que agora me encaravam da fotografia me lembraram muito os da garota que uma vez tive à minha mercê.

Ailleen Anderson seria minha novamente. E dessa vez, ela não escaparia. Aceitaria de bom-grado tanto o castigo por conta de seu desaparecimento e indisciplina, quanto aguentaria a ira e rancor que acumulei ao longo desses anos.

Além disso, saberia, da pior maneira, que ninguém tocava o que é meu.

Eu não seria passado para trás, não seria humilhado pela sua recusa em aceitar o meu amor de forma intensa e violenta.

Faria questão de matar a todos que ousassem se interpor em meu caminho, e minha vingança teria início com sua família.

Fui até o closet e acariciei o tecido que em breve estaria arrancando do corpo suave e feminino.

Nada me impediria. E, se porventura, as coisas não saíssem conforme o programado, eu a mataria. Porque se eu não poderia tê-la, então ninguém mais, além de mim, teria.

UM DIA DE CADA VEZ

AILLEEN

Já estávamos há três semanas juntos, vivendo uma espécie de lua de mel às avessas. Era estranho falar aquilo? Claro. Nós nos conhecíamos há tão pouco tempo, mas a rotina que passamos a viver no chalé de Justin era como a de qualquer casal recém-casado. Sem o papel passado e sem o compromisso firmado.

Não havia nenhum rótulo entre nós, ainda menos as palavras que definiam qualquer espécie de relacionamento fixo ou de sentimentos definidos.

Eu podia afirmar que estava apaixonada por Justin Bradshaw. Meu Deus... que mulher em sã consciência não se apaixonaria por ele?

O homem me trazia café da manhã na cama, todos os dias. Cozinhava para mim, fazia massagens quando percebia que eu estava cansada e algumas vezes até mesmo lia para mim, quando percebia que eu estava com dor de cabeça e não conseguia ler.

Obviamente não deixei que ele tivesse acesso ao conteúdo adulto e proibido para homens que eu tinha mania de ler. Conteúdo apresentado por Anastacia e sua veia safada de romances eróticos. Mas eu não podia reclamar, já que eram estes mesmos romances que me davam certo respaldo e auxílio na concepção de alguns momentos a dois que acabaram arrancando suspiros de admiração de Justin, bem como alguns gemidos eloquentes.

Então... eu podia até ser inexperiente... mas estava me tornando muito versada na arte de seduzir meu Major.

As experiências que estava vivenciando ao lado dele eram tão surreais e anormais para mim, que pareciam como um aprendizado. Nunca havia tido um convívio familiar saudável. Jantares em família eram feitos sempre em um silêncio sepulcral onde apenas os ruídos dos talheres podiam ser ouvidos. Os sussurros baixos entre meus pais, sempre sobre algo relacionado ao trabalho ou alguma festa beneficente que a mãe compareceria. Nunca era questionada sobre como havia sido o meu dia na escola.

Eu não conhecia o conceito de família ou risos à mesa. Preferia fazer minhas refeições, muitas vezes, ao lado de Emma, já que era a única que parecia querer dedicar um pouco de seu tempo a mim, desde criança.

Então, quando depois de três dias, na casa de Justin, recebemos a visita do pai dele e do irmão, cada um com um prato de comida diferente na mão e um engradado de cerveja, custei a disfarçar o assombro. E eu ainda ria da lembrança daquele dia. E por mais incrível que pudesse parecer, o sisudo General da reserva, Simon, e um de seus irmãos, o que vivia na cidade, tornaram as quintas-feiras os dias escolhidos para darem as caras por ali. Eu adorei conhecê-los. Eram pessoas adoráveis. Simon tinha o mesmo porte de Justin, não só pela manutenção do corte militar, mesmo sem estar na ativa há décadas, mas também pela imponência, porém tinha um senso de humor peculiar. O irmão Cole era outra história. Não tinha nada a ver com Justin. Mas sentia um orgulho tão grande do irmão mais velho que era lindo observar.

Eles faziam o verdadeiro sentido de família fazer valer a pena.

— *Então é aqui que meu irmão tem se escondido e se recusado a sair...* — *o irmão de Justin disse.* — *Olá, meu nome é Cole. E, sim. Eu sou o mais bonito. Mas não deixe que os outros a ouçam concordar com essa verdade. Sempre gera crise na família.*

Disfarcei o sorriso, mas imediatamente me senti à vontade ao lado dele.

— *Muito prazer, eu sou o pai do cabeça-dura. A versão mais velha de Justin* — *disse Simon.*

Segurei sua mão, mas fui sugada para dentro de um abraço.

— *Eu não sou cabeça-dura* — *Justin retrucou do outro lado.*

— *Tenho certeza de que seus subordinados dizem o contrário. Ou então você não é meu filho.*

Comecei a rir.

— *Confesso que não tive muitos embates ou interação tão efetiva sob o comando do seu filho para atestar se como Major ele é cabeça-dura, mas como Justin* — *olhei para o homem que estava revirando minhas entranhas com um simples olhar* —, *posso afirmar que tem sido, sim... bastante teimoso e persistente.*

— *Ah... é meu filho. Que orgulho* — *o pai disse e bateu com força no ombro de*

Justin, fazendo-o tossir a cerveja que bebia.

Cole começou a rir imediatamente.

— Olha, Ailleen... se você se cansar desse cara, saiba que moro cerca de 5 milhas daqui.

— Cole, o que você vai dizer à sua namorada sobre essa proposta à garota do seu irmão? — o pai dele perguntou com uma sobrancelha erguida.

— Poxa, ela não precisa ficar sabendo... — disse e piscou.

— Idiota — Justin respondeu e colocou o braço sobre meus ombros. — Então... o que trouxeram para jantar?

— Eu disse a você que traria um peixe maravilhoso, não disse? — Simon Bradshaw perguntou e sorriu para mim. — Agora será o momento onde sua garota vai perceber de onde o chef culinário — apontou com o polegar para Cole — puxou toda a maestria na cozinha, além de saber de onde o outro puxou toda a audácia militar. — Apontou o indicador em gatilho para Justin.

A noite foi recheada de comida e risos. Algo completamente distinto ao que eu estava acostumada. E se antes eu tinha dúvidas de que poderia me ver adaptada a algo tão doméstico, agora era algo completamente fora de propósito sentir esse medo. Minha alma necessitava de aconchego. E percebi que os Bradshaw eram aqueles que supriam aquilo sem nem ao menos dar-se conta.

Lá pelo final da terceira semana, Justin finalmente constatou que eu não desenvolveria nenhuma espécie de EPT, ou seja, nada de Estresse Pós-Traumático. Apenas um dia ou dois tive pesadelos, mas eles se misturavam com o cativeiro e a presença de Kendrick em um deles. Então, foi uma bagunça estranha no sonho que culminou num momento de suor e pânico momentâneo. Apenas isso.

Eu estava em um daqueles dias onde apenas contemplava a paisagem montanhosa, pensando no que fazer, quando meu celular apitou uma mensagem.

Achando que fosse Anastacia ou Carrie, já abri o aplicativo com um sorriso no rosto, que esmoreceu quase no mesmo instante.

Uma imagem em anexo veio logo em seguida. A imagem da minha mãe amordaçada numa cadeira, com meu pai ao lado, na mesma condição, quase fez meus batimentos cardíacos acelerarem. Quase.

> Você acha que vai se livrar de mim com tanta facilidade? Acha que pode continuar se escondendo por mais alguns anos? Está tão enganada, Ailleen... estou chegando para te buscar. Estou chegando para pegar o que é meu. Então se prepare para pagar o preço pela sua desobediência. Quem está prestes a pagar, neste instante, são seus pais. Quer ver como?

A cena era chocante por si só. Afinal, eram meus pais, certo? Mas eu não poderia dizer que nenhum dos dois não merecia estar ali. Eles fizeram negócios com aquele homem dos infernos. O mais justo era que pagassem pelos erros cometidos e sofressem as consequências, não é?

Mas havia um lado humano em mim ainda. O lado que foi blindado e forjado no serviço militar. Aquele que jurava proteger a pátria e seus compatriotas. Tudo bem que Kendrick não era um inimigo de outro país em guerra, mas podia ser enquadrado como um terrorista filho da puta, já que estava aterrorizando a vida dos Anderson, não é?

Ainda havia o lado humano que sentia pelas pessoas que estavam passando por aquela situação porque eu já estive ali... amordaçada, destituída de toda a minha moral, pudor e civilidade. Então, por essa razão eu me compadecia. Apenas por isso.

E pelo fato daquilo fazer subir o ódio irascível que somente Kendrick Evans era capaz de despertar em mim.

Estava quase quebrando o celular nas mãos, tamanha a angústia que acometia meu espírito.

O que fazer? Meu pai era um senador dos Estados Unidos. Será que não fora dado falta dele no Congresso?

E o que Kendrick queria dizer com "estou chegando para te buscar"?

Aquela simples frase trouxe um arrepio à minha nuca porque eu podia dizer que aquele homem era capaz de tudo, mas será que ele fora capaz de rastrear o endereço de Justin? E sendo ele capaz disso, eu não estaria colocando a vida de Justin e sua família em perigo?

Ao pensamento remoto daquilo, senti vontade de me estapear, porque... pelo amor de Deus... Justin Bradshaw era um fuzileiro naval, ex-RECON, então... se havia alguém fodão no mundo... era ele. Depois dos Navy Seals, claro. Mas eu esperava que ele não soubesse que eu pensava isso.

Saí da espreguiçadeira que ficava no fundo da casa de Justin e entrei intempestivamente na cozinha. Eu precisava pensar no que fazer.

Justin havia saído aquela tarde e voltaria de noite, depois de passar no mercado para fazer algumas compras. Eu estava exausta de ter dado voltas na minha mente, tentando articular pensamentos coerentes com a nova ameaça de Kendrick. Seria aquilo real ou um golpe orquestrado pelos meus pais para me atrair até o covil dos Evans?
 Até nisso eu pensei. Porque vejam bem... que pais vendem a própria filha para um idiota qualquer por um milhão de dólares na noite de formatura?
 Então... para que eles simplesmente fingissem um teatro a fim de me atraírem até lá, e que aquilo não passasse de uma estratégia funesta para que Kendrick me tivesse no lugar onde ele queria, era um pulo.
 Eu não era burra. Meu QI era bem elevado, obrigada.
 Sabe as cenas de filmes de terror onde há um quarto escuro no final do corredor, dali sai um grito aterrador, a mocinha sabe que tem algo errado naquela merda, mesmo assim resolve entrar naquela porcaria de aposento para conferir, somente para se dar mal? Pois bem... eu não sou esse tipo de mocinha.
 Eu vejo o quarto escuro no final do corredor. A porta está semiaberta. Escuto a porra de um grito. Cara... eu simplesmente corro para a saída mais próxima. Podem me chamar de bundona ou o que for, mas dou valor à minha vida, porque só tenho uma, então, por favor... Vou fazer de tudo para me assegurar e mantê-la neste corpo, neste plano terrestre. Posso ter treinamento na Marinha, posso ter orgulho em ser fuzileira, mas não sou Diana de Themyscira, ou em outras palavras, a Mulher-Maravilha, imortal e tudo mais. Tenho carne que pode muito bem ser alvejada por objetos perfurocortantes e afins.
 Eu estava roendo as unhas no sofá quando outra mensagem chegou.

> Vê-la depois de tanto tempo só me fez perceber que você melhora como o vinho... senti-la embaixo de mim, como da outra vez... só não foi melhor... porque fomos interrompidos. Mas não seremos na próxima vez, meu amor. Você e eu ficaremos juntos. Celebraremos um casamento épico. Você estará radiante. Pode ser que tenha que esperar alguns dias para que a cerimônia aconteça, porque vai ter que receber uma lição pelo mau comportamento, e não queremos que os hematomas que vou deixar no seu rosto apareçam, não é? Mas não se preocupe... vou amenizar pra você. Desde que me garanta que vai me obedecer de agora em diante. Estou ansioso para tê-la comigo outra vez.

Mais uma vez outra foto em anexo.

Dessa vez, o rosto da minha mãe mostrava um hematoma enorme no olho. Ela chorava e sangue escorria do nariz.

Bem, aquilo não parecia armação. Ou minha mãe poderia se inscrever para trabalhar em algum estúdio de cinema de Hollywood.

Eu já estava perdendo as estribeiras quando Justin chegou, carregando milhões de sacolas.

Larguei o celular no sofá e o ajudei a transportar tudo para a cozinha.

Em silêncio, guardamos os itens nos armários.

Podia sentir Justin me olhando, tentando descobrir o que eu tinha.

— O que houve, Ailleen? — perguntou finalmente.

Parei enquanto guardava uma caixa de leite na geladeira.

Suspirei audivelmente e me recostei ao balcão assim que fechei a porta do refrigerador.

— Recebi uma mensagem interessante essa manhã e outra agora há pouco.

Ele parou onde estava e me olhou com atenção.

— Mensagem de quem?

— Kendrick Evans.

Os olhos de Justin soltaram faísca imediatamente.

— Como ele conseguiu seu número de celular?

Dei de ombros.

— Não faço ideia, mas ele conseguiu. E resolveu que hoje era o dia para me atormentar.

— Por que não me ligou imediatamente? — Cruzou os braços e arqueou a sobrancelha loira.

— Hummm... porque eu estava esperando você chegar? — respondi com um sorriso irônico. — De que adiantaria eu te ligar enquanto estava fora para avisar sobre isso?

Ele pareceu ponderar sobre minha resposta.

— Você respondeu? — perguntou e chegou à minha frente, puxando meu corpo para o calor dos seus braços.

— Claro que não. Mas, Justin... há algo que eu preciso te mostrar...

O tom sério com que empreguei essas palavras fez com que ele me desse total atenção.

O puxei pela mão até a sala e nos sentamos no sofá. Ali estendi o aparelho desbloqueado para ele, já nas mensagens que havia informado.

Enquanto ele lia, eu podia ver sua fisionomia se alterando gradualmente.

— Puta que pariu! Que filho da puta!

Bem, Justin exprimiu em palavras o que eu estava sentindo.

ÓDIO LATENTE

JUSTIN

Eu estava puto. Existe um momento na vida de um homem onde ele sabe o limite de sua sanidade. A minha estava atingindo uma cota razoável, com os acontecimentos recentes. Ver as mensagens ameaçadoras do filho da puta, no celular de Ailleen me levou ao estopim.

— Eu vou matar esse cara, é isso — disse e levantei de um salto, caindo de volta no sofá quando ela me puxou bruscamente pela manga.

— Matá-lo não vai resolver nada.

— Desde que ele deixe de existir no mundo e nunca mais te perturbe, acredito que vá resolver, sim — respondi com irritação.

— Justin, eu acho que o que ele quer é exatamente isso. Me desestabilizar, entende? E está usando as armas erradas, porque... eu não vou cair na armadilha com o que ele está fazendo com meus pais — ela disse com uma voz entristecida. — Chego a me sentir um monstro falando isso, mas...

— Não, Ailleen, você não tem que se sentir dessa forma. Seus pais perderam o posto e o direito de receber seu amor quando fizeram de você uma moeda de troca, entendeu?

— Mas ainda assim são sangue do meu sangue, não é?

— E daí? Isso nunca vai justificar os atos que cometeram contra uma adolescente inocente e vulnerável, o que você era na época. Então esqueça a culpa, porra. O que estou mais preocupado é até onde ele pode chegar com as ameaças tecidas em suas palavras.

E aquilo era verdade. Porque eu tinha a impressão de que aquele maníaco não ia parar somente por ali. O cara provavelmente era um psicopata total, revestido de uma camada social que o deixava isento aos olhos da comunidade onde vivia. Mas ele mostrava claramente que sua obsessão seria suprida a todo custo.

E que custo seria esse? A segurança de Ailleen era essencial naquele momento. Estávamos isolados na minha cidade, mas se aquele merda conseguiu acesso aos dados celulares dela, qual seria a possibilidade de rastreá-la até ali?

Uma coisa que aprendi na Marinha era que nunca devíamos dar por garantido que estávamos completamente seguros. Em lugar nenhum. Sempre devíamos manter nossos olhos abertos e a mente focada ao redor. Era isso que salvava muitas vidas em uma operação. Era isso que garantia o retorno seguro do corpo tático RECON de uma missão.

Não era porque uma mulher e uma criança estavam sentadas calmamente em um banco de praça, como se nada de mais estivesse acontecendo ao redor, que indicava que aquela cercania estava segura. Provamos isso, certa vez, em Guadalajara, quando fomos fazer o reconhecimento de uma operação militar que havia dado errado e o corpo de fuzileiros foi enviado para checar o local. Dois fuzileiros navais estavam sendo mantidos reféns por um cartel de drogas, quando foram à paisana e cruzaram a fronteira.

Ao chegarmos ao lugar, o que vimos era apenas o que parecia uma pequena vila simples e carente, com casas caindo aos pedaços e a população mais esfomeada do que tudo. O Capitão Masterson tinha acabado de ingressar no grupo tático, e apontou que tudo estava tranquilo, mas meus olhos bateram exatamente nas figuras displicentemente assentadas no banco decadente.

Quando a equipe estava se preparando para seguir pela lateral, meu instinto mostrou que estava certo o tempo inteiro. A mulher que estava sentada não era uma simples aldeã, passando o tempo com seu filho. Ela estava mantendo a criança atada a ela, com um cinto de bombas-relógio, com o objetivo claro de impedir a passagem de quem quer que fosse por ali. Os traficantes usaram uma das mulheres e uma criança para guardar a entrada principal da *vila*.

Não é preciso dizer que retrocedemos por outro caminho, buscando uma alternativa diferente que pudesse poupar a vida daquele menino. Bem como da mulher. Não sabíamos se ela era uma vítima no esquema ou se era colaborativa por vontade própria, mas nossa meta era que nenhuma vida se perdesse.

Conseguimos concluir a operação um dia depois, buscando outro acesso. Entrando pela calada da noite, com a proteção da densa floresta tropical à volta.

Mas aquilo nos mostrou que o que parecia ser inocente, que poderia ilustrar um quadro qualquer, intitulado como uma dessas merdas vendidas em leilões caríssimos, pintados por artistas reconhecidos *pós-mortem*, algo como "mãe e filho na viela", na verdade não passava de um embuste. Não havia inocência alguma ali.

Então, eu precisava redobrar meus esforços e manter o foco e atenção concentrados nos planos que poderiam estar sendo desenvolvidos por aquele filho da puta que queria colocar suas mãos de volta em Ailleen.

GHOSTS

E enquanto houvesse fôlego de vida em mim, eu faria de tudo para impedir.

— Temos que redobrar sua segurança — afirmei.

— Eu me sinto segura aqui, Justin. Não tem como ele descobrir essa localidade.

— Celulares constam com modo de rastreio através das operadoras de telefonia — informei.

— Mas isso não é ilegal? Ele não precisaria de um FBI ou algo assim para conseguir essa informação? O celular tem um GPS, mas não é vinculado a nenhum aplicativo dele. Na verdade, nem sei como ele pode ter tido acesso ao número.

— Faço uma ideia. Você preencheu dados para resgatar o fundo fiduciário, não foi?

— Sim. O Sr. Lander me deu uma papelada imensa para preencher e creio que coloquei o número, mas não informei endereço.

— Pense, Ailleen. Basta o número do seu telefone. E mais. O número da conta para o qual o dinheiro foi enviado. Se Kendrick tiver sido engenhoso, ele pode muito bem ter orquestrado algum esquema e ter tido acesso a mais dados seus.

— Que dados, Justin? Não tenho mais nenhum!

— Carteira de identidade, motorista. Qualquer coisa que possa ser um entrave em uma nova incursão na sua vida. Pense. Na compra de um imóvel. Tudo ficaria vinculado à utilização desses documentos. Se ele dá um jeito de bloquear ou ter acesso a qualquer dado, comprometendo isso, ele passa a ter poder sobre você, porque vai detectar sua presença onde estiver.

E aquilo eu não podia permitir. Tinha que ter alguma serventia poder usar do fato de Ailleen representar a pátria como integrante de umas das corporações militares, sendo membro de um regimento respeitado e com um cargo que requeria sigilo ou no mínimo um tratamento diferenciado.

Aquilo era uma forma de dizer que poderia se utilizar o poder de maneira errada? Porra, sim. Mas tinha que haver uma forma de minar a influência de Kendrick. E qual melhor arma para se usar contra o fogo, do que o próprio fogo?

Influência por influência, que jogássemos a Marinha ou o próprio Departamento de Defesa na jogada. Eu poderia acionar alguns dos meus contatos... pode ser que meus miolos estivessem esquentando e soltando fumaça, porque perdi o foco momentaneamente e tive a atenção resgatada com um cutucão de Ailleen.

— Nem adianta colocar caraminholas na sua cabeça, entendeu? — falou e quando olhei para ela, o cenho estava franzido.

— Como assim?

— Tentar usar de algum poderio que você tenha ou tentar fazer algo contra a família Evans.

Eu a abracei, puxando-a para o meu colo. Ailleen resistiu em um primeiro momento, mas logo o corpo ficou lânguido e aceitou o meu carinho.

— Prometo que tudo o que estou pensando é em tentar parar o que quer que esteja em andamento. Esse homem não vai desistir, meu bem. O tom que empregou em suas palavras mostra isso. A obsessão está escorrendo por ali.

— Ele não tendo como me alcançar, suas ameaças ficam sendo apenas isso: ameaças vazias.

— Mas quantas pessoas você acha que ele poderá usar até te atingir?

— Não sei — ela respondeu com sinceridade. — E se avisássemos ao FBI, e dessa forma eles assumissem o assunto? Talvez pudéssemos encaminhar as mensagens e passar essa bomba, por assim dizer, pra que eles resolvam...

— Não sei se essa é a alternativa correta, mas vou averiguar.

Eu esperava que Ailleen blindasse seu coração. Porque tinha a impressão de que as ameaças daquele cara não parariam por ali, e precisava me preparar para proteger o que já sentia como sendo meu. Exatamente nessa intensidade. Pronome possessivo mesmo. Ailleen Anderson era minha.

E eu faria de tudo para mantê-la segura no exato lugar onde devia estar. Ao meu lado.

SEM VOLTA

AILLEEN

Kendrick passou a agir sistematicamente. E daquela forma, meu coração passou a bater erraticamente sempre que uma determinada hora do dia chegava e meu celular mostrava uma mensagem recebida.

Já haviam se passado dois dias da primeira mensagem e as fotos anexadas, mostrando o que ele estava fazendo com meus pais, ao que tudo indicava, em sua própria casa, aumentavam de intensidade no tratamento desumano que imprimia a eles.

Honestamente, passei pouco mais de cinco, seis horas, talvez, nem bem me lembro, nas mãos dos meus torturadores. Sabia o que havia sofrido. Embora naquelas poucas horas eu tenha apanhado muito mais do que provavelmente o que minha mãe estava recebendo em doses homeopáticas, ainda assim, era extremamente desgastante ver a situação em que ambos se encontravam.

> Não vou parar até que você volte e peça perdão... só assim você terá seus amados pais de volta!

Era irônico ele realmente pensar que eu ainda nutria sentimentos carinhosos pelos meus progenitores.

> Ailleen! Não adianta se esconder! Eu vou te encontrar... vai ser pior pra você manter esse joguinho de esconde-esconde... venha por bem e libero seus pais...

Mais daquelas mensagens chegavam, mais fotos vinham em anexo, mas somente ao final daquele dia é que as coisas começaram a tomar outro rumo. Uma reviravolta inesperada.

Bastou um telefonema. Apenas um. Para que algo em mim se acendesse como a chama de uma lamparina no meio da noite.

— Alô? — Atendi sem conseguir identificar o número, mas sem reconhecer como sendo de Kendrick.

— *Ailleen Anderson?* — uma mulher perguntou. Sua voz débil quase me fez perguntar novamente se ela estava procurando realmente por mim.

— Sim?

— *O-olá... eu acho que você não vai se lembrar de mim... mas não poderia me esquecer de você. E... e preciso da sua ajuda* — a mulher falou e percebi que chorava.

— Em que posso ajudá-la? E de onde você me conhece?

— *Eu fui a médica que a atendeu há cinco anos, no hospital em Myrtle Beach* — ela disse. — *Naquela noite... você se lembra?*

Meu coração trovejou de maneira intensa. As lembranças eram turvas daquele evento, mas não poderia me esquecer da mulher que me acolheu enquanto fazia o exame e registrava o estupro, preenchendo o papel que eu necessitaria, caso Kendrick e a família dele me ameaçassem. Fora ela, inclusive que administrara a dose da droga antiestupro que precisei tomar para me precaver de uma possível gravidez ou doença sexualmente transmissível.

— Ah... olá... doutora... me desculpe... eu não lembro seu nome.

— *Doutora Brenda. Brenda Kowalski* — ela disse. — *Eu emiti o laudo...*

— Eu sei. Disso me recordo... doutora. Mas... por que a senhora precisa da minha ajuda?

Aquilo era muito estranho. Se havia alguém que poderia necessitar da ajuda de alguém ali seria eu, dela. Não o contrário.

— *Ailleen... eu tenho uma irmã mais nova. Ela tem 20 anos. Na época em que tudo aconteceu com você, ela tinha apenas 15 e morava com meus pais, na Flórida. Mas quando se formou, resolveu viajar pelo país, antes de ingressar na faculdade* — começou a relatar.

Tudo beeem. O que aquela informação teria de tão importante?

— *Ela... ela estava morando comigo há alguns meses. Aqui em Myrtle Beach. Estava pensando em fazer faculdade em uma cidade próxima. Chegou a arranjar um trabalho na biblioteca local.*

— Okay...

— *Minha irmã se parece um pouco com você. A compleição física. Ela tem os cabelos escuros, ao contrário dos meus. Tem os olhos esverdeados. A pele clara. Tem um sorriso doce.*

Minha vontade era gritar para que a médica falasse logo qual era o motivo de sua ligação.

— Doutora Brenda... eu não entendo o que isso tem a ver comigo...

— *Kendrick Evans a sequestrou ontem e a está mantendo refém em sua casa* — ela soltou a informação de uma vez.

GHOSTS

Abri a boca sem acreditar.

Não era possível que ele chegasse àquele nível... seria?

— Mas... espera... se bem me lembro, a senhora não tem um irmão que é policial? O mesmo que foi chamado e chegou também a me orientar na época?

— *Sim. E meu irmão esteve no chamado em que você foi agredida quando esteve na cidade, algumas semanas atrás.*

Tentei forçar a memória porque mesmo em meu torpor daquela noite, minha atenção estava concentrada no policial idiota que tentara reverter a situação para o lado de Kendrick. O outro policial esteve o tempo todo do outro lado do quarto, tentando auxiliar o paramédico no atendimento do meu atacante. A memória do momento em que achei que poderia conhecê-lo de algum lugar veio como um *flash*.

— *Ele foi afastado do cargo. Por alguma razão. Greg começou a cavar informações sobre o ocorrido naquela noite, e quando o policial Dalton quis registrar a ocorrência contra a senhorita, meu irmão automaticamente buscou sua ficha e fez a ligação. Ele percebeu que ali havia alguma forma esquematizada para acobertar as ações de Kendrick e da família Evans. A cidade vive em prol e função deles e somos um território sem lei alguma, salvo a que eles ditam.*

Isso era verdade. Eu bem sabia.

— *Quando Virginia foi levada, ao sair do trabalho, Greg não imaginou que pudesse ter algo a ver com seu caso, mas então começaram as mensagens e envios de fotos* — ela disse e começou a chorar.

Céus. Aquilo era a porra de um pesadelo.

— O que ele fez, então?

— *Tentou ir atrás de Kendrick Evans para tirar satisfações. O próximo que sei é que meu irmão foi afastado das funções. E estamos de mãos amarradas, porque a polícia não entende e não vai agir para fazer absolutamente nada.*

Fechei os olhos sem acreditar no que estava vivendo naquele momento. Droga. Eu sabia que pisar os pés em terra traria problemas, mas não imaginei que fosse dar toda essa merda.

— O que Kendrick está exigindo de vocês, doutora Brenda? — finalmente perguntei.

— *Que eu entre em contato para que você veja em que situação ele vai deixar minha irmã...* — ela disse chorando. — *Eu... eu... sei o que foi feito a você. Como médica, através do juramento de Hipócrates, o que estou fazendo é tão errado que sinto vontade de vomitar... mas quem está pedindo ajuda é uma irmã desesperada, não a profissional que a atendeu anos atrás quando você ainda era uma menina. Meus pais são idosos, Ailleen. Eles não vão aguentar se algo acontecer com Virginia.*

— Onde está seu irmão nesse exato momento?

— *Tentando de alguma forma conseguir ajuda, mas estamos de mãos atadas.*

— Você pode encaminhar pra mim as mensagens que ele te enviou? — pedi e engoli em seco.
— *Sim.*

Mesmo na linha com ela, ouvi o celular zumbir anunciando a chegada das mensagens.

Abri a primeira.

> Querida Sra. Kowalski. Estou enviando esta mensagem para que a faça chegar às mãos de minha adorável noiva. A mesma que a senhora cuidou tão prontamente cinco anos atrás. Confiarei que preza pelo bem-estar de sua irmãzinha, então fará isso com a maior presteza, não é mesmo? Apenas encaminhe...

> Ela se parece com você, não é? Não é tão bonita... também não é tão apetitosa. Mas estou disposto a poupá-la se você vier por livre e espontânea vontade... estou disposto a até mesmo não usá-la, até mesmo porque parece que não terá o mesmo sabor que você teve para mim... Estou à sua espera. Não demore. A propósito... seus pais passam bem... por maus bocados, mas assim aprendem a não foder com parceiros de negócios. Um beijo, meu amor.

— *Você ainda está aí?* — a médica perguntou do outro lado da linha.

Coloquei o celular no ouvido imediatamente e respondi:

— Sim. Me desculpe. Eu vou ver o que posso fazer, doutora Brenda. — Cocei a ruga entre as sobrancelhas, tentando desfazer a pontada que começava a martelar aquele exato ponto.

— *Obrigada, Ailleen. Muito obrigada.*

Encerramos a ligação e apoiei os cotovelos no joelho, segurando a cabeça, sentindo o peso de toda a merda em que tinha se transformado minha vida.

Quando Justin chegou, me encontrou naquela exata posição.

— Ailleen? O que houve? — perguntou, largando as chaves na mesa lateral e vindo em minha direção.

— Justin... quanto tempo de treinamento RECON é necessário para se formar um fuzileiro especial? — perguntei e sorri ao ver seu cenho franzido.

— Um ano, talvez. Depende da evolução do fuzileiro, por quê?

— Porque acho que você terá que me treinar em tempo recorde.

— O quê?

— Quando você se envolve em uma missão, vai e faz o reconhecimento e executa os comandos que lhe foram passados, não é? — confirmei e esperei sua resposta.

— Quando eu estava na força tática, sim. O que isso tem a ver, Ailleen?

— Vou me enfiar no covil de Kendrick Evans e fazer o reconhecimento do território inimigo — falei. — Exatamente como um fantasma faria.

Justin arregalou os olhos e imediatamente se levantou do sofá.

— Não, você não vai! De forma alguma! O que está pensando? O que conversamos?

— Justin... o assunto deixou de ser o acerto de contas que ele tinha com meus pais, em uma tentativa débil de me atrair até ele. Como viu que isso não deu certo, Kendrick passou para outra tática.

— E qual foi?

— Ele sequestrou uma garota muito parecida comigo, irmã da médica e do policial que me atenderam cinco anos atrás. E está exigindo que eu vá ao seu encontro, em troca não fará com ela o que fez comigo.

Justin passou as mãos na cabeça, andando de um lado ao outro na sala. Ele estava sem palavras. Ou melhor. Dava para ver que ele estava com os pensamentos em polvorosa, mas não sabia equilibrá-los para pensar no que fazer.

— Okay. Vamos pensar por um instante — disse e passou as mãos bruscamente pelo rosto. — Porra... que pesadelo. Isso parece coisa de filme. Se eu não tivesse vivido boa parte da minha vida em meio a tanta violência, diria que esse tipo de merda só acontece em ficção, mas estou convicto de que pessoas más existem e estão no meio de nós. Esse Kendrick provou ser uma delas.

— Yeap.

Justin sentou-se na mesa de centro bem à minha frente e pegou minhas mãos.

— Conte-me tudo do início. Sem esconder absolutamente nenhum detalhe. Vamos pensar no que fazer.

Fiz exatamente aquilo. Relatei a ele desde o momento da ligação de Brenda Kowalski. Falei sobre as impressões do irmão dela, o policial que esteve na cena do ataque em Myrtle Beach no mês anterior, bem como cinco anos atrás.

Justin ouvia tudo atentamente, como o Oficial poderoso que era. Ali não estava mais o homem simples e comum que convivia comigo durante aquelas semanas. Ali estava o Major condecorado com honras militares. Seus olhos astutos e sagazes estavam entrecerrados, a boca fechada em uma linha rígida, uma carranca eternizada em uma feição de granito. O maxilar estava tão tenso que cheguei a ouvir os rangidos, temendo que algum dente quebrasse no processo.

— Agora você vai me ouvir. Não faremos isso de qualquer maneira, entendeu? Você não vai simplesmente chegar lá e entrar, como se fosse a coisa mais simples a fazer. Pois é exatamente o que ele está esperando. Vamos preparar o elemento surpresa.

— Que seria?

— Preparar uma equipe mínima de reconhecimento, ataque e ação. Porque se você acha que vai sozinha, está enganada. Qual é o nosso lema principal? — perguntou.

— Semper Fi.

— Exatamente. *Semper Fidelis*. Um companheiro sempre é fiel ao outro. Um nunca abandona o irmão. Em hipótese alguma. Este é o nosso diferencial.

— Mas não estamos numa missão militar oficial, Major — falei com um sorriso sutil.

— Não interessa. Uma vez fuzileiro, sempre fuzileiro. Você pode tirar o fuzileiro do campo de combate, mas nunca pode tirar o campo de combate do fuzileiro. Está no sangue, Ailleen.

Tudo bem. Eu daria aquilo a ele. Fomos forjados na Marinha, afinal. Escutávamos aquilo desde que adentrávamos pelo portão da base. Todos os dias. Jurando a bandeira. Jurando a pátria. O Hino. Mas havia algo muito mais intrínseco na força. Ali havia o sentido real de Corporação. Um defendia as costas do outro. Num sentido pleno de família.

— Somos dois — falei rindo. — Já podemos ser considerados uma pequena equipe?

— Com certeza. Mas acredito que acionar alguns contatos não vai fazer mal algum — ele disse, já pegando o celular.

Justin se levantou e discou para alguém que atendeu quase que imediatamente.

— Como anda o seu processo de recuperação? — perguntou. — Hummm... acredito que vou precisar de sua ajuda. Infelizmente sem seu apoio físico, porque não posso colocar em risco o que foi feito com você — disse e deu um sorriso sarcástico, olhando diretamente para mim. — Três semanas não são suficientes para curar esse tipo de lesão, Frankeinstein, você sabe bem disso...

Franzi o cenho sem entender com quem ele estava falando. Justin se virou para mim e deu uma piscada marota.

— Quem dos seus RECONs recebeu ordem de licença para descanso após a missão? — Justin pegou uma caneta e um papel. Começou a anotar freneticamente, resmungando no telefone ao mesmo tempo. — Hum... hum. Okay. Hum... hum-hum. Acho que só eles, está ótimo. Extraoficial. Civil. Hum-hum.

Revirei os olhos porque eu odiava ardentemente estar sendo deixada de fora da conversa, embora soubesse que Justin fosse me contar assim que encerrasse a ligação. O difícil era conter a curiosidade.

— Melhoras, Masterson. Continue fazendo o repouso adequado...

Oh... então ele estava conversando com o Capitão Masterson? O mesmo que eu havia costurado na missão? Dei um sorriso breve e recebi um olhar enviesado de Justin. Apenas dei de ombros.

Acabei me levantando do sofá e indo para a cozinha, deixando Justin encerrando o telefonema à vontade.

Estava pegando uma garrafa de água na geladeira quando o senti atrás de mim. Suas mãos foram automaticamente para meus quadris, me puxando contra seu corpo forte.

Comecei a rir, quase perdendo a garrafa no processo.

— Você se inclina assim, e espera que eu fique sem fazer nada? — perguntou com a voz rouca.

— Desculpa, Major. Não foi intencional — cacoei. Virei-me em seus braços e enlacei o pescoço forte, dando-lhe um beijo suave no queixo com a barba por fazer.

Agora que estava fora da base, ele mantinha a aparência um pouco mais desleixada. Como se estivesse de férias. Eu gostei bastante daquela nova faceta do meu Major. Já estava me acostumando a chamá-lo de *meu*, assim mesmo. Com essa possessividade.

— Está desculpada. Mas que isso não se repita. A não ser que você queira ser rudemente agarrada como foi — retrucou e beijou a ponta do meu nariz. — Teagan e Scott chegarão à base de Camp Lejeune o mais tardar amanhã à noite.

Arregalei os olhos em puro assombro. Ele havia destacado os dois para se enfiarem em uma missão não-oficial que poderia até mesmo custar suas carreiras?

— Justin... isso pode trazer probl... — Colocou um dedo na minha boca, me silenciando.

— São todos homens crescidos. Não estão fazendo absolutamente nada obrigados. Eles têm três meses de licença por terem saído em missão, e de uma forma ou de outra, precisam acatar um período de descanso compulsório, vamos dizer assim... — Justin passou a mão no meu cabelo, afastando-o do meu rosto. Em seguida, beijou a ponta do meu nariz. — Tanto os dois, quanto Colin e John, que integravam o destacamento do Capitão Masterson no reconhecimento da área no Iraque, são obrigados a dar uma pausa de recuperação. Como houve aquela intercorrência, tivemos alguns trâmites no meio do caminho, então são apenas papéis, ligações daqui e dali... que resultam em uma liberação rápida para dois pobres fuzileiros navais que estão há um tempo afastados da família e precisam se reconectar — disse com ironia.

Ergui uma sobrancelha.

— É sério. Depois de tudo resolvido, eles poderão ir para o Caribe, Maldivas, até para a Groenlândia, se quiserem. Haverá apenas um pequeno desvio para tomarem um sol em Myrtle Beach.

— Huuummm.

— Agora... me diga... o que vamos comer?

— Você só pensa nisso? — perguntei e ganhei de cortesia um belíssimo apertão no meu traseiro.

— Penso em outras coisas também. Com mais frequência do que em comida...

— Sério?

— Sério. Comer, transar e dormir. Não necessariamente nessa mesma ordem e sequência de ação. Às vezes o mesmo verbo pode se repetir várias e várias vezes... consegue captar o que digo?

Ao falar aquilo, Justin esfregou a protuberância óbvia que mostrava qual era o verbo que ele queria praticar naquele instante, e que havia deixado relegado para outro momento o ato de comer algo... comestível mesmo.

Sem dificuldade alguma ele me ergueu no colo – fazendo com que eu enlaçasse sua cintura com as pernas –, continuou distribuindo beijos ardentes pela coluna da minha garganta, atestando que eu levasse algumas marcas, com certeza, e seguiu rumo ao quarto.

Justin me depositou ali como se eu fosse um bem precioso. Embora tudo tivesse começado como um arroubo apaixonado, ainda assim, no momento em que nossos olhos se conectavam e a magia parecia acontecer, tudo se transformava em algo muito maior, de proporção quase cósmica.

Eu me sentia ora devassa, ora pudica quando estávamos juntos, mas sabia que com ele seria um constante aprendizado. A cada dia eu via um pouco mais de suas cores, nuances e desejos.

Justin Bradshaw mostrava com seu corpo tudo aquilo que muitas vezes se negava a dizer com palavras. Ele alegava não ser romântico, ser bruto e áspero, mas a cada vez que me amava, que percorria os dedos pela minha pele, demonstrava a candura com que me queria. Seu toque era como uma chama acesa queimando a cera de uma vela. Eu me derretia por dentro.

— Basta apenas que eu encoste em você... e isso acontece — ele disse com a voz rouca de desejo.

As mãos buscavam as curvas do meu corpo, percorrendo os músculos magros das coxas. Suavemente ele ia retirando peça a peça, todas as roupas que impediam que nossas peles se tocassem intimamente.

Deixei que meus dedos trilhassem as fibras de cada músculo forte que podia distinguir em suas costas, passei pelos bíceps, tríceps, até fazer com que nossas mãos se conectassem e os dedos se entrelaçassem.

Ele me beijou com tanta ânsia naquele instante, que achei que pudesse sucumbir ao momento. Era tudo muito intenso.

— Justin... — sussurrei seu nome em um ofego contra sua boca.

Não foi preciso falar mais nada. Ele assumiu o comando e me levou a navegar nas ondas revoltas de um êxtase que chegou como um tsunami impiedoso, arremessando nós dois no mesmo lugar: no paraíso.

Naquele quarto, os problemas estavam esquecidos, porque tudo o que eu sabia era sentir. As emoções que dominavam minha mente eram tão intensas que por um instante apenas sonhei que nada de ruim poderia nos atingir, desde que nos mantivéssemos juntos.

OPERAÇÃO SIGILOSA

JUSTIN

O dia seguinte chegou com a promessa de algo fugaz. Ailleen adormeceu em meus braços logo depois que fizemos amor de maneira apaixonada. Observando-a dormir, preferi buscar algo leve para que ela comesse, antes de voltarmos para a cama outra vez para nos preparar para a viagem que faríamos de volta à Carolina do Sul.

Liguei para o meu pai avisando-o do imprevisto, mas não quis informá-lo do objetivo de nossa ida repentina. Sabia que meu velho ficaria preocupado e não havia motivo para aquilo. Minha meta era usar meus anos de Operações Táticas e aplicar na missão à qual estávamos engajados, além de enfiar alguns golpes na cara do filho da puta, Kendrick Evans. Seria ótimo se toda aquela merda reverberasse também para os pais de Ailleen. Dessa forma ela poderia finalmente se ver livre do passado e seguir em frente sem nenhuma amarra ou ameaça futura.

Entrei no quarto e a vi arrumando algumas mudas de roupa na mochila.

— Basta levar o essencial. Não pense que vamos nos hospedar na casa daquele imbecil e tomar um chá, certo?

Ela riu e revirou os olhos.

— Sim, senhor. Senhor.

Lembrei-me da primeira vez em que ela entrou na minha sala no porta-aviões e manteve a atitude séria e formal. Agora vivíamos uma realidade completamente diferente e aquilo provavelmente seria um choque para Teagan e Scott. Ninguém sabia do meu envolvimento com Ailleen, mas com certeza teriam conhecimento em breve. Eu não deixaria nada oculto e a assumiria diante de qualquer batalhão, regimento, esquadrão, o que fosse.

Ela era minha. Eu ainda não havia externado meus sentimentos abertamente, assim como ela. Mas achava que com o tempo ambos nos sentiríamos à vontade para identificar o momento.

Por diversas vezes, enquanto a segurava contra meu peito, durante o sono, sussurrei que *achava* que a amava. Achar é apenas um verbo sem sentido que denota medo em admitir o real sentimento, porque a partir do momento em que você assume a coisa toda, seu coração passa a estar sob o controle de outra pessoa. É um poder que você simplesmente dá a outrem.

Na verdade, amar alguém é o maior risco que você pode correr. Nunca vamos saber quando a vida vai levar aquela pessoa de nós e um evento como esse pode impactar em toda a forma de amor que você dedica àquela pessoa. Talvez por isso muitas pessoas se segurem e não se permitam entregar totalmente. Por medo. Puramente.

Porque, amar... amar é perder o controle. Não somente transmiti-lo a outro alguém. Mas perder o controle total.

E eu estava naquele nível. Como em um navio sem manche, ou timão. Porra... era como estar na proa do meu porta-aviões, rumando contra um Iceberg. Então, eu podia sentir que meu destino era uma possível repetição do Titanic. Não havia volta. Eu era um náufrago, perdido de amor por Ailleen.

Ou sendo um pouco mais bélico, era como estar à espera de um torpedo captado pelo sonar. Você sabia que seria atingido e destruído a qualquer instante. Então bastava apenas aguardar, porque não havia para onde correr.

E puta merda... toda aquela litania e vibração melodiosa de um homem apaixonado me acometeu durante noites e noites insones. Enquanto eu a mantinha aquecida entre meus braços.

Então... foda-se. Sim, eu estava me sentindo um pouco piegas.

Mas a expectativa de uma missão onde a vida dela poderia estar em risco havia me deixado daquele jeito.

Assim que tudo acabasse. Quando conseguíssemos resgatar a garota que estava sendo mantida em cativeiro, quando conseguíssemos descobrir o que realmente estava acontecendo com os pais dela e tivéssemos uma resolução para todo aquele imbróglio, meu destino com Ailleen seria selado de maneira definitiva.

— Por que você está me olhando assim? — ela perguntou ainda segurando uma blusa na mão.

Cheguei perto e a abracei.

— Nada. Apenas pensando.

— Quando você pensa muito, sabia que seus fios loiros quase se arrepiam?

— Sério? Que interessante...

Ela riu e conseguiu escapar do meu agarre. Em seguida ficou séria. Inclinei a cabeça, olhando-a atentamente.

— O que houve? — perguntei.

Ailleen se sentou na cama, segurando a camisa contra o peito. Suspirou como se estivesse cansada e afastou o cabelo do rosto.

— Eu só queria uma vida normal, entende? Estava feliz na base. A vida militar me levava na inércia e eu ia seguindo. E pra mim, tudo estava ótimo. Então, agora estou aqui e vislumbrei, pela primeira vez, um sentido de algo comum — ela disse e ajoelhei à sua frente, passando as mãos em suas coxas. — Agora tudo está uma bagunça.

— Vai ser resolvido, meu bem.

— Justin, eu *estava* começando a me equilibrar. Agir como uma mulher simples, que levanta, faz comida, um exercício aqui, outro ali, ajeita a casa, para nesse meio-tempo e liga para as amigas... — Suspirou e fechou os olhos. — Estou com saudade delas, por sinal. E agora vamos nos enfiar em uma missão que nem sei como vai terminar...

— Ei! Vai terminar com 100% de sucesso porque não vamos permitir nada além disso, Ailleen. Não vá por esse caminho. Se você está com saudade das suas amigas, por que não telefona para elas? — perguntei.

— E vou dizer o quê? Antes eu poderia dizer: Oi, meninas... estou contemplando as montanhas e daqui a pouco vou tomar um ar. Agora o discurso será outro... algo como: Então, garotas... estou dando uma ida rápida à minha cidade natal para dar uma lição a um filho da puta, já até ajeitei as armas que vamos levar...

Tive que rir de seu drama.

— Você não precisa ser tão verbal. Diga apenas que está bem.

— Não consigo mentir.

— Então apenas mande uma mensagem. Fale que está em uma viagem... em busca de conhecimento.

— Conhecimento de quê? — perguntou rindo.

— Sei lá... não especifique. O conhecimento pode ser variado. Pode ser das técnicas de abordagem militar das forças especiais, mas não precisa dizer isso. Pode ser o conhecimento de onde o filho da puta escondeu a refém, mas também não precisa revelar esse detalhe... — falei e beijei seu queixo ao me inclinar para frente. — Ou você pode apenas dizer que é um conhecimento profundo do cara com quem você está saindo...

Ela riu e enlaçou meu pescoço.

— Não disse que estamos juntos.

— Por quê?

— Não sei. Talvez esteja evitando a zoação ou os gritos de torcida que serão ouvidos desde longe, lá do porta-aviões. Aquelas duas contarão para a Marinha inteira.

Eu ri de seu embaraço.

— Deixe que saibam. Eu não me importo.

E não me importava mesmo. Nem um pouco.

— Vou pensar o que falar.

— Faça isso, coração.

Deixei-a finalizando sua tarefa e fui cuidar das minhas. Peguei tudo o que seria necessário e coloquei em cima da bancada do armário.

Guardei meu traje negro dentro da mochila militar que levaria, conferi o pente das armas, duas Colt M45A1, peguei mais munição e inseri no suporte específico do traje que usaria para entrar na mansão dos Evans.

Atrás do *closet*, abri o compartimento secreto que revelava uma parede oculta onde eu guardava meu equipamento de quando era um RECON. Foda-se... uma vez RECON, sempre RECON. Podia não estar na ativa como fuzileiro naval de Operações Especiais Táticas, mas recebi e alcancei cada posto e medalha ao mérito por esforço e sangue derramado à pátria. Nada mais justo que meus "companheiros" em cada missão continuassem comigo. Porque eram meus, porra. Todas as armas e equipamento usados eram designados especificamente ao Oficial que as mereciam.

Fiquei na dúvida se pegava meu rifle MK11 ou o M14 e acabei optando pelo segundo, por nenhuma razão especial, salvo a exceção de ter sido o último que usei.

Peguei o cinto de munições, coloquei na mochila tática, bem como dois pares de óculos de visão noturna.

Virei ao ouvir o assovio de Ailleen.

— Uaaau... se não é o sonho de consumo de todo amante de armas — ela disse admirada, olhando ao redor.

Ela estava com as mãos nos quadris e fiz o mesmo. Olhei para meus pertences que simbolizavam tudo aquilo que já fiz na força. Meu passado estava impresso ali. Poucas vidas contabilizei sendo exterminadas com um tiro disparado por um dos meus rifles, mas não hesitaria em usá-lo, se necessário fosse, naquela ocasião.

Não vou dizer que não liquidei alguns elementos com as próprias mãos porque estaria mentindo. A operação de resgate de Ailleen era prova viva disso. Matei a sangue frio e faria novamente. E aquele mesmo espírito vingativo estava coabitando meu corpo naquele exato instante.

— Não se pode tomar os bebês de um homem — zombei.

— Bem... não de um tão gabaritado quanto você, não é, Major? — ela disse com orgulho na voz. Meu lado macho alfa estufou o peito com galhardia porque era ótimo sentir-se mais do que admirado pelos seus feitos, pela mulher que você amava.

— Nem entrei nesse mérito. Mas uma vez RECON, sempre RECON. Vale para o *Semper Fi* elevado ao cubo — brinquei.

— Entendo. É ser um fuzileiro mais fodão de todos — ela disse e me abraçou. — Menos do que os Seals. — Começou a rir.

— Outra vez isso, mulher? Você não tem medo de levar umas palmadas no traseiro?

— Desculpa. Escapuliu.

Peguei a mochila e saí do *closet*, com um braço sobre os ombros dela.

— Bem, estou pronto. E você?

— Também.

— Como suas armas viraram história, esta Colt M45 vai passar a ser sua amiga do peito — entreguei a pistola bege em sua mão. — Eu sei que você tinha uma Beretta, mas, por favor... esqueça isso. Agora você tem em mãos uma pistola de verdade, dos RECON, então sinta-se privilegiada, acaricie esta belezinha e faça amizade com ela — zombei. — Vale até você imaginar que está acariciando outra coisa. Hummm... não. Melhor, não. Isso vai me dar ideias. Que vai levar a outras coisas. E nunca sairemos daqui.

— Major... você é um tarado — ela respondeu bufando.

— Já disse quais verbos fazem parte da minha vida, meu bem.

— Percebi qual você conjuga de maneira constante, sinalizando suas verdadeiras intenções.

— Sempre que você se aproxima. Então, por favor. Nada de fazer carinho nessa pistola, ou agora eu posso acabar meio que ficando enciumado.

Ailleen revirou os olhos e me deu um beijo estalado na boca.

— Bobo.

— Já está com a trava de segurança, e o carregador de munição está aqui, mas quero crer que não vamos precisar. Digamos que estamos apenas sendo... precavidos.

— Certo. O velho lema de "melhor pecar pelo excesso, do que pela falta" — ela disse e franziu o nariz.

— Exatamente, coração. — Dessa vez eu retribuí o beijo, puxando-a pela trança que pendia do alto do rabo de cavalo. — Já disse o quanto fica gostosa com essas roupas?

— Que roupas? Jeans e regata? — Ergueu a sobrancelha de maneira cética.

— Você está muito sexy. Pra caralho. Bem Tomb Ryder. Angelina Jolie perde de dez a zero pra você.

— Bom... já vi que você é tarado, bobo e exagerado. Major... você me surpreende a cada dia — falou e me abraçou.

— Até eu estou surpreso, coração. Até eu.

E aquilo era verdade.

Nossos olhos ficaram conectados por um tempo imenso até que a magia se quebrou com o toque do meu celular.

Peguei no bolso e atendi sem olhar.

— Teagan...

— *Major... que agradável surpresa receber um convite de férias ocasionais com um belo desvio pelas praias da Carolina do Sul* — disse ironicamente.

Ri baixinho antes de responder:

— Então... acho que você vai adorar o lugar, tenente. Vai poder usar seus óculos, esticar os braços em longo alcance... deitar na grama. Atividades muito interessantes que farão um bem imenso à sua alma.

A risada dele encheu o ambiente e tive que tirar o celular do ouvido. Ailleen acenou a cabeça e sorriu também.

— *Bem, eu e Scott vamos adorar desfrutar desse momento ioga.*

— Nos encontramos em Jacksonville? — perguntei.

Não queria dizer o nome específico do Camp Lejeune, para não caracterizar um encontro fortuito, o que efetivamente estávamos fazendo, claro.

— *Claro. Tem um pub irlandês por lá que estou doido pra conhecer.*

— Ótimo. Quando chegam?

— *Estaremos na esquina da 12, no Pub Jeu, exatamente às 18h* — ele disse. — *Leve o protetor solar. Estamos ansiosos pelo passeio.*

— Com certeza. Só não espere que seja eu que passe nas suas costas.

— *Pena. Mas certeza que descolo uma mulher gostosa por lá pra fazer isso por mim* — completou.

Desliguei a ligação e franzi o cenho. Que não fosse minha mulher, estava ótimo.

Saímos de Fayeteville ainda pela manhã e pegamos a estrada para seguir num ritmo calmo e sem estresse. Embora estivéssemos com pressa de solucionar o problema, ainda assim, sabíamos que não adiantava fazer as coisas sem planejamento.

Quando encontrássemos com Teagan e Scott em Lejeune, assim que eles chegassem do voo do porta-aviões, já seguiríamos direto para um Motel 6 que ficava a cerca de trinta minutos de distância dali.

Faríamos nosso "quartel-general" onde explanaríamos toda a situação aos dois, mesmo que Masterson tenha já deixado avisado que eles estão se embrenhando em uma missão extraoficial e que poderia acabar jogando merda no ventilador. Dependendo da repercussão, poderíamos até mesmo enfrentar uma Corte Marcial, mas já havia acionado meu contato com o General Stuart, então estava me resguardando.

O grande inconveniente da situação era o fato do pai de Ailleen ser um representante da Carolina do Sul, na cadeira do Senado, o que o colocava em um foco político evidente. Ali estava a grande complicação.

Fazer Kendrick Evans e o pai milionário sumirem como se nunca tivessem existido era fácil? Fichinha. O Governo Americano era regado de grupos de Operações Especiais, bem como Grupos de Operações Fantasmas, que executavam serviços que deviam passar na surdina dos cidadãos de bem. E o Governo precisava passar incólume.

Muitas missões orquestradas pelo Governo eram fechadas a sete chaves, desenvolvidas e nunca questionadas e sequer chegavam ao conhecimento do público. Exterminar um possível alvo que poderia colocar a nação em perigo? Óbvio que aquilo era feito. Quem as pessoas achavam que faziam isso? Os Grupos de Operações Especiais. Mais precisamente, os Seals, os fodões que Ailleen tanto admirava, que respondiam diretamente ao Presidente.

Algumas missões eram veiculadas, especialmente se o sucesso fosse mais do que garantido. Depois do atentado de 11 de setembro, quem os americanos achavam que se enfiaram em uma operação a mando do Governo Americano para exterminar Osama Bin Laden? Os fuzileiros Navais, membros da Marinha Americana dos Estados Unidos, integrantes do melhor Grupo Tático de Operações Especiais do mundo: os Seals. E, sim. Eu tinha que dar o braço a torcer e dizer que os caras eram realmente superiores em muitas coisas, mas como falado antes... Cada grupo de *Ops* era constituído de forças e habilidades específicas, e o que eu integrei por quase nove anos não ficava tão aquém. Até mesmo porque fazíamos parte da mesma corporação, porra. Éramos da Marinha. Nosso lema era o mesmo. *Semper Fi* até morrer.

Depois de parar em alguns postos de conveniência ao longo das mais de sete horas de viagem, conseguimos achar o Motel 6 onde nos instalaríamos antes de buscar Teagan e Scott em Camp Lejeune.

Isso era quase final da tarde. O celular de Ailleen já havia recebido duas mensagens do filho da puta, com um amor obsessivo declarado, ameaças veladas e tudo mais. Mas aquele telefonema parecia ser da tal médica.

— *Ailleen?* — Ailleen colocou o celular no viva-voz de modo que eu pudesse acompanhar a conversa.

— Doutora Brenda, como vai?

— *Ai-ailleen... você pensou no que te pedi?*
— A senhora diz sobre a ajuda que me solicitou?
— *Sim?*
— Estou a caminho de Myrtle Beach, doutora. Mas gostaria que não informasse nada a Kendrick ou o deixasse saber. Nem mesmo seu irmão.
— *Oh, meu Deus... muito obrigada...* — Eu podia detectar o tom de desespero e agradecimento na voz da mulher.
— Assim que puder, farei contato.
— *Deus te abençoe.*
— Amém.

Nós realmente esperávamos que Deus estendesse sua proteção contra essa operação sigilosa que estávamos desenvolvendo para resgatar alguém que nem mesmo conhecíamos.

Mas se a consciência de Ailleen dependia disso, e se sua vida também estava atrelada a uma atitude drástica como essa para que se visse, finalmente, livre... então era assim que teria que ser.

Encararíamos como uma operação militar cujo alvo deveria ser neutralizado. Por mim, seria abatido por completo. Exterminado da face da Terra.

ENCONTRO FURTIVO

AILLEEN

Ser inserido no meio militar tinha vantagens interessantes. Uma delas era a disciplina com os horários. E se havia uma coisa que Justin Bradshaw podia ser chamado, era de disciplinado e pontual. Às 18 horas estávamos no centro de distribuição do terminal de cargas do Camp Lejeune, sentados confortavelmente em um sofá, tomando café, na companhia de dois sargentos da Marinha.

Enquanto ele jogava conversa fora com os homens, entrei em uma conversa à toa no grupo de WhatsApp que passei a compartilhar com Anya e Carrie. Eu estava nervosa, não sabia o que fazer com as mãos e para evitar roer as unhas que já eram curtas, resolvi passar o tempo apenas tentando saber notícias.

> Ei, garotas, como estão?

> Anastacia: Tédio total aqui. Uma porcaria. O tenente mais gato do porta-aviões deixou a base náutica, logo, não pude dar uns pegas bem dados nele...

> Carrie: Mesmo que você quisesse, não conseguiria, sua imbecil. Onde faria isso? Atrás do armário de suprimentos bélicos?

> Anastacia: É uma ideia... você já esteve lá, Carrie... sua safada...?

> Carrie, Carrie... essa sua pergunta colocou você em maus lençóis... rs.

GHOSTS 171

> Carrie: Oh...oh... foi mal. Mas, então. Como você está, Ailleen? Já deu muito aí em terra?

Quase engasguei com a pergunta. Aquelas duas não tinham filtro algum. Olhei ao redor para ver se Justin estava prestando atenção em mim. Não. Continuava atento ao papo com os caras do hangar 12.

> Minha nossa, Carrie. Que pergunta horrorosa!

> Anastacia: Você tem sorte que ela foi sutil. Ela poderia ter colocado algo que eu colocaria, tipo: já fodeu ou foi fodida?

> Hahahahahaha...

> Carrie: Viu? Sou uma pessoa muito bem-educada.

> Digamos que estou ótima.

> Anastacia: Uuuuhhhh... sinto vibrações daqui! Deu até uma marola que agitou o porta-aviões... você sentiu, Carrie?

> Carrie: Não. Estou, no momento, fazendo serviço burocrático, enfiada dentro do escritório do Primeiro-tenente. Droga. Ele voltou. Tenho que fingir que estou trabalhando. Amo vocês, vacas!

> Se cuida, Carrie. Saudades.

> Anastacia: Conte-me, conte-me! Não... espera... não vou ser egoísta e ficar fofocando sabendo que a Carrie vai se roer de vontade de participar da conversa e não pode. Okay... nos conte tudo depois, tá? Vou voltar para o que estava fazendo.

> E que era o quê?

> Anastacia: Lendo, ora essa. Putaria, obviamente. A saudade do tenente está sendo muito forte. Como tive folga, estou aqui na companhia do meu kindle e fingindo que o Gatorade de uva é um vinho gostoso.

> Você não presta, Anya.

> Anastacia: Presto sim... se cuida, mulher. Dê notícias e volte para nos contar sobre esse estado "ótimo" em que você se encontra... :)

> Pode deixar. ;*

O avião de transporte havia acabado de pousar e estava abrindo as portas traseiras no exato instante em que Justin olhava para fora. Alguns fuzileiros desciam conversando com suas mochilas jogadas displicentemente sobre os ombros.

Avistei Teagan e Scott ao longe, rindo de alguma coisa que outro fuzileiro dizia. Justin se levantou do sofá, olhou para mim e despediu-se rapidamente dos homens ao nosso lado.

Quando chegamos à frente de Teagan e Scott, ambos levaram apenas dois segundos para me catalogarem ao lado do Major. Bem como a mão que segurava firmemente meu cotovelo.

— Ora, ora... se não é a Oficial Anderson em pessoa... É uma visão? Uma miragem? Desço do avião e já dou de cara com essa beldade experiente com a arte do corte e costura? — Teagan perguntou sorrindo.

Antes que eu me desse conta, ele me puxou para um abraço, quase esmagando minhas costelas no processo.

— Ei! Deixe um pouco pra mim! — Scott resmungou.

Mudei de braços como uma boneca e senti que meu rosto estava vermelho de puro embaraço.

— Se os três já terminaram a demonstração de afeto, será que podemos seguir? — Justin perguntou e o tom de sua voz indicava plenamente a irritação contida.

Voltei o rosto para encará-lo, mas ele já havia se virado para ir embora.

Teagan colocou um braço sobre meu ombro, me guiando para sairmos do terminal de cargas. Scott seguia ao meu lado, falando coisas aleatórias.

— Há quanto tempo está por aqui, Anderson? Já está pronta para retornar ao porta-aviões? Sua licença não é de dois meses?

— Percebeu que fez três perguntas e nem ao menos me deu tempo para responder a nenhuma delas? — respondi brincando.

— Deve ser a surpresa e a saudade desses seus belos olhos.

Bufei e comecei a rir, atraindo a atenção de Justin, que se virou para trás, lançando um olhar enfurecido na minha direção. Percebi claramente quando ele registrou o braço de Teagan pousado possessivamente sobre mim, como se ali fosse seu lugar.

Tentei me afastar discretamente, mas a conversa entre os dois fuzileiros seguia alheia à minha troca de olhares com um Justin ressentido e possivelmente enciumado. Era aquilo que eu via em seus olhos? Ciúmes?

Embora fosse extremamente lisonjeiro, ainda assim eu achava que não havia necessidade de tal reação, já que nunca dei corda ou demonstrei outro comportamento permissivo em relação a nenhum fuzileiro sob seu comando. Eu entendia que os dois que estavam me espremendo como se eu fosse um recheio de sanduíche acabaram desenvolvendo alguma espécie de carinho por conta dos eventos que sucederam ao meu resgate. Apenas isso.

Quando chegamos ao prédio onde Teagan e Scott assinariam o documento confirmando o tempo de licença, Justin me puxou para um canto enquanto ambos resolviam suas pendências.

— Você tem que ficar tão próxima deles?

Dei um sorriso apaziguador e passei a mão discretamente em seu braço, olhando o tempo todo ao redor. Embora estivéssemos do lado de fora, ainda assim estávamos nas cercanias de um prédio militar.

— E você tem que ficar com essa cara emburrada?

— Percebi que não gosto das liberdades que outros Oficiais parecem ter com você — admitiu.

— Eles não têm liberdade comigo, Justin. Eles conquistaram minha amizade, como conquistei a deles. Apenas isso — rebati.

— Teagan não hesitaria em mudar o perfil dessa suposta amizade, Ailleen — afirmou em teimosia.

— E você está sendo bobo e ciumento por nada.

— Não é por nada, só não gosto de deixar margem para possibilidades — disse de maneira enigmática.

Franzi o cenho sem entender o que ele estava falando, e só alguns instantes depois é que fui compreender a veracidade e intensidade de suas intenções.

Quando Teagan e Scott estavam chegando ao nosso lado, Justin simplesmente me puxou para os seus braços e me deu um beijo de revirar os dedos dos pés.

Assim. Sem mais nem menos.

Na. Frente. Da. Porra. Da. Base. Inteira.

E não foi apenas um beijinho singelo e sutil. Foi um beijo envolvente, que não dava chance de dúvidas à mente das pessoas se o casal ali com as línguas entrelaçadas estava envolvido ou não. A resposta era um SIM bem gigante e em *Caps Lock*. Ou em Neon.

Ainda bem que ele teve a decência de continuar me segurando, porque quando se afastou abruptamente, eu estava sem fôlego. E quase caí para trás. O que me manteve de pé foram seus braços.

— Uaaaau... se essa não foi a demonstração mais empírica já vista na história desse país. Nosso Major mostrando na prática que a teoria de um beijo ardente nas dependências do Governo pode fazer arder labaredas nos olhinhos dos pobres soldados americanos que acabam de chegar de longos meses de implantação — Teagan disse com zombaria.

— Eu acho que foi mais uma afirmativa na sua cara pra deixar de ser besta e parar de mexer no que já tem, aparentemente, dono — Scott complementou.

Revirei os olhos, porque homens eram machistas ao extremo. Eu não era um objeto para ter um dono. Não era um cachorrinho adestrado que necessitasse de carinho e da mão ou da coleira de alguém para me guiar. Eu era dona de mim mesma.

Mas é óbvio que vou ter que admitir que o beijo de Justin Bradshaw tirava minha habilidade de pensar, então nem consegui articular as palavras decentes para rebater os argumentos dos idiotas.

— Isso foi apenas para dizer que eu e Ailleen estamos juntos, então é melhor que vocês mantenham as mãos bem longe. Já mataram saudade? Ótimo. Mantenham-se a uma distância razoável, respeitando o espaço pessoal da minha mulher, e está tudo resolvido — falou com um sorriso de escárnio.

— Acabou o concurso de cuspe?

Os três se viraram para mim com cara de assombro.

— Não seria concurso de mijo, meu bem? — Justin perguntou.

— Eu sou uma dama. Logo, vou abolir a prática onde vocês tenham que tirar pra fora aquilo que carregam dentro da calça e evitem passar vergonha tentando descobrir quem tem maior do que quem — falei e ganhei um beliscão de Justin —, então vou optar pelo concurso de quem cospe mais longe, okay? É bem mais delicado e sutil.

— Vocês, mulheres, conseguem estragar uma brincadeira com uma frase apenas — Teagan disse balançando a cabeça. — Mas nunca brinquei de quem cospe mais longe... É legal?

Revirei os olhos novamente e puxei Justin em direção ao carro.

— Argh... vamos embora. Temos uma missão pra organizar.

Justin deu de ombros para os caras e, dessa vez, assumiu o posto que

Teagan tinha usurpado momentos antes. Ele me abraçou de maneira possessiva, aplicando um beijo na minha cabeça e virando-se com um sorriso vitorioso para os dois fuzileiros que apenas riam atrás de nós.

Acho que nem preciso dizer que sorri consternada, logo depois de bufar de forma nada elegante.

— Então... deixe-me ver se entendi... — Teagan falou enquanto mastigava o sanduíche imenso do McDonalds. O segundo, na verdade. Aparentemente, ele estava com bastante saudade da rede de lanchonetes... — Ailleen precisa entrar no covil desse elemento, Kendrick, que domina essa cidade praiana, Myrtle Beach, e tentar resgatar a moça, Virginia Kowalski, que está sendo mantida refém, é isso?

Acenei afirmativamente.

— Mas o que o cara quer é que você se troque por ela, de acordo com as mensagens que vem recebendo... Estou acompanhando? — averiguou.

— Exatamente.

— O que não vai acontecer — Justin entrou na jogada. — Ailleen quer chegar e bater à porta do idiota, alegando que está ali para ser trocada pela moça. Mas não creio que essa seja a solução.

— Porra... eu também não. Esse cara está te atraindo para uma teia de aranha — Scott emendou. — Se já não tiver feito algo pior com a moça, é capaz de querer neutralizar você ali para mantê-la subjugada, Ailleen. Se ele tem o poderio na cidade, por conta da família, como você afirma, não sabemos se conta com homens de segurança ou qual o tipo de pessoas que estão sob o seu serviço.

— Eu sei. E é por isso que Justin acha melhor que façamos tudo como uma Operação de reconhecimento e resgate da vítima. A meta é descobrir onde ela está sendo mantida e tentar retirá-la de lá.

— Se depararmos com o filho da puta no processo, fica abolida nossa lei máxima de quanto menos tiros disparados, melhor — Justin disse de modo sombrio. Olhei para ele imediatamente.

— Justin, eu já disse que não quero complicações nem pra você ou para os caras.

— O Major deve saber o que está falando, boneca. E estamos nessa, com certeza. O cara está com uma garota de 20 anos contra a vontade dela?

Foda-se. Vai comer terra. Se tiver feito algo mais? Então... não nos responsabilizamos por um disparo acidental dos nossos rifles. Pode ter sido um espasmo quando nossos dedos estavam posicionados no gatilho... nunca se sabe — Teagan disse ao terminar de comer o sanduíche. Arremessou o embrulho do mesmo, no cesto de lixo que ficava no outro canto do quarto.

— Quando iremos, Major? — Scott perguntou.

— Hoje mesmo podemos nos instalar em Myrtle Beach. Durante a madrugada já faremos uma varredura de reconhecimento nas redondezas de onde a mansão dos Evans está localizada — Justin disse. — E ainda há outra coisa...

Abaixei a cabeça, pois sabia que aquela parte do meu passado teria que ser revelada em algum momento. Ainda mais porque Teagan e Scott estariam arriscando suas carreiras, se não suas vidas, por minha causa. Aquele rolo épico era porque eu os envolvi mesmo sem que eles estivessem sabendo.

— O pai de Ailleen é o Senador Jacob Anderson, e ao que parece, teve sua cota de tortura recentemente pelas mãos, ou do próprio Kendrick, ou de seus homens. O Senador e a esposa, a mãe de Ailleen — ele informou.

— Porra... — Scott disse, estendo-me a mão em um gesto de apoio.

— Mas não precisa sentir nenhuma espécie de empatia pelo casal de filhos da puta, Scott. Os dois levaram, se não estiverem ainda levando, o que mereceram. E receberão um castigo muito pior, porque a missão não se estende somente aos Evans.

— O quê? — Aquela pergunta quem fez fui eu.

— Não se mata a cobra sem destruir o ninho. Kendrick pode ser nosso alvo principal, mas tudo começou da residência dos Anderson — ele disse olhando diretamente para mim, pedindo minha permissão. Tivemos um embate silencioso apenas com o olhar antes que eu acenasse afirmativamente com a cabeça. — Há cinco anos os pais de Ailleen alimentaram a obsessão da pior forma que vocês podem imaginar.

— O que eles fizeram, Ailleen? — Teagan, sempre brincalhão, perguntou agora com um tom sério.

— Os pais dela a venderam a Kendrick Evans.

— O quê? — Scott perguntou chocado.

— Você está de brincadeira? — Teagan questionou.

— Não. Por um milhão de dólares. O filho da puta abusou fisicamente de Ailleen na noite de formatura, alegando que estava apenas cobrando o prêmio que havia sido pago aos Anderson — Justin disse e me abraçou. Eu estava tremendo agora. Olhava para baixo, com vergonha daquele passado.

— Filhos da puta!

— Exatamente o meu pensamento — Scott emendou.

— Então, senhores... vejam lá. Há uma lição a ser dada aos Evans.

Tanto ao filho, quanto ao pai, Auburn Evans, que acobertou a doença do psicopata e, além de custear, também esteve presente durante toda a transação cinco anos atrás. Mas também faremos uma visita aos Anderson... porém — Justin falou e levantou meu queixo para que eu o olhasse bem nos olhos — vamos acertar as contas com o passado de Ailleen e vingá-la da forma que somente os fodões de Operações Especiais podem fazer.

Quando ele disse aquilo, um sorriso sarcástico estava pairando em seus lábios. No mínimo ele estava se referindo à minha sempre tão aclamada idolatria aos Seals.

— Ooh-rah, Major — Teagan disse e bateu os punhos com Justin.

— Ooh-rah — Scott fez o mesmo e replicou o cumprimento.

Os três olharam para mim, como se estivessem à espera de algo.

— O quê?

— Estamos esperando você fazer o mesmo. É ou não companheira de equipe? Fuzileira naval da Marinha Americana e que pode ostentar esse título com orgulho? — Justin disse com um sorriso.

Senti meus lábios se esticando em um sorriso amplo e uma sensação de profundo contentamento encheu meu peito.

— Ooh-rah! — gritei e bati as mãos com os caras.

Ali estava traçado o início de uma vingança que nunca almejei. Mas que ante as circunstâncias, não poderia passar incólume porque agora Kendrick não tentava afetar apenas a minha vida, mas de pessoas totalmente inocentes que foram inseridas no meio da sua loucura.

FANTASMAS

AILLEEN

Aprender a se misturar com a natureza era mais complexo do que poderíamos imaginar. Enquanto aprendia tudo o que podia com Justin, desde as técnicas mais sutis, eu apenas me deleitava em observá-lo em ação. Podia entender a razão de o homem ser chamado de *Ghost*, quando serviu nas forças especiais. E eu estava tentando aprender a me tornar um fantasma perfeito como ele. A forma como se movia, sem fazer ruído algum era simplesmente fabulosa.

Por duas vezes quando estávamos no hotel – não em Myrtle Beach, mas em uma pequena cidade quinze minutos antes de chegar à cidade litorânea –, Justin me surpreendeu por trás, quase fazendo com que eu desmaiasse de susto. E ali estava uma das muitas razões pelas quais ele era chamado pela alcunha que conquistou. Justin só não atravessava paredes, mas sabia ser furtivo e silencioso. E tremendamente assustador.

Eu estava parada à sua frente naquele instante, com nossos olhos conectados firmemente enquanto ele passava a tinta para recobrir meu rosto de preto. Como estaríamos vestidos de preto, mas sem nossos uniformes camuflados habituais, Justin achava importante que tentássemos esconder o máximo possível de pele. Ainda mais por conta do brilho que a pele atraía ante súbita claridade, por exemplo.

— Você fica sexy com o rosto camuflado, já disse isso? — falou com a voz rouca.

— Não.

— Não sei porque no dia em que saiu para a missão na Síria, você já não saiu do porta-aviões com a camuflagem no rosto — continuou dizendo enquanto os dedos pichavam minhas bochechas em uma carícia discreta.

— Foi falha minha, Major. Eu estava nervosa. Seus fuzileiros me fizeram corrigir no helicóptero.

— Por que você insiste em sempre classificar apenas os homens como "meus fuzileiros" e nunca você? — perguntou com a cabeça inclinada.

Dei de ombros.

— Acho que me referi aos caras especiais — brinquei.

— Você é tão especial quanto eles — falou e encostou a testa contra a minha. Já que ele também estava com a pele coberta de tinta, não importava que eu fosse lhe transmitir um pouco mais.

— Mas não sou das forças especiais, Major. Isso o que quis dizer. E nunca tinha saído a campo. Então, faltou-me experiência.

— Agora você a tem de sobra, certo? — disse aquilo e me abraçou, enlaçando os dedos na parte baixa das minhas costas.

— Bom, estou sendo treinada pelo melhor dos melhores... posso não levar o título oficial, mas vou poder guardar esse momento pra sempre — falei com sinceridade.

— Bom. Mas quero que se lembre de uma coisa muito importante — disse e me puxou mais firmemente contra seu corpo. — Não se coloque em risco desnecessário. Sempre se mantenha ao lado ou atrás de um de nós e pelo amor de Deus, não desobedeça às ordens que forem dadas.

— Isso é o Major falando ou o Justin? — perguntei com a sobrancelha arqueada.

— No momento um pouco dos dois, mas o que domina principalmente é o homem preocupado com a sua segurança.

Bati continência para o meu Major. Que por sinal, ficava simplesmente devastador vestido todo de preto nos trajes militares dedicados às forças especiais quando não estavam atuando em áreas militares.

Teagan e Scott bateram à porta do quarto conjugado e entraram sem esperar pela permissão.

— Os pombinhos estão prontos? — Teagan perguntou. — São exatamente 3 horas da manhã. Um horário mais do que perfeito para entrarmos de maneira sorrateira na área ao redor da mansão dos Evans. Fora que já estamos meio que... hum... paramentados. Logo, acho que chamaremos pouca atenção se sairmos agora.

Justin me soltou e pegou o enorme agasalho de moletom.

— Vista e puxe o capuz sobre a cabeça.

Ele fez o mesmo com um moletom da Universidade da Carolina do Sul. Com o capuz cobrindo nossos rostos, ninguém se atentaria para o fato de que estávamos "cobertos" pelo piche negro para nos misturar na noite.

Teagan e Scott estavam vestidos de forma igual, sendo que ambos carregavam uma mochila nas costas.

Justin colocou uma pistola no cós da calça, conferiu se a outra estava devidamente posicionada no coldre na lateral da coxa e apertou os cadarços dos coturnos.

Quando levantou, puxou as partes que separavam meu agasalho e fechou o zíper.

— Sua pistola está preparada?

— Sim, senhor.

— Ótimo — disse e pegou a mochila em cima da cama. — Vamos ver se acabamos com uma parte dessa merda logo.

Saiu segurando minha mão, enquanto Teagan e Scott nos seguiam, todos de cabeças baixas.

Entramos na SUV que Justin alugou para que ficasse diferenciado do Jeep.

Além de estarmos em uma cidade de interior, mesmo que litorânea, que atraía muitos turistas, Myrtle Beach era pequena e seguia as regras das cidades interioranas. Logo, às três da manhã, tudo estava deserto. Sair do hotel em que estávamos foi fácil, pegar a estrada e chegar sem sermos notados foi absolutamente tranquilo.

Quando chegamos à área privilegiada onde a mansão de Kendrick Evans se situava, Justin desligou os faróis do SUV e encostou o carro na beira da estrada, antes que ficasse à vista dos portões.

Escorou os braços sobre o volante, olhando para frente. Teagan e Scott se inclinaram no espaço ínfimo entre os bancos dianteiros e os traseiros.

— A propriedade é cercada apenas por um muro de dois metros de altura. Os portões são protegidos pela câmera de segurança, mas o perímetro não é guardado — Justin falou, ainda olhando adiante.

— Parece que a fama de cidade pequena com baixo índice de violência não o impediu de cercar tudo, mas ainda fez com que aliviasse com a quantidade de guardas — Scott informou.

— Se contornarmos pela área do bosque, pode ser que consigamos escalar o muro e ter uma visão mais ampla da casa — Teagan completou, apontando. — Parece haver uma clareira naquela parte que é aberta para uma praia particular.

— Isso mesmo. A família Evans cercou uma parte da praia pública como se fosse deles — falei, lembrando-me da época em que todos na cidade ficaram impedidos de frequentar determinado ponto da praia.

— Então é por lá que vamos chegar e averiguar os pontos de entrada e abordagem. O ideal seria que soubéssemos a posição de cada cômodo, mas nem tudo é perfeito nessa vida e não estamos em um filme de Hollywood, logo... será como um tiro no escuro.

— Sou ótimo com tiros certeiros no escuro, no claro, de perto, de longe. Basta que meu bebê esteja calibrado — Teagan disse rindo.

Olhei para trás e o vi já com sua mochila a postos.

— Então, senhores. A hora é agora. Todos estão com os fones de ouvido? — Justin perguntou tirando o casaco de moletom e me olhando dando a dica para que fizesse o mesmo. Teagan e Scott já tinham tirado o deles.

Depois de arrancar o casaco, ajeitei o fone que usava no ouvido direito e estranhei. Nunca tinha usado um daqueles antes. Senti meu coração bater fortemente no peito e podia jurar que o ouvia no dispositivo pequenino inserido na cavidade auricular.

Justin abriu a porta saindo do carro e todos nós fizemos o mesmo.

Ele apenas acenou com dois dedos acima da cabeça e um punho erguido para que seguíssemos pela costa arborizada. Mais à frente, as árvores se abriam em uma clareira que mostrava o muro ao redor da casa.

O que Kendrick não imaginou era que mesmo que a mansão estivesse cercada por um lado, pela frente, a que dava vista à praia, daria para entrar. Por mais que não estivéssemos entrando pelo mar, como uma maldita operação anfíbia, eu estava cercada de homens poderosos que sabiam fazer isso com a mesma facilidade que uma criança chupava um pirulito.

Então quando chegamos ao final do muro e descemos a encosta de pedras, deparando-nos com a faixa de areia que provavelmente ficava para a parte dos fundos da mansão, pude ver os sorrisos nos rostos dos três. *Pra quê pintaram os rostos se deixaram os dentes brancos à mostra ao luar?* Pensei com um sorriso.

Justin sinalizou para que agachássemos logo atrás de uma imensa pedra, enquanto tirou a mochila das costas, puxando o rifle M14 e montando o escopo, bem como averiguando a mira. Em seguida retirou os óculos de visão noturna e entregou para Teagan.

— Você vai encontrar uma posição perfeita e ficar a postos com sua habilidade *sniper*. Entendeu? — orientou.

Teagan já tinha montado, em tempo recorde, o rifle M39, uma versão mais arrojada do M14 que usávamos como fuzil de escolha.

— Pare de olhar para o tamanho do meu rifle, querida. Seu homem pode ficar enciumado — zombou, piscando.

— Cale a boca, Teagan — Justin brigou e seu tom não era de brincadeira. Isso não impediu Teagan de rir.

— Perdão, Major. Foi mais forte que eu. Mas veja o olhar de cobiça que sua garota está dando para o meu... rifle...

— Teag — Scott deu um tapa na cabeça do amigo —, você quer morrer, porra?

Homens são criaturas impressionantes. Conseguiam extrair uma brincadeira até mesmo num momento tenso como aquele. Mas foi o suficiente para que eu risse. E sentisse meu coração desacelerar um pouco.

— Ailleen, o tempo todo atrás de mim e Scott, okay? — Justin orientou.

— Sim, senhor.

Justin ainda passou os olhos, e não obstante, as mãos, pela estrutura do meu Kevlar para ver se estava ajustado devidamente.

Quando estávamos prontos, nos levantamos e entramos na propriedade de Kendrick Evans pela parte dos fundos. Passamos pela área com palmeiras e coqueiros mesclados a distintos tipos de plantas que ficavam de frente a uma piscina de fundo infinito. O ruído das ondas do mar se quebrando atrás de nós tentava competir com o ribombar do meu coração no peito.

— Teagan — Justin chamou baixinho —, consegue ver as duas janelas do segundo piso?

— Sim.

— E o telhado da casa da piscina? Qual a distância?

— Distância suficiente para dar um tiro limpo e ainda conseguir lixar as unhas, senhor — respondeu com um sorriso.

— Scott, fique na retaguarda da Ailleen — disse com o tom sério. — Teag, se posicione.

Teagan se afastou da nossa formação naquele momento e apenas vi sua sombra escalando o telhado da casa da piscina. Em menos de dois minutos ele estava deitado de bruços.

— Há um homem na porta de trás. Segurança — Justin informou pelo fone. — Teag. Consegue vê-lo?

— *Sim, senhor.*

— Tiro limpo. Agora.

Apenas um zumbido e ouvimos a voz de Teagan logo após:

— *Abatido. Caminho livre.*

Chegamos à área dos fundos e vi o corpo estendido agora em uma piscina de sangue se formando logo abaixo.

— Não olhe — Justin disse apenas.

Forçando a maçaneta, ele percebeu que estava destrancada e abriu para que entrássemos.

Estávamos em uma espécie de área de empregados da imensa mansão.

Quando caminhamos para o interior da casa, fomos notando que tudo estava mais do que silencioso. A maior parte da residência estava com as luzes apagadas. Então entendi porque Justin conseguia se guiar com tamanha precisão. Estava usando os mesmos óculos que tinha entregado para Teagan.

A cada corredor que passávamos, Justin se recostava e eu espelhava seus movimentos.

— *Outro alvo abatido, senhor. Lateral esquerda da casa.*

— Mais algum segurança noturno?

— *Não.*

— Okay.

Passamos por uma escada e entramos no que parecia ser a área principal da mansão. Ali seria nosso grande problema. *Onde mais precisamente ele poderia estar mantendo a menina?*

— Qual você acha que pode ser o quarto principal, Scott? — Justin perguntou baixinho.

— Estou apostando que o das portas douradas, senhor — disse e reparei no quarto ao final do corredor.

— Mas o aposento do pai ou o filho? — perguntou.

— Bom, se pegarmos um, acha que vamos atrair o outro?

— Possivelmente. Porque o ideal era que soubéssemos onde ele mantém a garota, mas como vamos testar todas as portas? — Scott perguntou.

— O problema não é esse. E se ele tiver alguma espécie de porão? Aí estamos fodidos. Esta é a razão para que peguemos a cobra para extrair o veneno. Depois cortamos a cabeça fora — disse.

Eu apenas observava atentamente o diálogo sussurrado dos dois.

— Justin? — chamei baixinho.

— O quê?

— E se antes de chegarmos até lá, fôssemos abrindo as portas pelo caminho? Vai que por uma eventualidade ele a tenha mantido aqui em cima, para disfarçar com os criados, como se ela fosse uma convidada e não uma refém?

Embora eu tivesse me sentido meio estúpida por sugerir aquilo, e soubesse que eles eram muito mais experientes, sabia que meus instintos apontavam para tentar aquela alternativa.

— Okay. Até a porta ao final do corredor, temos três portas de cada lado. Scott, você cobre a direita e eu Ailleen cobrimos as da esquerda.

Eu seguia Justin que estava muito mais paramentado do que eu. Scott também usava os óculos que lhe permitiam enxergar mesmo no escuro.

A primeira porta dava para um pequeno escritório. Estava tudo limpo ali.

A segunda porta era um quarto de hóspedes, também deserto.

— *Major?* — Scott chamou pelo fone de ouvido.

— Sim?

— *Último quarto da direita.*

Saímos silenciosamente do aposento em que estávamos e nos encaminhamos para o que Scott indicara.

Em cima da cama havia um vestido de noiva disposto e alinhado como se estivesse à espera de alguém para vesti-lo.

Um bilhete pairava ao lado.

Justin olhou para mim e sinalizou com a cabeça, ainda com o rifle em punho, protegendo a retaguarda, para que eu me aproximasse e pegasse o papel.

> *Estou te esperando em nosso ninho de amor. Você sabe muito bem o local.*

— Filho da mãe — falei de uma vez. — Ele está no meu antigo quarto, na casa dos meus pais.

ACERTO FINAL

AILLEEN

O tempo que levamos na mansão dos Evans levou entre vinte a vinte e cinco minutos. E agora tínhamos dois corpos dos seguranças nas costas. Foram abatidos pela pontaria *sniper* de Teagan quando ele os identificou como possíveis ameaças.

Justin disse que devíamos partir enquanto ainda era madrugada para a casa dos meus pais. Já passava das quatro agora.

Ali estava o ninho das cobras todo reunido, já que conferimos que nem mesmo o pai de Kendrick se encontrava na mansão. Das duas uma: ou ele não se encontrava na cidade, ou estava protegendo as costas do filho. O que eu acreditava piamente.

Saímos pelo mesmo lugar que entramos, voltamos ainda protegidos pela madrugada densa, agora com a presença de uma garoa fina, e finalmente chegamos ao carro.

Teagan desmontou o rifle dentro do carro, em um silêncio incomum.

Scott checava alguma coisa no celular e eu acompanhava a paisagem pela janela.

Senti a mão de Justin, bem como a aspereza da luva tática, mas os dedos se entrelaçaram aos meus na medida em que foi possível.

— Pense pelo lado positivo — disse. — Se tudo der certo, resolveremos as duas pendências de uma só vez.

— A parte boa é que agora temos como conhecer o perímetro e a disposição dos cômodos, bem como por onde poderemos entrar sem sermos detectados — Scott disse.

— Podemos usar a entrada de serviço, ligada à cozinha. Mas... a única coisa que gostaria de pedir é que... não façam nada a Emma. Ali dentro daquela casa ela foi a única pessoa com quem pude contar — falei de maneira tímida.

— Mesmo quando tudo aconteceu? — Justin perguntou com irritação na voz.

— Não. Quando tudo aconteceu, Emma estava recolhida nos seus aposentos já. Ela me viu ir embora. Soube apenas naquele momento que algo havia acontecido. Mas nunca expus a verdade. É a única coisa que peço. Minhas lembranças de infância estão ligadas somente à presença confortadora dela depois que perdi meu avô.

Os três homens assentiram brevemente e o silêncio dominou o carro outra vez.

Era como se eu estivesse vivendo a mesma noite cinco anos atrás, de forma reversa. Mas ao contrário de partir como fiz naquela madrugada fria, agora eu estava voltando para casa, de forma furtiva e para trazer um acerto de contas não intencional com o homem que pensei nunca mais encontrar na vida.

Quando chegamos ao portão, mostrei para Justin a pequena estrada de chão onde poderia entrar com o carro e deixá-lo camuflado.

Descemos e percorremos a estreita trilha que levava a uma parte murada da minha antiga casa. A altura não chegava a dois metros.

— Teagan, faça o reconhecimento da área por cima — Justin ordenou e imediatamente Teagan abriu a mochila e montou o rifle, passando a corda pelo pescoço, subindo o muro como se fosse um maldito gato. Okay, o cara devia fazer *Parkour*. Era a única explicação.

Como eu estava encarando, Teagan olhou por cima do ombro quando já se encontrava agachado em cima da estrutura de tijolos e deu uma piscada, dizendo:

— Tenho certeza que depois de hoje os Seals vão deixar de ilustrar seus sonhos, boneca. Somos RECONs fodões — brincou.

Disfarcei uma risada e ganhei um olhar enviesado de Justin e um tapinha no ombro de Scott.

Teagan pulou o muro e cinco minutos depois sua voz chegou até nós pelo fone:

— *Major, área limpa. Opsie... dois alvos abatidos sem querer. Ah, não. Não foi sem querer, não. Um deles teve a audácia de sacar uma arma na minha cara. Filho da puta* — resmungou.

Escutamos mais um xingamento e um silvo. O que significava que mais um tiro havia sido dado.

— *Mais um segurança. Parece que agora, sim, estavam protegendo o forte, senhor.*

— Só não imaginavam do quê, não é mesmo? — Justin disse com ironia.

Scott fez um apoio com as mãos e indicou que eu devia subir.

Escalei o muro e passei uma perna primeiro, em seguida a outra, quisera eu ter a desenvoltura e o charme atlético de Teagan, mas saltei com agilidade para o outro lado. Aterrissei como um gato e me mantive nessa posição enquanto aguardava Justin e Scott.

Menos de trinta segundos depois, os dois me ladeavam no chão.
— Vamos — Justin ordenou, estendendo a mão.
Nesse momento, posicionei a minha pistola na mão. Mesmo trêmula. Indiquei com um dedo a entrada dos fundos.
A porta estava trancada, como eu sabia que Emma faria. Justin testou a janela lateral e percebeu que a mesma abria facilmente.
— Eu posso passar pela janela e abrir a porta — ofereci.
Os dois acenaram e pulei rapidamente.
Abri a porta e entramos, nos escondendo na despensa.
— Teagan?
— *Sim, senhor?*
— Onde você está?
— *Não há uma área alta onde eu possa me posicionar para focar um alvo à distância, senhor. Estou tentando avistar um local no perímetro que me dê acesso à casa com tiro limpo para uma possível fuga.*
— Preciso que fique a postos. Onde é seu quarto, Ailleen? — Justin perguntou.
— Segunda janela da frente à esquerda. Há uma varanda de acesso — eu disse.
— Teagan, ouviu?
— *Sim, senhor. Vou tentar achar uma posição e informo assim que estiver de guarda. De qualquer forma, qualquer alvo móvel do lado externo será devidamente abatido, bem como os que estiverem à vista pelas janelas frontais.*
— Ótimo.
Scott tinha saído da cozinha por um momento para averiguar a área.
— Major, a luz do que parece ser um escritório à esquerda da escadaria encontra-se acesa.
— Teag?
— *Sim, senhor.*
— Consegue ver a janela frontal do primeiro piso, à esquerda?
— *Vagamente. Dá pra perceber que há duas silhuetas dentro, senhor. A cortina está fechada.*
— Será que são meus pais? — perguntei com o coração nas mãos.
— Seu pai, garanto. Mas o outro, aposto minhas bolas como é o pai de Kendrick Evans — Justin falou.
Possivelmente, ele estava certo. Eu não tinha pensado naquilo. Mas onde estaria minha mãe? E a pergunta mais estranha de todas, para a qual não tínhamos uma resposta adequada: por que raios o Sr. Evans estava na casa dos meus pais no meio da madrugada?
— Resta saber agora onde abordaremos primeiro... — Justin disse.
— Senhor, se me permite a opinião... eliminemos os filhos da puta do

piso inferior antes de tudo, depois podemos nos divertir com o filho da puta-mor — Scott disse de maneira sombria.

— Ailleen, fique atrás e não faça nada impensado, entendeu? — Justin olhou diretamente em meus olhos.

— Sim, senhor.

Seguimos em direção ao escritório do meu pai. O mesmo escritório onde cinco anos atrás minha vida fora negociada de forma tão fria e o acerto fora encerrado com um aperto de mãos.

Justin se posicionou de um lado da porta e Scott do outro. Eu fiquei atrás do Major, recostada à parede. Naquele momento, Emma apareceu completamente abatida. Quando nos viu, ela colocou a mão na boca, como se fosse gritar, mas coloquei o dedo na boca, pedindo que ficasse em silêncio. Não podia garantir que me reconhecesse nos trajes em que eu estava, muito menos com o rosto coberto de tinta preta, mas esperava que ela entendesse que estávamos ali para ajudar. Bem, ao menos quem merecia ser ajudado.

Não era possível que Emma estivesse em conluio com aquela corja. O que só poderia significar que estava sendo mantida sob o mesmo cerco vigilante e forçada a fazer o que eles mandavam.

Ela acenou afirmativamente e voltou para a cozinha.

Justin fez sinal com dois dedos e um punho cerrado para Scott. Os dois entraram simultaneamente com as armas em mãos. Os homens dentro do escritório nem ao menos tiveram tempo de reagir.

Meu pai estava tomando um copo de uísque na companhia do pai de Kendrick. Seu rosto mostrava os sinais do abuso que sofrera nas mãos do Evans mais jovem, e seus olhos mostravam claramente o quanto estava assombrado com a intromissão.

Auburn Evans largou o copo no chão e tentou sacar a arma que levava dentro do terno, mas Scott foi mais rápido e apenas disparou contra seu ombro. Ops... Um tiro daquela distância com um M14, definitivamente, o deixaria se esvaindo em sangue, se não tivesse arrancado a articulação do lugar, pela posição do impacto.

O grito de dor encheu o ambiente.

— Aconselho-o a ficar calado se não quiser receber a mesma cortesia, senador Anderson — Justin disse quando meu pai fez menção de se levantar.

— Quem são vocês? — ele perguntou atemorizado.

— Oficial Anderson? Venha aqui, por favor — Justin chamou e saí de trás de sua figura imponente.

Meu pai arregalou os olhos em choque e pavor. Se ele tinha esperança de que fosse alguma operação do Governo para salvá-lo, como um senador dos Estados Unidos, agora ele certamente perdeu as esperanças, porque quando Kendrick começou a fazer suas ameaças com as torturas infringidas a eles, fiz questão de dizer o que ele deveria fazer com elas. Ou seja, deixei bem claro que se dependesse de mim, não seria eu que me moveria para ajudá-lo da merda em que se enfiara.

— Fi-filhinha... vo-você... você?

— Sua filha? Sua filha é da porra da Marinha, Jacob? — Auburn perguntou gemendo de dor. — O tempo todo tínhamos um gancho e nunca o usamos porque você não nos informou?

— Cala a boca! — meu pai gritou. Franzi o cenho porque nem eu estava entendendo agora a discussão em andamento.

— Talvez você queira falar para sua filha a merda em que está enfiado até o pescoço, Senador? — Justin atiçou.

— Eu-eu... não sei do que está falando. — disse e tentou se levantar.

— Oh-oh... melhor ficar sentadinho, bem quietinho aí. Ou sua situação chegará a um nível insustentável. Sabe o que me enoja? Não conseguir definir o que é pior... estar diante de um homem sem moral por ter vendido a própria filha, ou de um homem que faz isso como meio de vida, usando a bandeira dos Estados Unidos como cobertura para seus crimes.

Olhei chocada do meu pai para Justin.

— Auburn Evans e você fazem parte da pior estirpe de homens no Planeta e vou dizer... não me dói em momento algum a consciência, ter a chance de limpar a sociedade da presença de vocês...

— Você não pode fazer isso... eu sou um senador dos Estados Unidos...

— E que está com uma lista de crimes tão longa que chego a ficar assombrado por nunca ter sido detectado antes — Justin continuou dizendo. — Mas confesso que não consigo escolher qual lado da justiça devo optar... a das minhas próprias mãos, ou a da corte.

— Eu digo que ele merecia enfeitar os roxos que estão adornando o rosto ainda — Scott disse.

— Não. Meu pai não vale isso, Justin — tentei intervir rapidamente.

Justin virou-se para mim e chegou perto de Auburn Evans, parando à sua frente. Colocou o rifle pendurado no ombro e o puxou para seus próprios pés. O homem gemeu de dor.

— Criou um sociopata filho da puta porque você não passa de um, não é mesmo? Não respeita as mulheres porque acha que elas são mercadoria e devem ser comercializadas, é isso?

Eu podia ver o ódio irradiando de Justin e o medo vibrando do Evans mais velho.

— Você não sabe de nada! Ou melhor, está cavando a própria cova, com essa ação impensada! Acha que pode interferir em algo que até mesmo alguns membros da sua corporação quiseram tomar parte?

Sem dar chance a qualquer coisa, Justin começou a bater no homem com os próprios punhos, liberando a fúria reprimida que deixava transparecer apenas quando tocava no assunto.

Com a ferida da bala de Scott no ombro e a surra épica que estava levando de Justin, não levou muito tempo para que o homem ficasse rendido no chão, como uma massa disforme e quase irreconhecível.

— Me perdoe, Ailleen — Justin disse agachado à frente do homem.

— Pe-pelo quê?

O som do "crack" mostrou exatamente qual havia sido o motivo do pedido de perdão. Fechei os olhos.

Sim, eu podia ter treinamento militar. Sim, eu podia ter enfrentado a merda aterradora que enfrentei e posso já ter visto muito mais feiuras pela escolha de profissão que fiz, mas ainda assim, o ruído da morte era algo que não descia bem em meu estômago.

Não era algo que eu poderia dizer que "tudo bem, Justin... agora vamos ali tomar um suco", ou "Nossa... esse ruído foi o pescoço dele se quebrando? Achei que fosse minha unha?".

Então mantive os olhos fechados e só os abri quando senti os lábios quentes contra minha testa.

— Sinto muito, querida. Há pontas soltas que não posso deixar.

E com aquilo eu entendia que meu pai era uma delas. Possivelmente.

— Scott, amarre bem o senador, amordace e deixe aqui pensando um pouco na vida. Ah... — Justin disse e antes de se afastar pegou a pistola no coldre lateral à coxa e posicionou contra o joelho do meu pai. — Só para garantir que você sangre um pouco e não tenha condição alguma de sair de onde vamos deixá-lo pensando na lista de crimes que cometeu — disse e atirou.

O som fez com que eu pulasse e me virasse de costas. Saí do escritório, sentindo náuseas, mas me recusando a me condoer por um homem que havia me usado como moeda de troca em um de seus muitos negócios.

Senti a presença de Justin às minhas costas, bem como sua mão em meu ombro.

— Guie-nos até o seu quarto — disse com a voz dura.

Scott seguiu logo atrás.

Subimos a escada em silêncio. Os dois com os rifles apontados. Quando chegamos ao corredor, um homem que estava dormindo sentado à porta do meu quarto, não teve tempo de reação. Talvez o fato de não estar vigilante explicasse o porquê não percebeu a movimentação ou os som dos disparos no piso inferior. O tiro na têmpora foi certeiro. Nem chegou a cair da cadeira onde se encontrava. Scott realmente tinha a pontaria excelente.

— Entrada sutil ou brusca? — Justin perguntou olhando de mim para Scott.

— *Voto pela brusca com portas voando* — a voz de Teagan se fez ouvir nos fones de ouvido.

Senti vontade de rir, mas me contive.

— Posso? — perguntei.

— Claro que não — Justin respondeu irritado. — Não sabemos o que esperar, Ailleen. E se ele alvejar você assim que entrar?

— Pelo tanto de esforço que ele empregou em me trazer até aqui, Justin... você realmente acha que ele iria querer estragar a mercadoria? — caçoei com consternação.

Antes que ele falasse algo mais, limpei a tinta que ainda sobrara no meu rosto, agora que não estávamos em uma operação fantasma e sim completamente aparentes. Nossa presença já tinha sido detectada.

Limpei as mãos na calça preta, sentindo um momento fútil de imaginar que ainda bem que o tecido era escuro e não mostraria as manchas negras do resquício da tinta.

Soltei o cabelo e passei as mãos pelos fios, arrumando tudo. Tentei trazer à tona a imagem da garota feminina que Kendrick tanto queria, então nada melhor do que confundi-lo com a ilusão do que ele achava que eu ainda era, com o que realmente sou.

Justin praguejou por entre os dentes, mas me puxou para o calor de seus braços. O abraço foi tão apertado que por um momento temi que meus ossos fossem se partir ao meio.

— Eu... eu — ele começou a dizer, mas se interrompeu. — Porra...

Dei um beijo rápido em sua boca e abri a porta do meu quarto. O mesmo que foi a origem dos meus pesadelos anos atrás e agora guardava o desfecho de todo o meu tormento.

— Achei que nunca fosse chegar, querida — Kendrick disse de onde estava sentado no canto do quarto.

Olhei ao redor e vi a garota deitada, adormecida, ou assim parecia, com os pés e mãos amarrados nas colunas de ferro fundido da cama.

— Bom, bom... gosto de vê-la mais feminina, não nessas roupas horrendas, mas podemos corrigir isso. Creio que viu o vestido de noiva maravilhoso que deixei preparado pra você, não é? — perguntou com um sorriso de escárnio.

Pelo canto do olho percebi que nem Justin, nem Scott tinham entrado no quarto. Os dois estavam sondando a abordagem.

Ouvi um gemido e vi minha mãe no canto, recostada à porta de entrada do *closet*, com a boca amordaçada e os membros amarrados. O rosto mostrava os maus tratos que sofrera nos últimos dias.

— Precisava de tudo isso, Kendrick? — perguntei com nojo. — Por quê?

— Porque ninguém me faz de besta. Absolutamente ninguém — ele disse com ódio.

— Você estuprou essa moça? — inquiri. Estava com medo da resposta.

— Não. Estava à sua espera, meu amor. Tive muitas mulheres ao longo dos anos para suprir o vazio que você deixou, mas desde que a vi, nenhuma mais foi capaz de apagar sua memória — disse. Seus olhos estavam completamente vítreos. Como se ele estivesse chapado.

— Não foi capaz de arranjar outra mulher por conta própria, Kendrick? Alguma que realmente te quisesse?

— *Ailleen, pare de provocá-lo* — ouvi a voz séria de Teagan no fone de ouvido.

— Digamos que você compôs um desafio, querida. O proibido é sempre mais gostoso. A partir do momento em que se colocou como intocável pra mim, isso fez com que eu me tornasse obcecado em fazê-la minha — Kendrick disse e se levantou naquele momento. — E vamos combinar... conquistar algo com um pouco de luta é maravilhoso... Ainda guardo nas minhas lembranças aquela noite inesquecível.

Não consegui disfarçar a cara de nojo. Ele era repulsivo.

Ergui a arma diretamente contra ele.

— Não se aproxime de mim, Kendrick. Se você acha que vai conseguir me tocar outra vez, está muito enganado — eu disse com ódio no olhar.

— Ailleen... você não quer salvar sua mamãe? — perguntou com zombaria.

Olhei para onde minha chorosa mãe implorava com os olhos que eu a ajudasse. Não senti nada. Salvo o sentimento de pena.

— Eu disse pra você não se aproximar — falei, novamente.

Quando ele estava chegando mais perto, Justin e Scott irromperam no quarto, apontando seus rifles diretamente para sua cabeça.

Kendrick mostrou pavor pela primeira vez.

O que indicava que ele não imaginava que eu pudesse ir acompanhada de mais alguém.

— Achou que ela viria sozinha, seu filho da puta? Se você não sabe, o lema da Marinha é que um companheiro nunca abandona o outro. E se Ailleen tinha isso pra resolver, então nós estaríamos aqui por ela — Justin disse com orgulho.

— Você tem a alternativa de se entregar e esquecer tudo isso, Kendrick

— menti descaradamente. Eu sabia que Justin nunca deixaria que ele saísse dali vivo.

— Você é minha! Minha! Eu paguei por você! — ele gritou ensandecido. — É meu direito tomar o que é meu!

— Eu não sou sua! Você tomou à força! — gritei de volta com lágrimas nos olhos.

— Mas eu paguei!

— Você é louco! Ninguém pode comprar ninguém, seu merda! — Eu continuava apontando a arma e sentia minha mão tremendo de maneira frenética. — Eu não sou a porra de um objeto que você possa adquirir e colocar na sua coleção!

— Você é minha!!!

Kendrick continuava batendo o pé e insistindo no argumento, e num ato de desespero, pegou uma arma e apontou não para mim, mas para a garota apagada na cama.

A única que havia me feito ir até ali. Se ele a matasse, então tudo seria em vão.

— *Por favor, me digam que esse filho da puta está diante da janela e que não há ninguém à frente dele no ângulo de 45 graus a 90, com risco de a bala ricochetear se tiver algo de madeira atrás. Não vai ser um tiro limpo, mas vai atingi-lo em alguma parte. Consigo ver a silhueta, mas preciso que saiam da trajetória* — Teagan disse no fone.

Justin pegou meu cotovelo e me puxou para seu lado, discretamente, enquanto Scott se aproximou do outro lado, olhando ao redor.

— Limpo — foi a única palavra que Justin disse baixinho.

O som do vidro estilhaçando foi tão repentino que acredito que eu mesma gritei. O corpo de Kendrick convulsionou para frente caindo na cama, exatamente em cima do corpo desfalecido da garota.

O gemido nos mostrava que não estava morto, apenas ferido.

Scott correu para arrancar a arma de sua mão e o tirou de cima de Virginia Kowalski, jogando-o para o outro lado, e cortando as cordas que mantinham os membros amarrados à cama, para tirá-la dali sem mais delongas.

— Sua puta! — Kendrick gritou. — Tudo o que eu queria era me casar com você... — disse se lamuriando. — Você só tinha que me querer. Era simples assim.

A colcha começava a manchar com o sangue que derramava da ferida do projétil de Teagan.

Cheguei à frente de Kendrick e olhei bem em seus olhos, dizendo:

— Ninguém pode obrigar o outro a devolver um sentimento dessa forma, Kendrick. Ninguém pode tomar o que não te pertence. Você violou meu corpo. Tomou algo que não foi oferecido. Era meu corpo. Meu coração. Nunca seria seu. Nunca.

— Eu tenho o que sempre quero. Nunca vou parar. Eu paguei por você. Vou destruir sua carreira, a desses merdas que estão com você, e a do seu pai, vou fazê-la rastejar. Você só vai viver através de mim — disse cuspindo sangue. Provavelmente Teagan tenha atingido um pulmão. — Meu pai vai fazê-la pagar. Vou estuprar você um milhão de vezes, pra cada dólar que paguei até completar a porra da quantia que gastei naquela noite...

— Não, você não vai.

Com aquilo eu fiz o impensável. Ergui a pistola que Justin tinha me dado e eu mesma encerrei o assunto ali. Apenas um tiro entre os olhos. O olhar de assombro de Kendrick nunca sairia da minha memória, provavelmente assombraria meus sonhos por muitos anos. Não sei.

Possivelmente, agora sim, eu desenvolvesse a porcaria do estresse pós-traumático tão temido pelo Major.

Eu havia tirado a vida de um homem. Em prol da minha. Para manter a sanidade, a minha segurança, porque eu sabia que ele nunca pararia. O nível de loucura que o fizera chegar onde estava era simplesmente fora da normalidade de qualquer pessoa que eu já tenha conhecido ou mesmo estudado. Talvez Kendrick se igualasse a todos os outros psicopatas espalhados pela sociedade.

Abaixei a arma e a cabeça olhando para os padrões do carpete caro.

Senti a primeira lágrima ao mesmo tempo em que senti a presença de Justin às minhas costas e sua mão quente firmando a minha que ainda retinha a pistola Colt M45.

Ele a retirou da minha mão e a guardou, colocando-a longe do meu alcance. Virou-me imediatamente em seus braços para me dar o consolo que eu precisava.

Sim. Eu havia acabado de tirar a vida de um ser humano.

Os soluços sacudiram meu corpo sem que eu me desse conta.

— Acabou, meu amor — Justin disse e beijou minha cabeça.

Uma de suas mãos segurava firmemente toda a parte de trás da minha nuca, em um aperto aconchegante e confortador. A outra me mantinha apertada contra seu corpo forte.

— A moça está dopada, mas os sinais vitais estão estáveis — Scott disse ao longe. Ele a havia posicionado na *long chaise* ao canto. — O que faremos com sua mãe, Ailleen?

Aquilo me tirou do torpor onde havia me enfiado. Sequei as lágrimas com as costas das mãos, mas ainda mantive o rosto enfiado no vão do pescoço de Justin.

— *Eu* vou dizer a você o que vamos fazer com seus pais, okay? — Justin disse em meu ouvido. — Vamos reuni-los no escritório e ali dar o desfecho necessário para os crimes que eles vêm cometendo, tudo bem?

Apenas acenei com a cabeça.

Saí do quarto sem nem mesmo olhar na direção da mulher que continuava chorando e clamando por atenção. Meu coração estava quebrado. Minha alma estava ferida.

Talvez eu nunca mais voltasse a ser a mulher que já fui um dia.

Dizem que aquilo que não te mata te fortalece. Eu acreditava naquela máxima. Mas também podia atestar que o que não te mata pode te transformar em uma versão mais sombria de si mesma. Uma que você nunca esperou encontrar.

Forjei meu espírito na Marinha. Fortaleci minhas seguranças e moral na corporação. Eu havia crescido em um lar constituído de dinheiro, mas destituído de amor. Porém aquilo nunca havia me transformado em alguém amarga e que praticasse atos estúpidos, justificando tudo pela falta de carinho dos pais.

Disciplina, foco e força eu tive dentro do quartel. Em cada lição, exercício, cada implantação, cada norma que tive que seguir. Mas nem aquilo me fez ver o mundo sob a ótica escura da podridão humana.

Meu estupro não havia me quebrado como mulher. Pode ter me deixado em *stand by*, adormecida por um tempo, mas não matara os desejos saudáveis que meu corpo foi preparado para sentir. E provei aquilo através das mãos de Justin Bradshaw.

Mas agora eu tinha medo que um único tiro certeiro, decidido e sem hesitar, fosse o responsável por me colocar em um abismo profundo de autorrepulsa.

PESADELO *FINITO*

JUSTIN

Eu não queria que Ailleen tivesse resolvido a situação com o seu algoz com as próprias mãos. A bem da verdade, eu queria ter tido um momento com aquele filho da puta, queria ter descarregado um pouco das minhas frustrações e todo o ódio que ardia no meu peito, queria ter desfeito aquele sorriso de escárnio e tirado aquele olhar insano de sua cara. Com meus punhos. Eu queria ter sugado a vida dele, para que aquilo recaísse sobre a *minha* consciência, muito mais endurecida e embrutecida pela vida que escolhi e por tudo o que já vivenciei e já vi, ao longo da minha carreira como RECON. Não queria aquilo para Ailleen.

Enquanto descíamos as escadas, com Scott fazendo guarda no quarto onde a garota, Virginia, ainda estava desacordada, olhei para Ailleen, que evitava o meu olhar, bem como evitava a presença da mãe, que eu levava quase sendo carregada, dado seu estado geral.

— Aai-lleen... — a mulher tentava falar com a filha. — Obri-brigada.

Ela realmente pensava que Ailleen havia ido em seu auxílio. Segurei a resposta ácida que eu mesmo queria dar, porque aquilo não me cabia, e observei que minha garota acelerava o passo para se afastar da presença indesejável da mãe.

Quando chegamos ao andar inferior, entramos no escritório. O mesmo onde deixamos o Senador em um estado um tanto quanto avariado.

Quando a mulher viu o marido, começou a chorar e só não saiu do meu agarre porque não tinha forças.

— Jacob! — ela gritou.

O senador nem ao menos se dignou a olhar para a mulher, já que gemia de dor por conta do tiro que levara no joelho, cortesia minha.

Soltei a harpia, e deixei que se reunisse ao marido ensanguentado na cadeira.

Parei ao lado de Ailleen e coloquei meu braço sobre seus ombros.

— Você está bem? — perguntei baixinho.

M. S. FAYES

— Sim. Não. Sei lá — respondeu e deu um sorriso fraco. Olhou para mim de lado. — Vou ficar. Prometo.

— Sei que vai.

Peguei o celular e fiz a ligação que definiria o destino do Senador e esposa. Naqueles dias que antecederam a missão, chegou ao nosso conhecimento que havia um esquema orquestrado pelos Evans, Auburn encabeçando, e o Senador, com um grupo de criminosos que vinha sendo investigado há um bom tempo.

Uma máfia ou quadrilha de homens engravatados, ricos empresários que haviam se associado em uma espécie de seita criminosa envolvida com tráfico humano e prostituição. E o senador era uma das cabeças organizacionais de todo o esquema sujo.

Mas o mais chocante de tudo aquilo? Havia um Tenente-coronel da Marinha e um Capitão do Exército na lista de homens favorecidos pelo esquema sujo e pérfido daqueles dois.

A ordem que partiu do Secretário de Defesa era que agíssemos em conjunto com o FBI. Mas do modo militar. Enquanto o FBI chegaria com a investigação e prenderia os suspeitos, colocando-os em um longo julgamento, os oficiais de operações militares simplesmente tomavam conta do serviço e resolviam da maneira que devia ser resolvida.

Era um perigo para a sociedade? Colocava em risco a civilidade do país e da nação? Havia ferido direitos constitucionais de cidadãos americanos, interferindo em sua liberdade? Seus atos poderiam representar risco vicioso e conluio com organizações terroristas?

Desfecho? A morte.

Então ali estávamos nós. E eu me sentia entre a cruz e a espada. O homem era um senador do Governo Americano. A tendência era que em breve receberia ordem de prisão. Mas eu havia recebido uma ordem do meu General, que havia partido do próprio Secretário de Defesa. E sob aprovação do presidente da nação. Porém... o homem era o pai de Ailleen.

Onde aquilo me deixava?

— Faça contato com a médica, irmã da garota, Ailleen — orientei enquanto aguardava a ligação completar. — Chame-a aqui com uma equipe de paramédicos, ou peça que traga o irmão policial, mas apenas ele. Sem alarde.

Ela acenou.

— *Bradshaw?* — o General falou do outro lado.

— General Stuart — cumprimentei com seriedade. — Uma cabeça de cobra foi devidamente cortada, sem chance de regeneração ao corpo. Falta uma, associada com a presença da fêmea viperina — disse em código, me referindo à mãe de Ailleen.

GHOSTS

— A mulher tem associação com o esquema?

— Considerando que no passado comercializou a própria filha, como se fosse um mero par de sapatos, acredito que não seja completamente inocente — afirmei, falando baixinho.

— *Extraia todas as informações possíveis. Os Federais vão chegar com um mandado de prisão que poderá levar anos e ser acobertado, ainda mais pela imunidade política que o senador vai solicitar, com toda certeza* — ele disse. — *Você sabe o que fazer. Há todo um teatro muito bem orquestrado que pode ser desenvolvido para que tudo pareça um acerto de contas entre os próprios membros da seita. A sua operação é extraoficial, está pautada em sigilo absoluto, como uma operação fantasma, da forma que me solicitou, então, você tem autorização para dar cabo e tocar fogo no ninho de cobras, Major. Extermine esse ninho. A ordem do Presidente já partiu para que um grupo de Seals cuide dos que estão ferindo as fileiras das forças armadas.*

— Sim, senhor.

— *Não se preocupe com repercussões. Apenas faça.*

— Sim, senhor — repeti.

Voltei para a sala e olhei bem nos olhos assustados do casal de maus-caracteres que tinham trazido à vida uma pessoa tão diferente deles.

— Vocês sabem que não há esquema que fique oculto aos olhos do Governo, não é? Uma hora ou outra, as investigações levam exatamente à cabeça da operação — eu disse e vi quando o pai engoliu em seco.

— Não sei do que está fa-falando — gaguejou, gemendo de dor. — Eu sou um senador dos Estados Unidos... exijo meus direitos. Preciso de assistência mé-médica. Vo-você não vai servir ne-nem mesmo para li-limpar latrina na base militar. Vou acabar co-com você — ameaçou.

— Jacob... — a mãe tentou apaziguar. Ela entendia que não estavam em uma situação favorável.

Ailleen voltou para a sala naquele instante.

— Ailleen... minha filha. — A mulher tentou outra vez. — Você... você nos perdoou?

Ela olhou atentamente para o casal à frente, sentados e despojados de vergonha alguma na cara, já que imaginavam que um pedido de desculpas como aquele seria suficiente. Com a cabeça inclinada para o lado, ela apenas disse:

— Perdão é uma palavra com significado amplo e ao mesmo tempo tão libertador quando executado, não é? — Suspirou e continuou: — Para muitos pode ser um ato, simplesmente, quando exige muito mais do que isso. Exige uma decisão interior para que a mente se liberte, para que a alma seja curada. Eu poderia apenas falar "claro, perdoo", virar as costas e sair daqui, mas guardar a mágoa e o ressentimento de maneira eterna, que continuaria crescendo como um musgo, uma hera venenosa dentro de mim. E acho que foi isso que permiti que acontecesse ao longo desses cinco anos.

A mãe de Ailleen derramava lágrimas que para mim pareciam fajutas. O pai a olhava consternado, mas mais preocupado com o fluxo de sangue de sua ferida do que tudo.

— Eu perdoo, sim. Perdoo porque vou esquecer vocês. Porque considero que perdoar é esquecer. E nesses cinco anos, por mais que tenha me dedicado à vida militar, sempre que vocês me vinham à memória, traziam a enxurrada de sentimentos perniciosos que senti naquela noite. Mas agora perdoo. Porque não vou pensar mais em vocês. O que fizeram é mais do que nojento. Não foi somente vender a mim, a própria filha. Foi vender as filhas de outras pessoas. Comercializá-las como se fossem gado. Se eu tivesse sabido disso antes, juro que não teria ficado em silêncio por tantos anos — disse com ódio. — Meu Deus, eu tenho nojo de vocês. Tenho vergonha de ter sido concebida por pessoas assim, mas provei para mim mesma que não é o berço que forma o caráter. Não é o sangue que forma a moralidade. Podemos compartilhar o mesmo sangue, mas nunca serei igual a vocês.

Caralho! Eu sentia um orgulho absurdo daquela mulher. Onde ela encontrava força para superar a dor de "perder os pais" psicologicamente? Porque era aquilo o que estava acontecendo. Mais uma vez. Ela já os havia perdido. Na verdade, nunca os tivera. De acordo com tudo o que ela havia me contado, Ailleen nunca recebera um grama de carinho e atenção. Fora, meramente, um investimento.

Agora ela estava se "despedindo" novamente da ideia de que teve pais tão imorais ao ponto de cometerem crimes contra a humanidade como o que fizeram.

— Você co-continua sendo no-nossa filha — o pai rilhou entre os dentes.

— O sangue não é nada. Sou um conjunto do seu espermatozoide com o óvulo dessa mulher. Cresci e virei um ser humano. Eu tenho alma. Tenho coração. E vocês, têm o quê?

Resolvi interferir naquele momento:

— Senador, o senhor não passará incólume pelos seus crimes. Assim como Evans não passou, compreende onde quero chegar? — perguntei e vi o entendimento em seus olhos. Ele sabia que eu o mataria. Eu só não queria fazer aquilo na frente de Ailleen.

— Você não pode fazer nada contra o meu marido! E contra mim! Nós fomos torturados pelos Evans! Eles nos obrigaram a tudo! Até mesmo cinco anos atrás, Kendrick ameaçou acabar com a campanha de Jacob se não entrássemos no negócio e se não fizéssemos o acordo com o pagamento dado pela nossa filha como moeda de troca! — a mulher falou.

— Cale-se, Laurel! — Jacob Anderson gritou.

— Não, Jacob! Temos que arrumar essa situação! Eu não posso ser presa! Não posso!

— Você vai responder como cúmplice. Levará um bom tempo na cadeia, Sra. Anderson — falei com sarcasmo. Ela provavelmente seria poupada, e talvez o castigo pior para tal dama de tamanha estirpe fosse ostentar o macacão laranja das presidiárias. Fora a vergonha social. Ela seria uma pária a partir daquele momento.

Uma agitação à porta tirou minha atenção do casal. Ailleen foi até a entrada e viu Emma dando passagem para a médica e o irmão, policial Greg Kowalski.

— Oh, meu Deus! Ailleen! Onde está minha irmã? — perguntou desesperada.

— No quarto do andar superior, à esquerda. Ela está desacordada. Sem ferimentos, apenas dopada — ela informou à médica.

— Não trouxe uma equipe, mas meu kit médico — afirmou. Ela olhou para dentro da sala e viu o pai de Ailleen gemendo de dor. — Ele precisa de atendimento?

— Não. Pode subir — respondi por ela.

Caminhei até a janela e abri a cortina de cetim claro que cobria o vidro.

— Teagan? — chamei a atenção do meu Tenente, o segundo em comando.

— *Yeah, Major?*

— Como está o perímetro?

— *Limpo.* Nenhuma movimentação. O sol já está começando a querer fritar os meus miolos porque está nascendo. É uma vista linda. Queria ter trazido meu celular para tirar uma selfie.

Revirei os olhos. O idiota não levava nada a sério.

O policial, irmão de Brenda Kowalski estava agachado junto ao corpo de Auburn Evans, conversando com Ailleen.

Olhei para trás em tempo de ver a mãe dela, covardemente entregando uma arma para o pai, que agora erguia para as costas da filha.

Meu assombro não foi razão suficiente para que ficasse estático, vendo a vida da minha mulher em perigo. Com um simples manejar da minha pistola, mirei o pescoço de Jacob Anderson, imaginando que infelizmente, pela posição em que a mulher estava, ela receberia de brinde a mesma bala seguindo em uma trajetória linear. Seria como matar dois filhos da puta com um projétil só.

E foi o que eu fiz. Infelizmente não a tempo suficiente do dedo no gatilho do Senador não disparar contra Ailleen, pegando-a de surpresa.

— Nãããooo! — gritei quando vi seu corpo ser arremessado para frente, sendo amparado por Greg Kowalski.

Cheguei em tempo recorde, tirando-a dos braços do policial que olhava tudo sem entender nada, e virando-a para mim.

— Ailleen... Ailleen...

AILLEEN

— Ailleen! Meu amor! — Justin me chamava, mas eu apenas gemia em resposta. — Fale comigo, por favor.

— Aaaah... essa porra dói pra caralho — resmunguei.

O som de sua risada chegou aos meus ouvidos como música. Okay. Vamos retroceder a cena para que minha memória faça um *flashback* de tudo o que havia acontecido.

Eu estava dando informações ao policial.

Ouvi um assovio e estampido indicando que uma arma havia sido disparada.

Não tive tempo de reagir, acho que voei para os braços do policial como uma coreografia medonha de um balé amador.

Justin me pegou em desespero e agora estava arrancando as minhas roupas táticas. Não no bom sentido de arrancar as roupas para um momento ardente. Mas ele estava conferindo o colete à prova de balas que eu usava.

Bem, éramos sagazes a esse ponto. Já que estávamos paramentados para uma missão, então o mínimo que poderíamos imaginar era que, se eventualmente alguma merda acontecesse, estaríamos protegidos nas zonas mais vitais do corpo. Ainda bem que meu pai não escolheu a cabeça. Essa área estava, definitivamente, desprotegida.

— Minha nossa... eu juro pra você que achava que esses coletes seguravam a onda, Major. Mas parece que levei o coice de um cavalo — falei quando recuperei o fôlego.

Quando o impacto da bala atingiu o centro das minhas costas, pareceu como se eu tivesse levado um murro entre os pulmões. Do Hulk, vamos assim dizer. Um murro nada singelo e camarada.

— E você já levou um coice de cavalo em algum momento da sua vida pra saber qual é a sensação? — ele perguntou, passando a mão na minha testa com carinho.

— Não. Mas não preciso enfiar a mão no fogo pra saber que queima.

Logo, a máxima serve para o cavalo. Ahhh... que merda. Isso dói — gemi e fechei os olhos.

— E vai ficar um hematoma feio aí — ele completou.

— Ah. Que ótimo. Quando meu corpo começa a se livrar dos roxos e ferimentos, aparece mais um pra enfeitar a estrutura — brinquei e abri os olhos, encarando o homem que agora envolvia meu rosto entre as mãos.

— Perdi dez anos da minha vida agora. Ou envelheci quinze. Foda-se. Escolha o que quiser — ele disse com as sobrancelhas franzidas.

— Bom, se você envelheceu quinze e continua bonitão assim, então vai ficar ótimo — falei e ri.

— *Ah, sério. Vocês são nojentos juntos. Estou descendo do posto, Major. Ouvi tiros. Percebo que parece que nossa Oficial foi alvejada, mais uma vez... alguém devia tirar o alvo dessa garota* — Teagan falou em nossos fones. Segurei o riso. — *Estou chegando para salvá-la, querida!*

Justin bufou e riu, mas fez o que talvez eu estivesse esperando ou precisando. Não sei dizer qual era o mais necessário no momento.

Ele me beijou. Deitada como eu estava, meio apoiada no chão e em seus braços, com a roupa tática largada ao lado e o colete aberto, Justin simplesmente me puxou para si e pousou os lábios macios sobre os meus. E me possuiu. Apenas a boca, que era o que dava para o momento.

O ambiente ao redor deixou de existir. A feiura dos eventos sumiu. Não havia três corpos no escritório, sendo dois deles dos meus progenitores; nem mesmo mais um no piso superior, sem contar os abatidos na área externa.

Não registramos a saída do policial.

Tudo havia desaparecido e só existíamos os dois ali.

E meu mundo voltou ao normal, ou talvez tenha entrado no eixo, pela primeira vez em muito tempo, quando ouvi as palavras que nunca imaginei que ansiava tanto ouvir:

— Eu te amo, Ailleen. Porra... eu te amo.

Um sorriso tímido chegou aos meus lábios porque eu não era versada nessa coisa de amor, assim como ele se dizia nada romântico. Mas eu sabia que meu coração era totalmente dele. E sempre seria.

— Eu também te amo, Major — afirmei categoricamente.

Mais um beijo se seguiu, seguidos de outros tantos.

— *É sério, gente. Eu vou vomitar desse jeito. Está na hora de vocês interromperem toda essa demonstração de amor. Tenham dó de mim e do Scott!* — Teagan gritou e quase nos deixou surdos.

Ambos caímos na risada no momento. Justin recostou a testa à minha e apenas inspirou o mesmo ar que eu respirava.

— Vamos embora, meu bem. Esse lugar aqui tem que queimar.

Assenti e aceitei sua ajuda para me levantar. Evitei olhar para o local onde os corpos dos meus pais agora jaziam sem vida.

Saímos da mansão onde morei até aquela fatídica noite e não olhei para trás.

A garota que resgatamos teria que reconstruir sua história, provavelmente teria alguns traumas para curar, mas eu esperava que o pior tivesse sido evitado.

Os Kowalski receberam a gratidão pelo que fizeram por mim cinco anos atrás, então agora estávamos quites, embora nunca pudéssemos dizer que em pé de igualdade. Não haveria comparativo para mostrar que liquidamos com aquelas vidas em prol de uma.

Mas no final? Valeu a pena. O esquema da quadrilha de tráfico foi todo desbaratado porque as cabeças da operação estavam eliminadas. A notícia era que um incêndio misterioso havia destruído a mansão do senador Anderson durante uma reunião de negócios.

O FBI conseguiu ser amansado pelo Departamento de Defesa, já que entregou os nomes da pirâmide que seguia logo abaixo de Evans e Anderson. E eram alguns empresários influentes. Até mesmo artistas conhecidos do grande público. Os nomes dos Oficiais das forças armadas foram mantidos em sigilo absoluto, até mesmo porque a ordem do Presidente, até onde se sabia, era a de que "homens de farda morrem o tempo todo em prol da nação".

E eu? Agora estava de volta em West Virgínia. Em um chalé acolhedor, com uma lareira acesa e uma taça de vinho em mãos, desfrutando de uma pizza, enquanto Justin devorava seu sexto pedaço como se sua vida dependesse daquilo.

Teagan e Scott ficaram conosco por mais dois dias depois da missão, desfrutaram da simplicidade das montanhas e depois pediram arrego, alegando que necessitavam dos agitos da cidade grande, a fim de que pudessem encontrar mulheres dispostas a lhes dar algum consolo antes de voltarem ao porta-aviões.

Justin Bradshaw pediu dispensa da Marinha. Com muito pesar da minha parte, já que eu sentiria falta de vê-lo em todo aquele garbo e sexualidade latente nos uniformes militares. Porém ele alegava que já havia ficado tempo demais. Que o sonho de seguir carreira militar e se tornar um Oficial de patente superior morrera no instante em que percebera que muitas missões requeriam que tivesse que agir contra o que acreditava. E ele não estava falando no caso de ter tirado a vida dos meus pais, ou dos Evans. De missões onde a escória precisava ser exterminada da face da Terra, mas do ato em si. Tirar uma vida mexia com a gente.

Eu bem sabia disso.

Levei mais de um mês, depois que tudo acabou, depois que nos ajustamos a uma rotina pacata na casa de Justin, para voltar a ter sonhos mais tranquilos, onde eu não empunhava uma arma e tirava a vida de Kendrick Evans.

Todas as noites era Justin quem me confortava, quem me acalentava em seus braços e assegurava que eu estava bem.

A decisão de ambos sairmos das forças armadas foi conjunta. A operação fantasma talvez só tenha sido um catalisador para que repensássemos no que queríamos fazer da nossa vida.

Eu sentiria falta do serviço militar. Com certeza. Da rotina, disciplina, do foco e da segurança que o ambiente me deu, dentro das instalações do Governo.

Mas honestamente? Não sentiria falta alguma de estar em constante risco caso um anúncio de guerra iminente fosse declarado. Ou das implantações em que tínhamos que nos concentrar.

Não sentiria falta disso.

E tendo Justin ao meu lado, eu estava me sentindo... renovada. Pronta para uma aventura rumo a algo desconhecido. Porque é o que faríamos dali pra frente.

Não estávamos em condição financeira ruim, porque graças ao meu fundo fiduciário, teria dinheiro por muito tempo, se fosse parcimoniosa e se aplicasse corretamente. E Justin também tinha as economias de anos, logo, isso não nos preocupava em absolutamente nada.

Agora buscávamos o que fazer.

— Posso tentar um posto com o xerife — ele disse. — Meu pai deu uma indireta nada sutil de que o homem está em vias de se aposentar e precisa de um substituto. Que tal? — Mastigou mais um pedaço de pizza de queijo. Pelo amor de Deus. Aquela era a sétima fatia?

— Acho que você daria um excelente xerife. Já te disse o quão bem você fica de uniforme? — perguntei.

Justin limpou a mão no guardanapo, tomou seu último gole de cerveja e arrancou a taça de vinho da minha mão. Em seguida, ele simplesmente me puxou para o seu colo.

— Acho que você disse. Uma vez ou duas. Até dormindo você falou.

— Mentira...

— Verdade... — disse e me deu um beijo na boca. Senti o gosto da cerveja, que misturada ao vinho tinto que eu havia ingerido até deu uma combinação interessante. — Mas será que eu também cheguei a te dizer o quão sexy você fica de uniforme?

— Hummm... acho que não — respondi e passei as mãos em seu cabelo, bagunçando o pouco que ainda era mantido num corte militar.

— Pois fica. Bastante. E sabe — Justin lambeu os lábios atraindo minha atenção —, acho que o xerife poderia precisar de um auxiliar no posto policial... pode ser uma cidade pequena, mas o perigo sempre ronda, não é?

Nunca se sabe... Um vizinho pode roubar uma galinha sem querer. O outro pode acidentalmente derrubar a comida da tigela do cachorro alheio...

— A dona de casa pode perder o gatinho que subiu na árvore — falei e ri.

— Ah, isso é serviço para os bombeiros. Nós fazemos o serviço perigoso. A dona de casa pode se engalfinhar com a outra dona de casa em uma luta insana de pregadores de roupas, por causa de... alguma contenda. E precisaremos apartar — ele disse e beijou meu queixo. — E pode ser perigoso ir sozinho em uma ocorrência como essa...

— Minha nossa... qual é o perigo nisso?

— Não sei... a dona de casa pode ser uma viúva tarada que simplesmente fica possuída quando se depara com um homem de farda e resolve usar os pregadores de roupa para deixá-lo preso em sua cama — falou como se estivesse assustado.

— Céus... é verdade, Justin. Você precisa de ajuda. Que tipos de cidadãos são esses? Onde me candidato? — perguntei.

— Iremos juntos, que tal? Um indica o outro.

— Isso não caracteriza nepotismo?

— Não.

— E vem cá... um xerife forte e poderoso como você seria facilmente abatido por uma dona de casa armada com... pregadores de roupa? — questionei com a sobrancelha erguida.

— Nunca se sabe, meu bem. Cidades pequenas carregam mistérios ocultos e práticas muito perturbadoras e ilegais.

— Justin...

— Humm?

— Cala a boca e me beija — falei e enlacei seu pescoço.

— Seu desejo é uma ordem, Oficial — brincou.

Ele me beijou. E eu vi estrelas. Como sempre. Mesmo de olhos fechados. Justin Bradshaw sabia ser eloquente em ações, tanto quanto em palavras.

— Eu te amo, meu bem.

— Eu também te amo, Major.

— E sabe de uma coisa? — perguntou quando se ergueu do sofá, me levando no colo, como se eu fosse um maldito cinturão.

— Não...

— Vou te amar eternamente. Tal qual o lema da Marinha. Minha dedicação agora é exclusiva pra você — falou e me colocou na cama com gentileza.

— *Semper Fi*. Sempre fiel. E quer saber uma coisa mais interessante ainda?

Senti um nó na garganta, porque eu sabia que o que ele dizia tinha um significado tão verdadeiro e profundo que gesto nenhum poderia externar melhor.

— Não, Justin... O quê?

— Quero que seja pra sempre em todos os sentidos — disse e pegou no criado-mudo ao lado de nossa cama as *dog tags* que costumávamos usar. Fazia um tempo que já havíamos tirado do pescoço, mas sempre as deixávamos ali, como um lembrete da vida que levávamos.

Justin colocou a dele no pescoço e passei a mão suavemente nas placas que levavam seu nome e identificação de seu tipo sanguíneo. Logo em seguida ele colocou a minha. Ergui a cabeça do travesseiro para facilitar. Quando as plaquinhas estavam entre meus seios, senti a presença de algo mais. Meus olhos foram imediatamente para baixo e voltaram para os de Justin.

Justin pegou as placas entre os dedos, levou à boca e beijou cada uma, mas dedicou uma atenção exclusiva à aliança de brilhante que segurava entre o polegar e o indicador.

— Me dê sua mão, Ailleen — pediu em tom carinhoso, mas que não admitia contestação. Um sorriso arrogante ilustrava seu rosto.

Levantei a mão esquerda, trêmula, devo admitir, e Justin estendeu a cortesia de beijar o dedo onde depositaria o anel.

Abriu o fecho do cordão, retirou a joia dali e calmamente, como se meu coração não estivesse retumbando no peito, fechou o colar outra vez, para só então deslizar o anel em meu dedo.

— É *Semper Fi* pra mim, Ailleen. Está gravado por dentro. A Marinha me deu você. Será minha melhor recordação, meu melhor presente, melhor companheira, parceira. A mulher que escolhi para amar, honrar e ter meus filhos — disse e beijou meu rosto, que só agora eu percebia estar afogado em lágrimas. — A mulher que trouxe sentido à minha vida. Então... é *Semper Fi*. Case-se comigo...

Meu Deus... Justin nem sequer precisava de uma resposta para aquela pergunta. Mas bastava que eu lhe desse uma:

— *Semper Fi*, Justin.

Sem que eu estivesse preparada, Justin me virou de uma vez, para cima de seu corpo, arrancando uma risada e um grito assustado, quando bradou:

— Ooh-rah!

Aquela noite foi apenas de comemoração. De entrega. Promessas e carícias. Justin Bradshaw havia dito que lhe dei sentido à vida, mas ele havia me devolvido a vontade de viver. Eu era apenas uma casca de alguém que já tinha sido. E nunca tinha me dado conta.

Justin trouxe a mulher que habitava dentro de mim, para fora. Fez-me ver que eu valia mais do que achava que merecia. Uma coisa que dizem e é muito certo é que nunca devemos procurar nossa outra metade para sermos completos, porque na verdade, nós já devemos estar *completos* para que sejamos alguém *inteiro* em um relacionamento. Não alguém partido. Dividido em uma metade. Justin era íntegro. E me fez ver que eu também era. Que não precisava achar a minha metade. Precisava apenas achar meu par perfeito.

E ele estava exatamente ali. À minha frente.

E como o amor que brilhava em seus olhos, eu esperava que nosso futuro fosse cintilante, tanto quanto a joia que agora ostentava em meu dedo. E que as palavras gravadas no metal nobre, já forjadas em nossos corações, firmadas em nossas almas, fossem a base mais do que absoluta de um amor que nasceu do nada. Chegou sorrateiramente, como um fantasma. Reconheceu a área onde deveria habitar, fez morada e declarou que ali era o lugar perfeito para ficar.

E de um coração assombrado por um passado desolador, o amor que ele trouxe à minha vida apenas mostrou que o futuro poderia ser algo belo e verdadeiro.

Semper Fi.

FIM

AGRADECIMENTOS

Ao primeiro e Único, que sempre recebe o agradecimento principal é Deus, porque é Ele quem me permite seguir em diante a cada dia, dando-me forças quando muitas vezes acho que vou fraquejar.

Ao meu marido amado e meus filhos queridos, que aceitam dividir a minha pessoa e compartilham com meus leitores.

À minha família que dá o suporte necessário para a carreira à qual abracei com tanto empenho, mesmo que nem leiam ou compreendam a necessidade que sinto de colocar as inúmeras histórias que habitam minha mente, no papel.

Aos meus amigos. Esses são mais do que especiais. Continuam ali, firmes e fortes, ainda que eu me distancie por conta da loucura dos prazos que eu mesma me imponho. Andrea Beatriz, minha gêmea, te amo. Lili, sempre no apoio, mesmo longe. Mi, Alê, Kiki, Sam, Paola, Nana, Joy, Dea, Jojô... meu Deus. São muitas. Tenho medo de simplesmente me esquecer de alguém imprescindível. Caso isso aconteça, me perdoem, por favor.

Um obrigada mais do que lindo àquelas que betaram e fizeram parte desse projeto desde o momento da concepção, onde saí da minha zona de conforto e tentei ousar em um campo minado e até então desconhecido para mim - Cristiane, Nana, Jojô, Dea, Sam, Gladys, Bebel e Alê. Vocês acreditaram em mim e no que essa história poderia virar. Thank ya'll.

E um thanks lindo à Andy Collins... pela leitura final mesmo sem fazer a mínima ideia do que estaria pegando pela frente. Acho que o mundo literário é isso. É poder saber que tem amizades, saber que tem espaço pra todo mundo e um poder apoiar o outro para que a jornada seja muito mais leve e prazerosa. Obrigada pela parceria e amizade daqui em diante...

Obrigada de coração, Roberta, a você e à equipe da The Gift Box por terem atendido ao desejo dos meus leitores para que pudessem ter esse livro em mãos, além do meu sonho de poder colocar mais esse "bebê" na minha estante. Vocês não fazem ideia de como isso me realizou. Isso foi mais do que um GIFT pra mim.

Thanks para a diva das capas fodásticas, Dri K.K. Mais uma vez ela pareceu entrar dentro da minha cabeça e extraiu a ideia que surgiu de um sonho louco.

E, finalmente, um big thanks a vocês, bloggers e leitores lindos. Aqueles a quem chamo de amigos, e não fãs. Tenho cada um de vocês no meu coração e agradeço todos os dias por fazerem parte da minha vida, pois sem a presença e o apoio de cada um, eu não estaria produzindo um livro atrás do outro. Vocês são a força que me impulsiona.

E se você gostou do livro, mesmo sabendo que fui em um estilo completamente diferente do que estou habituada a escrever, deixe o feedback para mim, pois amo saber sua opinião. E se também não gostou, pode dividir comigo suas angústias. Juro que saberei entender.

LOVE YA'LL

A The Gift Box é uma editora brasileira, com publicações de autores nacionais e estrangeiros, que surgiu no mercado em janeiro de 2018. Nossos livros estão sempre entre os mais vendidos da Amazon e já receberam diversos destaques em blogs literários e na própria Amazon.

Somos uma empresa jovem, cheia de energia e paixão pela literatura de romance e queremos incentivar cada vez mais a leitura e o crescimento de nossos autores e parceiros.

Acompanhe a The Gift Box nas redes sociais para ficar por dentro de todas as novidades.

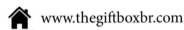 www.thegiftboxbr.com

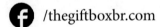 /thegiftboxbr.com

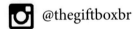 @thegiftboxbr

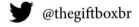 @thegiftboxbr